Nicolas Carteron

Viens, on le fait...

Roman

Thanéot

À mon petit prince,
Néot

« Ce fut sa première faute ; mais qui donc a sondé l'abîme où peut nous entraîner une première faute ? »

Villiers de L'Isle-Adam, *Les Contes Cruels*

Prologue

Amis lecteurs, bonjour.

Je me présente. Jimmy. Tout le monde m'appelle William. William James.

Oui, je suis le célèbre écrivain.

Pour ceux d'entre vous, avec qui j'ai partagé des aventures par le passé, je vous souhaite la bienvenue sur ce nouvel ouvrage. Pour ceux d'entre vous dont mes romans n'évoquent rien, à part un nom au sommet des classements de ventes de livres, heureux de faire votre connaissance sur ce onzième roman.

Aux vues du contexte, je suppose que vous serez nombreux à découvrir pour la première fois mon imaginaire. Si vous le voulez bien, appelons votre défloration littéraire de mon œuvre, de la curiosité malsaine. N'y voyez pas une offense, nous sommes tous de nature plus ou moins curieuse et toujours mal placée. Si vous lisez ces lignes aujourd'hui, c'est uniquement parce que j'ai bien voulu les écrire. Je ne vous tiens donc pas rigueur de ce défaut.

Que vous soyez néophytes ou incollables sur mes écrits, installez-vous confortablement, mettez-vous à votre aise, cette histoire va commencer. Vous débutez ici la lecture d'un roman à plusieurs facettes, l'important pour vous est de prendre conscience que la puissance de ce livre réside dans son ensemble. Vous comprendrez l'objet de mon dessein lorsque vous tournerez la dernière page.

Ne l'oubliez pas ! À aucun moment.

Chapitre Premier

Ce chapitre de sa vie, je le nommerais : *À l'approche de grands événements, le destin se déroule, nous sommes environnés de remous, mais nous n'existons pas pour lui.*

J'ai entrepris l'écriture de ce roman, en me promettant, de ne dévoiler la vérité et rien que la vérité. Je le jure, votre honneur. Mon engagement à exposer la plus limpide des transparences dans ce texte ne s'ébranlera sous aucun prétexte. Je me suis caché et j'ai menti depuis bien trop longtemps.

Au nom de la vérité.

Par avance, je vous présente mes excuses pour toutes éventuelles extrapolations et déformations de la réalité. Les passages contés sur ma vie, mes nuits, mes ressentis seront retranscrits avec le plus d'objectivité – ayant vécu ces instants, l'exercice en sera aisé.

En revanche, relater la vie d'Anna relèvera de l'ordre de l'approximation : n'étant pas son siamois, l'exclusion d'un pan de son existence me compliquera la tâche. Certes, je suis un écrivain, un super héros narrateur, affabulateur, manipulateur au pouvoir d'omniscience mais, comme tout surhomme, j'ai ma kryptonite. La mienne se loge au creux de la véracité. Je ne connais de cette femme que ce qu'elle a bien voulu m'écrire, me raconter ou me dévoiler. Je serai contraint de meubler certains vides avec ma créativité. J'arrangerai des descriptions, des lieux et des pensées sans toucher au centre névralgique de l'authenticité. Ne m'en veuillez pas pour cet écart artistique et ne m'en tenez pas rigueur, s'il vous plaît.

Que celui d'entre vous qui n'a jamais embelli ou réinventé une histoire, me jette la première pierre.

À présent, silence, lever de rideau, l'heure de la présentation a sonné.

Chères lectrices, chers lecteurs, j'ai l'immense fierté et l'honneur d'introduire le personnage clé de ce récit, celle sans qui tout ceci n'aurait pas été possible, Anna.

***

Six heures, l'infatigable signal sonore tire Anna d'un sommeil sans rêve. Une main tâtonne à la recherche du bouton pour éteindre le réveil. Bertrand bloque sa respiration, s'étire et expulse plus d'air que ses poumons ne peuvent en contenir. Il gigote durant plusieurs minutes et dépose un baiser dans le cou de sa femme. Anna a toujours eu du mal à supporter le rituel matinal de son mari. Elle lui a demandé maintes et maintes fois de régler l'alarme à six heures trente, sa véritable heure de lever, pour la laisser dormir, requête entendue sans être écoutée. Ce matin, elle ne s'en plaindra pas. C'est son anniversaire. C'est sa journée.

Bertrand se colle à elle et passe une main autour de sa taille. Elle espère qu'il va lui apporter, sur un plateau, son petit déjeuner au lit.

— Bon anniversaire ma chérie, lui murmure-t-il à l'oreille.

— Merci, répond-elle en caressant sa barbe de deux jours.

Il descend sa culotte. Elle n'a pas spécialement envie d'une galipette, elle préférerait l'odeur d'un thé chaud et du pain grillé. Elle se laisse faire. Il lui fait l'amour avec tendresse. Elle finit par avoir un orgasme, pas énorme mais ce n'est déjà pas si mal. Fier de sa prestation, Bertrand sort du lit et lui souhaite, avec plus d'enthousiasme, un bon anniversaire.

Anna l'observe filer vers la salle de bains et le temps la rappelle à l'ordre, elle s'est mise en retard. Elle s'arrête dans la chambre de Lucas, son fils de douze ans, le réveille en douceur, avant de dupliquer son geste avec Romain, le cadet, huit ans.

Comme à son habitude, elle lance la cafetière et la bouilloire, prépare le petit déjeuner et attend que ses trois hommes la rejoignent. Par la fenêtre de la cuisine, la rue semble calme, le ciel gris ne l'enchante pas. Une longue expiration s'échappe de sa bouche, une expiration pour ponctuer l'année supplémentaire qui s'ajoute à son compteur. Depuis le couloir, elle somme les enfants de se dépêcher pour ne pas rater l'école.

Lucas et Romain terminent leurs céréales quand Bertrand entre dans la cuisine rasé, lavé, habillé. Il dépose un baiser sur les tignasses blondes des petits avant d'attraper sa tasse.

— Bonjour, les garçons.

— Bonjour, papa.

— Vous avez souhaité joyeux anniversaire à maman ?

Ils posent leur bol et courent dans la direction de leur mère.

— Bon anniversaire, maman, crient-ils en chœur.

Anna les serre contre elle, une étreinte chaleureuse, le centre de son monde se trouve au creux de ses bras.

— Merci, mes amours.

Bertrand part au travail et abandonne sa femme aux sempiternelles tâches matinales. Dans la voiture, Anna allume son téléphone portable et lit les deux SMS envoyés par des amies pour son anniversaire. L'une d'entre elles l'informe qu'elle lui passera un coup de fil durant sa pause de midi pour prendre des nouvelles.

Lucas et Romain en classe, l'esprit léger malgré la lourdeur des nuages de ce mois de février, Anna passe par le centre-ville, arrêt minute à la boulangerie du haut de la place de la République. En se garant, elle culpabilise de l'acte déraisonnable qu'elle s'apprête à commettre. Les gâteaux alignés dans la vitrine la poussent à entrer dans la boutique, l'odeur des viennoiseries et du pain chaud lui chatouille le nez et anéantit définitivement toutes résistances. La boulangère la salue avec énergie et lui sert un délicieux pain aux raisins tout juste sorti du four. Devant l'échoppe, le papier se déchire entre ses doigts et dévoile une succulente tentation, caramélisée sur les extrémités, crémeuse en son cœur et parsemée de petits fruits confits. Ses dents se plantent dans cette gourmandise, sans remords. Au diable les réticences, c'est son anniversaire.

Anna travaille depuis neuf ans chez Potexi à Pontault-Combault, un fabricant de machines pour matelas, elle y occupe une place d'assistante de direction qu'elle partage avec une autre salariée. Elle s'entend bien avec sa collègue Marie-Odile, une femme sérieuse, organisée et souriante. Elle est la première de l'entreprise à lui souhaiter son anniversaire. Comme chaque année, elle lui offre un cadeau, un foulard. Anna, touchée par son attention, la remercie. Durant la journée, d'autres collaborateurs l'embrassent, les deux plus anciens de l'atelier, la comptable, l'ingénieur informaticien et trois des huit commerciaux, ceux avec lesquels elle a de bons rapports. L'un d'entre eux a un faible pour elle, il l'a toujours courtisée et bien qu'il soit engageant et charmant, elle se refuse à entrer dans son jeu.

Durant sa pause, elle déjeune avec plusieurs membres de l'équipe à la brasserie du centre-ville. D'habitude, elle se cantonne à une entrée, un plat et un thé. Aujourd'hui, elle saute le thé et s'autorise une part de tiramisu. La pâtisserie pourrait être de meilleure qualité mais le mélange café-mascarpone fond savoureusement sur sa langue. Dimanche matin, elle nagera vingt minutes de plus à la piscine pour souffler ses calories d'anniversaire.

L'après-midi défile, ni trop vite, ni trop lentement, lecture des mails, prises de rendez-vous, appels téléphoniques. Entre deux, Anna imagine ce que son mari lui a préparé, ou non, pour sa soirée. Avec les années de mariage, elle s'est forcée et formatée à ne plus trop espérer pour ne pas être déçue. Bertrand n'étant pas adepte à la surprendre par des prises d'initiative, elle lui a donné deux pistes pour son cadeau, deux places d'opéra ou un bracelet Pandora. Le connaissant, il choisira le bijou pour ne pas avoir à supporter un interminable spectacle.

Dix-huit heures, elle emmène les garçons au handball et part en courses. Anna commence par le centre-ville pour acheter une demi-baguette. Elle n'en achète pas une entière, persuadée que Bertrand va l'amener au restaurant pour qu'elle puisse se détendre sans avoir rien à préparer, débarrasser, laver, essuyer. À l'hypermarché, elle remplit son caddie des mêmes produits qu'elle prend chaque semaine tant elle n'a plus d'idée pour varier les repas. Anna réfléchit à ce qu'elle pourrait préparer pour le couple d'amis qu'ils reçoivent samedi. Son choix se porte sur un rôti Orloff accompagné de pommes de terre et de haricots verts.

De retour à la maison, avec Lucas et Romain, elle s'active à ranger ses achats, elle achève son labeur à vingt heures. Elle se refuse à préparer un repas. Ce soir, on la servira à la table d'un restaurant. Elle aimerait qu'ils aillent à l'italien à côté de l'église pour déguster leurs pasta alla vongole et prendre, pour la deuxième fois aujourd'hui, un tiramisu, maison celui-ci. Quitte à exploser le quota de calories, autant mettre les deux pieds dans le plat.

Les garçons jouent dans leur chambre, elle sert un apéritif. D'ordinaire, elle n'en boit que le week-end mais un petit rosé-pamplemousse égaillerait sa fin de journée. Elle sert un whisky sec pour Bertrand qui ne devrait plus tarder. Son portable sonne, appel de ses parents. Elle discute deux minutes avec son père, plus par formalité qu'autre chose, et converse plus longuement avec sa mère, qui prend des nouvelles des enfants et, en retour, lui en donne de ses deux frères.

Entre-temps, sur l'écran de son smartphone, une enveloppe lui indique la présence d'un message. Bertrand l'informe qu'il traite une réparation urgente pour un client et, par conséquent, sera à la maison aux alentours des vingt et une heures. Dépitée, elle avale son fond de rosé-pamplemousse cul-sec et s'en verse un autre. Anna pense que son mari n'aurait pas dû ouvrir son propre garage. Son affaire est fleurissante et leur permet de vivre confortablement, en contrepartie, elle le voit peu et toutes les tâches quotidiennes lui incombent.

— Maman, j'ai faim, intervient Romain. On mange bientôt ?

— Oui mon ange, papa ne va plus tarder.

Il retourne dans sa chambre quand la voiture se gare dans l'allée.

— Quelle journée ! lance Bertrand en donnant à sa femme un baiser du bout des lèvres. Je meurs de faim. On mange quoi ? demande-t-il.

— Je me disais qu'on pourrait aller au restaurant pour mon anniversaire.

— Oh non, pas ce soir ma chérie, je suis fatigué, je veux juste me mettre en short et m'affaler dans le canapé. Tu as préparé quelque chose ?

— Non pas encore, je pensais vraiment qu'on irait manger dehors.

— Demain soir je t'emmène au restaurant, promis. Si ça ne te dérange pas, j'aimerais que tu nous fasses tes spaghettis bolognaise avec des gros morceaux de viande, j'ai envie d'en engloutir une plâtrée.

— Bon, d'accord.

— Ne t'embête pas à faire des bonnes pâtes, des trois minutes conviendront. Je te remercie de m'avoir servi un sky. Des fois, j'ai l'impression que tu lis dans mes pensées. Je suis désolé, je n'ai pas eu le temps de m'occuper de ton cadeau. J'essaie de te faire ça pour ce week-end.

Bertrand l'embrasse brièvement et disparaît dans le salon avec son verre. Anna reste là. Sans bouger. Résignée, elle prend le chemin des fourneaux. Vraiment, elle souhaiterait que son mari ne soit pas à son compte. Après tout, que font-ils de cet argent amassé, hormis partir deux semaines en vacances l'été, une l'hiver et des travaux de rénovation dans la maison ?

Un restaurant italien le soir de son anniversaire, elle n'estime pas trop en demander. Depuis les sept ans d'ouverture du garage, elle sent que son couple s'enlise dans un ciment qui finira par se prendre. Tout le monde sait, tout le monde répète que la vie de couple n'est qu'une succession de compromis. Alors, on accepte, on tolère, on s'acclimate à une tendance, sauf que l'on ferme les yeux un peu trop longtemps et, lorsque l'on les rouvre, la tendance est devenue durable. Un vieil adage lui revient : « L'éternité, c'est long, surtout vers la fin. »

Toutes les discussions pour empêcher cette situation de perdurer n'ont jamais abouti à un changement de la part de Bertrand. Anna a baissé les bras, esseulée par un mari noyé dans les chiffres de sa société. Il n'est pourtant pas avare, ça non, il oublie juste qu'il a épousé une femme avec des attentes et des besoins. L'année dernière, déjà, lors de son précédent anniversaire, il ne lui avait pas offert de cadeau. La semaine précédente, ils avaient acheté une voiture neuve pour Anna car l'ancienne avait rendu l'âme. Cet achat excessif ne l'empêchait pas de lui ramener un simple bouquet de fleurs.

Machinalement, elle ouvre les placards, pose la casserole d'eau sur les plaques de cuisson. Du salon provient le bruit de la télévision. Sentant qu'elle n'aura pas de compagnie pour préparer le repas, elle allume la radio pour tuer le silence. Le flash info démarre sur l'enlèvement d'une petite fille qui porte le même prénom qu'elle, ses poils se hérissent sur ses avant-bras. La voix au ton monotone du journaliste énumère infatigablement les nouvelles : hausse du prix du pétrole, chômage, météo… Et, en fin de journal, le présentateur reçoit un invité, William James, l'écrivain à succès.

Anna monte le son, elle adore cet auteur. Celui-ci parle de son prochain roman qui sortira en librairie le lendemain. Par économie, elle n'est pas du genre à acheter les livres en grand format et son mari aime lui rappeler que pour le même prix, elle peut avoir deux ou trois formats de poche. Elle déroge à cette règle quand sort un James, elle aime tant les histoires et la plume de cet auteur qu'elle débarque chez son libraire la semaine de la sortie. Enfin du réconfort : demain soir, sous la chaleur de ses draps, elle lira un bon roman.

Si les cadeaux ne viennent pas à elle, elle ira aux cadeaux.

L'eau bout et la sort de ses pensées. L'écrivain parle d'un ticket gagnant caché dans l'un des livres mais, concentrée sur le plat quémandé par Bertrand, elle ne prête plus attention à l'interview. Les spaghettis droits et inflexibles plongent dans les remous. Les secondes s'égrènent, les pâtes s'assouplissent jusqu'à ce qu'Anna les laisse tomber au fond du récipient, totalement malléables.

Dehors, la nuit s'est emparée de la rue. Anna guette l'obscurité. L'eau bouillonne, la vapeur s'élève, de la buée se forme sur ses lunettes.

Elle n'y voit plus rien.

Chapitre 2

Ce chapitre de ma vie, je le nommerais : *Et je m'apprête à écrire cette belle histoire et je m'en vais vous la conter, en espérant qu'elle inspire. Le but, c'est de toucher et j'ai votre cœur pour cible.*

Quelques jours avant l'anniversaire d'Anna

Mon huitième roman va sortir et, bien que tous les rouages du processus créatif et des plans médias me soient familiers, je lutte contre mes insomnies chroniques. Dormir peu n'a jamais été un problème, je ne saurais pas me remémorer la dernière fois que mon sommeil a excédé six heures. En période de parution, le pays des rêves ne m'accueille pas plus de quatre heures. Je me promets de me tenir aux premières loges, du Madison Square Garden ou du stade Tata-Raphaël, si un combat à mort a lieu entre Morphée et le marchand de sable, peu importe le prix du billet. *The rumble in the jungle*.

Déjà debout à cinq heures du matin, avant de descendre de deux étages, je dévie ma trajectoire vers le bureau de ma femme. Je vérifie où elle en est de sa lecture de manuscrits de romanciers en attente d'être ou non publiés. Je remets soigneusement sa pile en place, toujours bien carrée et parfaitement alignée.

Au sous-sol, aménagé en salle de sport, j'épuise mon corps, une heure de course sur le tapis et plusieurs séries à alterner entre pompes, tractions et sac de frappe. Lessivé et satisfait, je fonce sous la douche et remonte à la cuisine pour enfiler mon tablier de mari. Dix ans à reproduire les mêmes actions quand ma femme est présente à la maison. J'inspecte le plan de travail pour être certain qu'aucune bactérie ne puisse polluer la nourriture. Pour ne laisser aucune chance de survie à un éventuel microbe rebelle, je frotte avec l'éponge bleue. Trois éponges reposent près du robinet, chacune d'une couleur différente : bleue pour le plan de travail, rouge pour la vaisselle, verte pour l'évier. Les normes d'hygiène respectées, la préparation des aliments débute. Beurre. Confiture selon son envie du moment. Jus d'orange. Lait de soja. Œufs. Pain. Thé que ma femme a choisi dans sa boutique préférée. Tous les ingrédients s'étalent les uns à la suite des autres dans un ordre précis, méthodique, alphabétique.

À sept heures pétantes, Éléonore descend. Si ses cheveux sont attachés ou mouillés, alors c'est qu'elle est douchée et, dans ce cas, pas de câlin ; si ses cheveux sont encore en bataille, je la rejoins dans la chambre d'amis au rez-de-chaussée. Ma femme aime faire l'amour les matins précédant la parution d'un de mes romans – pour me rassurer ou se rassurer, ou peut-être encore croire qu'elle contrôle les futures ventes. Je n'ai jamais su la véritable motivation de ces ébats. Je ne m'en plains pas.

Apprêtée, maquillée, les cheveux tirés, sa nuisette ondule au rythme de son déhanché, dévoilant ainsi ses longues jambes fines et musclées par des heures de fitness. Elle ne s'habille pour sa journée qu'après avoir petit-déjeuner.

Ce matin, pas de câlin.

Elle dépose un baiser sur mes lèvres – le signal pour lancer la cuisson des œufs. Éléonore, toujours avec beaucoup d'élégance, saute la marche allant de la cuisine au salon. Elle s'installe à l'angle gauche de telle façon à se tenir de profil par rapport à moi. Elle allume sa tablette numérique, sujet de discorde dans notre couple et, pendant le démarrage, elle se délecte d'une gorgée de jus frais, boisson mixée par mes soins avec des fruits de saison. Des fruits bios, bien entendu.

Je m'empresse de lui servir ses œufs frétillants. Ma femme se plonge dans les grandes lignes des trois journaux quotidiens auxquels elle renouvelle son abonnement année après année. D'après elle, rien n'est plus important que de se tenir informée des petits riens de ce monde quand le coq chantonne, précepte auquel je ne parviens plus à adhérer.

Au début de notre vie commune, ma quête d'irréprochabilité m'encourageait à suivre ses bons conseils, les semaines émoussèrent cette concession conjugale. Je ne supportais plus de lire ou d'entendre en boucle que tel accident meurtrier ou tel attentat s'était produit dans un endroit plus ou moins proche de nous. Commencer sa journée ainsi stoppait tout élan de bonne humeur.

Je m'assois derrière le comptoir de la cuisine, face au salon, et oscille entre des regards furtifs vers Éléonore et un livre. En cette journée, je débute les épreuves non corrigées de mon ami écrivain Adam Rasselot, édité dans la même maison d'édition que moi, dont la parution est prévue dans quatre mois.

Dans notre couple, il y a peu d'échanges à l'heure où les tartines se beurrent – non pas que nous ayons épuisé notre stock de sujets de discussion, cette plénitude s'est imposée d'elle-même, comme un temps de relaxation précédant le rythme soutenu de nos journées respectives.

J'empile la vaisselle dans l'évier pour la femme de ménage et chacun se dirige vers son dressing. Nous nous recroisons sur le palier du premier étage. D'habitude, nous nous séparons ici, Éléonore descend vers le sous-sol pour prendre sa voiture alors que je me rends dans mon bureau.

Pas aujourd'hui, aujourd'hui, je m'aventure vers le garage, où Patrice doit déjà m'attendre pour m'emmener chez l'imprimeur. Avant de monter dans sa voiture, Éléonore, fraîche et pétillante, passe sa main douce aux senteurs de crème sur ma joue et me donne ses dernières recommandations.

— Je récapitule : petit A, je vais à l'imprimerie ; petit B, je fais la vidéo ; petit C, je rentre, ironisé-je.

— William, merde ! Ne te moque pas de moi. Tu sais bien que je déteste quand tu parles avec des « petits A, B, C, grands D, E, petits 1, 2, 3 ». Tu passes pour un débile. Surtout, pas de dérapage ce coup-ci : tu te cantonnes au texte. Le lancement est pour dans cinq jours et je veux que demain tout soit bouclé. S'il y a un problème, tu m'appelles, d'accord ?

— Pourquoi voudrais-tu qu'il y ait un problème ? l'interrogé-je.

— Tu m'appelles, je te dis, tranche-t-elle.

Elle part, droite, d'une démarche rapide, emportée par le martèlement de ses talons sur le sol bétonné. Elle est tendue, angoissée comme à chaque gros lancement, la pression écrase ses frêles et solides épaules. Si elle rate le démarrage de mon roman, la maison d'édition perdra des dizaines de milliers d'euros.

— Éléonore, l'apostrophé-je.

Pas de réponse. Elle se retourne et se contente de m'observer, m'indiquant ainsi qu'elle m'octroie son écoute.

— Ça va bien se passer, ma chérie. Je t'aime.

— Moi aussi, lance-t-elle avant de s'engouffrer dans sa voiture.

Après toutes ces années, j'en suis arrivé à la conclusion qu'être un écrivain marié à son éditrice s'avère avantageux pour les deux parties. Moi, je peux partager mes doutes et mes angoisses lors de ces longues heures en solitaire sur l'océan de la créativité ; de son côté, elle a peu de chance de se faire virer, car son époux a intégré le cercle très fermé des trois plus importants vendeurs de romans français.

Les pneus crissent vers le portail automatique, je plonge dans ma voiture et salue Patrice. Patrice est mon chauffeur, homme de main, garde du corps, ami, confident depuis six ans. Dans mes jeunes années d'écrivain imberbe à la peau sans ride, je ne m'étais pas imaginé avoir besoin de quelqu'un comme lui à mes côtés. C'était sans compter sur l'inévitable bouleversement social engendré par le statut d'homme ordinaire à celui de personnage public important.

Depuis « l'incident », nommé ainsi à la demande de ma psy Dolorès, Patrice m'accompagne partout à travers le monde. Nul doute que, si mon ombre venait à se faire la malle comme celle de Peter Pan, Patrice ne serait pas loin pour la rattraper, lui remettre les idées en place avec deux roustes, sans prendre la peine d'utiliser l'aiguille à coudre de Wendy.

Patrice n'a rien d'un rigolo. Je dois pouvoir compter sur les doigts d'une main – bon, disons de mes deux mains – le nombre de fois où il a rigolé. Je m'en accommode, le sens de l'humour n'a pas sa place parmi mes traits de caractère. Je suis assez tristounet comme garçon. D'un naturel pragmatique et manichéen, j'ai toujours considéré Patrice comme mon père, ou presque. Probablement grâce à ce qu'il a fait pour moi... J'aurais beaucoup de mal à me passer de lui.

Seuls les murs de ma maison me rassurent plus que

ses bras et son corps.

***

Amis lecteurs, êtes-vous comme moi à considérer l'imprimerie comme l'écrin du monde de l'édition ? Si oui, préparez-vous à voir l'un de vos rêves brisés et Gutenberg, où qu'il soit, doit se retourner.

Avant ma première visite, la naïveté avait dessiné dans mon esprit un bâtiment raffiné, d'un certain standing. Mon imaginaire entendait le silence pesant des mots apparaissant à l'encre de Chine, voyait un homme – dont les lunettes tenaient en équilibre précaire sur le bout de son nez – coller les pages entre elles avant de les fixer au creux d'une reliure, un assemblage minutieux pour le plus grand bonheur des lecteurs.

Que nenni ! Ma grand-mère aurait pu vous en raconter de belles sur ma naïveté.

Comme partout, l'industrialisation a laissé son empreinte impersonnelle, une imprimerie est un amas de tôles caché au cœur d'une zone industrielle, où des dispositifs assemblent, dans un méli-mélo, des mots, du papier et de la colle, chorégraphie disgracieuse bercée par le fracas de mécanismes complexes. Les romans apparaissent au grand jour sur un tapis roulant, avant d'être accueillis par une autre machine, capable, elle, d'empaqueter huit livres en moins de quatre secondes.

On façonne un livre comme on confectionne un pneu, avec l'objectif d'en fabriquer toujours plus vite, pour en vendre toujours plus. Consommez, gavez-vous de lecture, ma gentille épouse-éditrice m'oblige à écrire, elle serait même prête à me prendre un nègre en cas de panne d'inspiration. Pensez à l'imprimerie, elle ne doit jamais s'arrêter. Et surtout, déplacez-vous en voiture pour acheter mes livres, usez vos pneus, pour le bien de l'économie.

Digression, reprenons mon récit.

Patrice gare la voiture sur le parking, juste à côté de la camionnette de l'équipe de tournage. En marchant à l'intérieur de l'imprimerie, je relis le texte écrit par Éléonore, son discours paraît aussi froid que le glaçon qu'elle met dans son Martini. « Il faut aller au plus court et faire preuve d'efficacité », aime-t-elle à répéter. Elle oublie qu'en face d'elle, le public auquel elle s'adresse est doté de sentiments. Je n'ai pas le droit, ni l'envie de réciter sa déclaration. Je vais en reprendre les grandes lignes et mener cette vidéo comme je l'entends, je survivrai à ses futurs reproches.

Attention, je ne me permets pas d'être médisant envers ma femme, je tiens d'ailleurs à souligner qu'elle a passé beaucoup de temps à écrire ce texte. Éléonore est une épouse et une personne formidable, pour autant, l'altruisme et l'empathie n'intègrent pas la liste de ses qualités. Je ne peux décemment pas lire un discours directif et commercial, ce n'est pas ce que je veux offrir aux lecteurs qui me font vivre. Même si je ne suis pas toujours à mon aise à l'oral, j'irai à l'improvisation, je m'exprimerai avec le cœur avant de retourner illico-presto entre les murs sécurisés de ma maison.

L'équipe de tournage s'est placée dans les starting-block, à l'affût de mon top départ. Une assistante me tend mon nouvel ouvrage et le ticket gagnant. Un employé de l'imprimerie, mal rasé, m'explique où placer le livre puis sur quel bouton appuyer pour activer le tapis roulant menant à la mise en emballage. Placée derrière la caméra, une dizaine de personnes a les yeux braqués sur ma prestation. Le stress s'empare de moi, je tente de rester le plus professionnel possible.

— Bon, vous me dites quand on peut y aller, annoncé-je.

— Quand vous voulez, ça tourne déjà.

Inspiration. Position. À vos marques. Prêts. Partez.

— Bonjour à tous, je suis heureux d'être parmi vous aujourd'hui pour vous annoncer deux grandes nouvelles. La première est la sortie prochaine de mon nouveau roman, À l'aube du crépuscule, un suspens, mené tambour battant, entre chasse aux trésors, secrets de famille et amour. Une histoire qui me titille depuis bien longtemps. J'ai hâte de la partager avec vous. La deuxième nouvelle est la mise en place d'une loterie qui permettra à l'heureux gagnant de venir rencontrer l'équipe de tournage et les acteurs de l'adaptation cinématographique de mon roman *Entre deux silences*. Ensuite, le gagnant dînera avec moi et je répondrai à toutes ses questions. Il verra son nom et son prénom portés par l'un des personnages principaux de mon prochain roman. Pour gagner cette place et être à mes côtés, il suffit d'obtenir cet unique ticket qui va être, sous vos yeux, glissé dans ce livre. Tous les exemplaires d'À l'aube du crépuscule vont être fermés individuellement sous blister avant d'être dispatchés de façon aléatoire à travers toute la France. Quelqu'un parmi vous aura la chance de le trouver. Je vais maintenant procéduire… merde… pardon…

Faux départ.

J'arrive à ne pas écorcher « dispatché » et à disloquer « procéder ».

— On recommence, s'il vous plaît.

Je hais bafouiller, je déteste mon manque de professionnalisme et encore plus mon manque de confiance en moi.

— Avant de reprendre… J'étais comment, s'il vous plaît ?

— Très bien, mais parlez plus lentement, vous avez le temps. Et souriez plus, il faut que les lecteurs aient envie de vous rejoindre et d'obtenir ce ticket, m'indique l'homme qui doit être le régisseur.

— Oui, donc ce n'était pas très bien.

— À part ce que je vous ai demandé de rectifier, si.

Je le toise avec scepticisme, sans parvenir à déceler sérieux ou moquerie. Amis lecteurs, je suis l'unique responsable de ma présence dans cette mise en scène rocambolesque. Vous vous en souvenez certainement, lors de la promotion de mon septième roman, j'ai dérapé sur un sujet délicat en direct d'une émission de télévision à la mode. Résultat, les ventes de ce roman ont chuté de vingt pour cent. Pour relancer mes chiffres commerciaux, Valentin, le chargé en communication, a eu l'idée de ce ticket. Et voilà comment je me retrouve à jouer le pitre dans une imprimerie.

— Bon, on y retourne mes amis, je ne veux pas abuser de votre temps, lancé-je à l'équipe de tournage.

Inspiration. Position. À vos marques. Prêts. Partez.

Mon récit se déroule sans embûche, pas de mot déformé ou réinventé, une ligne droite jusqu'au sprint final. L'instant fatidique arrive, celui d'envoyer le livre. J'active le tapis roulant, un brouhaha s'élève masquant le son de ma voix. Le cameraman s'avance et passe son appareil au-dessus de mon épaule. Je referme la couverture sur le ticket mais celui-ci s'échappe de mes mains, virevolte et s'enfuit sous la machine. Je peste. Il va falloir recommencer.

Je me mets à quatre pattes pour découvrir que le coquin est hors de portée, dans un nid de poussière. Rien de plus agaçant. Dans une posture des moins avantageuses, je tends le bras jusqu'à l'atteindre, non sans difficultés. Absorbé par mon énervement, je ne prête pas attention à mon avancée sous le tableau de commande. Je me relève et un cri d'avertissement surplombe le bruit de la machine. Trop tard.

L'arrière de mon crâne cogne un bouton poussoir. La douleur vive me surprend. Tout s'arrête. Le calme regagne le hangar. Ma tête a appuyé sur l'arrêt d'urgence jaune et rouge avec l'inscription « Enfoncez en cas de danger ».

On est parti pour une troisième prise après ce deuxième faux départ, équivalant, sur une piste officielle, à une disqualification.

Chapitre 3

Ce chapitre de sa vie, je le nommerais : *Sur un simple regard, nos vies sont toutes les mêmes.*

Lendemain de l'anniversaire d'Anna – jour de sortie de mon roman.

Le travail derrière elle, avant d'aller récupérer les enfants, elle pousse la porte de la librairie de la place de la République, toujours décidée, depuis la veille, à acheter le nouveau roman de William James. Le libraire, un homme élancé à la chevelure poivre et sel, plus poivré que salé, au visage imberbe, l'accueille avec son sourire bienveillant.

— Bonjour madame Durand, comment allez-vous aujourd'hui, s'intéresse le commerçant.

En achetant au moins un livre de poche par semaine, Anna fait partie de ses clientes régulières. Elle aime écouter les conseils de cet homme passionné et passionnant.

— Bien et vous ?

— Plutôt bien merci même si les clients ne courent pas les rues. Je vous laisse faire un tour comme d'habitude et si vous avez besoin d'un conseil…

— Aujourd'hui, je sais ce que je veux.

— Dans ce cas…

Anna ne peut pas le rater, le roman de James trône au centre de la librairie sur un présentoir titanesque, écrasant au passage l'éventualité de repérer le livre d'un autre auteur pour un acheteur. Sur la couverture de ce dernier, un demi-soleil flamboyant disparaît derrière une ligne d'horizon peinte avec le doigté d'un impressionniste, à l'aube du crépuscule. Anna s'en saisit.

— Vous l'avez lu ? interroge Anna.

— Malheureusement, non. En règle générale, nous recevons les épreuves non corrigées des romans deux mois à l'avance. Sauf quelques exceptions, comme James, sa côte de popularité est telle, qu'il n'a plus besoin du conseil des libraires. Ses livres se vendront. Je suppose qu'il sera bon. Un de ses livres vous a-t-il déjà déçue ?

— Il y en a des moins bons que d'autres, rétorque Anna.

— Mais ces moins bons vous ont-ils déçue ?

— J'ai toujours pris plaisir à le lire.

— Donc celui-ci ne vous décevra pas.

— Je vous dirai ça quand je l'aurai terminé.

De retour chez elle, Anna s'affaire à ses tâches de la soirée, s'occuper des garçons, les aider à faire leurs devoirs, réfléchir à un repas, le préparer, envoyer Lucas et Romain à la douche, attendre Bertrand, dîner en famille, débarrasser la table, laisser Bertrand se détendre dans le canapé, envoyer les garçons se brosser les dents, nettoyer la vaisselle, border ses fils, déposer un baiser sur leur front et pour terminer, à vingt et une heures passées, s'octroyer un instant rien que pour elle.

Ses fesses se laissent tomber sur le coussin de la chaise de la cuisine. Pas de télé ce soir, le livre de James l'attend. Le cellophane recouvrant le livre la surprend. Elle n'a pas le souvenir d'avoir déjà vu un tel emballage pour un bouquin. Elle ne s'y attarde pas. Le film plastique se déchire et libère le nouvel opus. L'odeur du papier neuf diffuse son effluve, elle en prend une profonde inspiration. Avant de monter prendre sa douche et de se faufiler sous ses draps, elle entame le début du roman. En tournant la couverture, un ticket s'échappe, glisse et atterrit à ses pieds. Sur l'en-tête du morceau de papier rouge, en gras, un titre lui saute aux yeux, *Gagnant*.

Comme vous l'aurez constaté, ce livre vous a été vendu fermé, sous film plastique. À l'impression de ce roman de William James, un unique ticket, que vous tenez en ce moment entre vos mains, a été inséré aléatoirement dans un ouvrage .

Vous remportez notre jeu concours et donc, gagnez un après-midi en compagnie de l'équipe de tournage du film adapté du roman Entre deux silences *ainsi qu'un dîner en tête-à-tête avec William James.*

Pour finaliser l'organisation de cette rencontre, nous vous invitons à nous contacter au numéro suivant et à nous donner les dix numéros inscrits ci-dessous.

Avec nos sincères félicitations,

William James et toute l'équipe des éditions Paroxysme.

Anna relit plusieurs fois le mot pour être certaine d'avoir bien compris. Une surprise ou une mauvaise blague ? Pour vérifier, un passage sur Internet s'impose. Armée de sa tablette, une fouille sur le site web de William James lui révèle qu'un ticket gagnant a bien été caché dans un livre parmi le tirage des six cent mille premiers exemplaires. Sur la page de l'auteur apparaît une photo du dit-ticket, semblable à celui qu'elle a trouvé dans son roman, excepté les chiffres en bas de page qui ont été masqués.

Plus de doute possible, pour une fois, elle a gagné

à un jeu. Une boule se gonfle dans sa poitrine, une boule vide ou pleine ou à moitié pleine, trop éblouie pour choisir. Doit-elle en parler à Bertrand ? Doit-elle se rendre à cette rencontre ? Aucune réponse, tout ceci lui semble brutal, elle qui ne remporte jamais rien, pas même un pot de lessive aux jeux à gratter offerts lors des anniversaires des hypermarchés.

Sa seule certitude tient dans la promesse de ce morceau de papier de lui offrir un soupçon d'aventure. Cette chance indiscutable lui rappelle que la vie peut encore lui réserver quelques surprises.

Chapitre 4

Ce chapitre de nos vies, je le nommerais : *Souviens-toi de la première fois, où nos regards se sont croisés.*

Amis lecteurs à l'âme bohème, je préfère être honnête avec vous, écrivain n'est pas un métier facile. Dès que l'on touche à l'artistique, rien n'est simple me direz vous. Je m'incline, vous avez raison. Coucher une partie de soi sur feuille, sur toile, sur partition ou sur tout autre support, nous ôte le voile de l'intimité pour nous exposer au monde et ainsi, être à la merci du plus redoutable, la comparaison. Ne soyez pas persuadés d'avoir créé l'œuvre singulière, dessiné le premier modèle, déniché l'idée originelle, il y aura toujours quelqu'un pour vous railler, *j'ai déjà vu ça* ou encore, ça ressemble à une telle ou à un tel. Ah, l'originalité… Ne cherchez jamais à être unique, oubliez d'être inimitable, n'inspirez pas à vous donner du style, le public ne vous laissera pas faire ou pire, il vous le reprochera.

Soyez vous, ce sera déjà pas mal.

Je vous mets en garde de ceci parce que j'arrive à un chapitre charnière de mon histoire, peut-être même le plus important, bien que la question se pose de savoir si un instant est plus à considérer qu'un autre. Le moment décisif de mon roman est-il vraiment la rencontre avec Anna lors de ce dîner au restaurant ? Ou alors est-ce le jour où Valentin a eu l'idée de mettre ce ticket dans un livre ? Peut-être est-ce quand j'ai décidé d'écrire ? Ou celui où ma grand-mère m'a emmené à la bibliothèque municipale et m'a donné goût à la littérature ? Chacun choisit quels sont le ou les grands moments qui bouleversent son existence.

Ma rencontre avec Anna fait et fera partie de mes plus beaux souvenirs, de ceux que l'on conserve précieusement, jalousement, égoïstement, que l'on choie avec une telle délicatesse, que l'on se remémore avec une telle tendresse, qu'il nous fait souffrir, qu'il nous coupe le souffle, qu'il nous emporte à une époque révolue et inoubliable.

Il m'apparaît difficile de la retranscrire avec objectivité. Je vous avais promis vérité et transparence, je ne m'en détourne pas. Je vais continuer sur cette voie sans entrer dans les détails, pas besoin de longue description mièvre et dégoulinante. Interdiction de parler d'un coup de foudre, ça non ! Ce jour-là, le ciel bleu, parsemé de quelques nuages, ressemblait à celui de la veille et ne différerait pas de celui du lendemain. Interdiction de mettre en évidence une quelconque audace, un charme ou une volubilité qui me font défaut. Interdiction d'aborder une décontraction de la part d'Anna. Interdiction de mentir, tout bonnement.

Révélation pour révélation, ce chapitre, je l'ai écrit dix, peut-être douze fois, je n'ai pas gardé les brouillons. Et, à chaque relecture, la gêne, la honte même, me fardait les joues. Parfois trop long, parfois trop court, parfois digressif, parfois niais, je ne pouvais me résoudre à vous laisser lire un ramassis d'absurdités. Mon seul souhait tenait dans l'envie de vous conter l'amorçage de cette relation avec le plus de simplicité et de sincérité pour que vous puissiez vous y identifier.

Bien résolu à me laisser guider par mon instinct d'écrivain, j'ai ouvert des classiques de la littérature, comme lorsque l'écriture coince. J'ai relu un peu de Flaubert et de Stendhal. Propulsé dans ce présent, après ces génies, m'obligeait à poser un genou à terre. Prétendre écrire mieux ou aussi bien que ces artistes me plongeait dans la vanité et la surestimation. Un autre temps, une autre langue, une autre morale, une autre patience que l'on ne retrouvera jamais. Alors comment moi, petit écrivaillon contemporain de roman, dit populaire, pourrais-je alléguer quoi que ce soit ? Comment pourrais-je décrire une rencontre avec autant de détails et de poésies qu'eux ? Comment chanter la beauté quand de ma plume ne s'échappe qu'une encre terne ?

Je reconnais en être incapable et même si je l'étais, la subjectivité me freine. J'abdique et renonce. Que dois-je vous dévoiler de cette rencontre ? Mon anxiété, sans conteste.

Pendant qu'Anna se trouve sur le plateau de tournage avec toute l'équipe du film, je me fais tout petit dans l'attente de sa venue. Je n'ai pas compté le nombre de fois où mes articulations ont craqué, où mes mains ont frotté mon pantalon et se sont ainsi couvertes de bactéries m'obligeant à les nettoyer, le gel lavant transportable est une invention bénie.

Depuis que je suis devenu un écrivain célèbre, je reste souvent enfermé dans ma maison parisienne pour me tenir à l'écart de tout état de nervosité. Lutte vaine, mon métier me contraint à me rendre à des interviews et en séances de dédicaces lorsqu'un roman éclot. Cette journée, en compagnie d'une lectrice devient le pire des tourments, environnement non maîtrisé, contacts inconnus, angoisse de manger avec une étrangère. Mes séances avec Dolorès m'aident à dompter ces gestes incontrôlables au quotidien mais un changement survient et mes névroses me rattrapent. L'insistance d'Éléonore n'a pas réussi à me faire accompagner Anna sur le plateau de tournage. Patrice se sentait de m'y protéger mais j'ai préféré éviter les excès nerveux avant le dîner. J'ai attendu à la table réservée du restaurant, la jambe gauche tressautant, qu'un chauffeur la dépose et qu'un serveur la conduise à moi.

J'ai choisi un établissement à la mode, ouvert depuis à peine trois mois, dont le Tout-Paris acclame la fantaisie. Surfant sur la vague de la nostalgie et du rétro, un jeune chef étoilé a eu la brillante idée de concevoir son restaurant dans l'esprit de la machine de Wells, ses clients voyagent dans une autre dimension visuelle et gustative, frôlant avec le kitsch raffiné.

D'aspect rustique, des pierres inégales recouvrent les murs d'une ambiance chaleureuse baignée d'un frisson de fraîcheur. Le carrelage, grossières tomettes, rappelle la cuisine de nos grands-parents ou arrière-grands-parents, selon l'âge de chacun. Le mobilier, assez rustre, aux finitions approximatives, impose sa présence dans la salle principale, de par la lourdeur de son bois. Les chaises, difficiles à soulever, raclent le sol bruyamment lorsqu'elles sont tirées. Sur les tables, cachés par des longues nappes à carreaux rouges et blancs, trônent des candélabres en cuivre. Sur la bordure des verres, reposent des oiseaux ou des canards ou bien est-ce là des poules, serviettes pliées par un origamiste avéré. La luminosité bicolore, tiraillée entre l'orangé et le pourpre, apporte une touche féerique à cet espace désuet.

Les serveurs, accoutrés comme au début du vingtième siècle, apportent des plats dans des cassolettes et des assiettes en terre cuite au rythme de musiques produites sur la scène centrale. Les musiciens se relayent, un homme à queue-de-pie devant son piano à queue, un accordéoniste en marinière ou encore une armée de violonistes en foulards rouges.

Le point fort de ce restaurant est son arrière-cour, protégée par une verrière intégrale offrant ainsi la possibilité de manger à l'extérieur en toute saison, dans la plus délectable des quiétudes. En son milieu, un arbre conséquent supervise le service, tel un médiocre marionnettiste, il se bat avec une guirlande lumineuse emmêlée dans ses branches. Si bien que, de nuit, nous dînons sous un tapis d'étoiles vertes, jaunes, rouges, bleues, ampoules à filament des bals de nos ancêtres.

Un serveur, précédé d'une femme, se faufile dans ma direction au travers du réseau labyrinthique créé par les emplacements aléatoires du mobilier. Le regard, insistant de celle-ci, exprime le sentiment de quelqu'un qui reconnaît un visage familier. J'en conclus qu'elle est mon invitée, Anna.

Vêtue d'une robe échancrée bleu marine et d'une paire d'escarpins, elle avance d'un déhanché chaloupé. Une crinière, entre le châtain et l'auburn, tombe sur ses épaules, tigresse pénétrant dans l'arène vers sa proie. Au soulèvement de sa poitrine, sa respiration parvient presque à mon oreille, feulement de l'angoisse et non de la chasse. Ses yeux ronds surmontent un joli nez convexe suspendu au-dessus de lèvres charnues qui laissent présager une multitude de douceurs. Sa peau pâle, parsemée de plusieurs grains de beauté, rappelle la dorure d'un pain viennois aux pépites de chocolat dont le croustillant éveille de tendres mélodies enfantines. Petite par son gabarit, fine par la taille, elle tire de ses formes généreuses aux parties convoitées, la volupté propre aux femmes girondes. Sa chute de reins, mise en valeur dans sa tenue, émoustille mes papilles. Elle s'approche de moi, au ralenti, ses pas marquent le sol en harmonie avec les notes de piano, ou peut-être l'instrument se cale-t-il sur sa démarche aérienne. Le silence s'abat dans la salle, les projecteurs se braquent sur Anna, ou peut-être ai-je cette impression à cause de l'effet hypnotisant qu'elle opère sur moi.

Elle dégage une aura indéfinissable qui lui donne un charme certain. L'eurythmie de ses traits ne laisse personne indifférent, je pense. Elle ne possède pas la flamboyante beauté universelle, celle dont l'unanimité ne se contredit pas, elle a une refroidissante beauté personnelle, celle du désaccord mais ô combien céleste dont les débats clivants et envenimés de ses défenseurs s'étirent tard dans l'obscurité de la nuit.

Elle avance sans détourner le regard, je le soutiens pour ne pas passer pour un faible. Son rictus immobile et ses lèvres pincées dénotent une perte de repères. Je me lève pour l'accueillir et peine à reculer ma pesante chaise par la seule force de mes jambes. Afin de me dégager la voix, je cherche à ravaler ma salive, sans qu'elle ne puisse descendre à cause de ma gorge obstruée par un perfide caillot émotionnel qui assécherait n'importe quelle langue pendue. Dans deux pas, nos malaises respectifs se percuteront, la collision libérera des règles de bienséance robotisée. Il est de mon devoir d'arbitrer en chef d'orchestre la prise de parole pour afficher une fausse aisance de laquelle je tirerai une maîtrise du reste de la soirée et surtout, pour lui vendre du rêve grâce à mon statut d'écrivain habitué à ces dîners professionnels.

Pour éviter toute gêne sur la bonne conduite à adopter lors des salutations, je lui tends la main, dont j'essuie discrètement la moiteur sur mon jeans et je la contracte afin de masquer les tremblements. L'accueil doit être chaleureux, je tente un sourire, je crains que ma crispation ne rende cet essai comparable à la tête d'un épouvantail, planté au milieu d'un champ désertique, effrayé par l'envol d'un épervier .

— Bonsoir Anna, la salué-je.

— Bonsoir William, répond-elle quand ma main se referme sur la sienne, frêle et douce.

— Je suis enchanté de faire votre connaissance et vous félicite d'avoir remportée le concours.

— Merci. C'est un plaisir partagé, lance-t-elle les joues empourprées.

— Je vous invite à vous asseoir, lui proposé-je en tirant son siège. Je suis désolé, je dois vous abandonner un court instant.

« Repli », ai-je envie de hurler. Je fuis vers mon dernier retranchement, les toilettes, havre de paix. Je me lave les mains avec vigueur, les moussant à quatre reprises. Pourquoi quatre ? Parce que deux, c›est insuffisant et que trois, c›est un nombre impair. L'imparité porte malheur. Le reflet dans le miroir me renvoie un homme intimidé, confus, séduit par une chimère aux reflets envoûtants, obligé de s'isoler pour regagner son calme.

Je la rejoins à notre table, sous l'arbre, dans l'arrière-cour. Je me jette sur la carte, la positionnant en vitre sans tain entre nous, feignant d'être subjugué par le menu pour interdire à nos regards de se croiser et qu'elle ne remarque le malaise provoqué par son entrée en lévitation. Recouvrant un semblant d'aplomb, je m'autorise à lever les yeux vers elle.

En choisissant les plats, je l'ai sentie de suite plus à l'aise. Nous avons parlé principalement de l'écriture, de ma manière de travailler, de mes anciens et de mes prochains romans, de personnages qu'elle a aimés, de scènes qui l'ont touchée.

Même paniqué, j'ai tout fait pour lui paraître intelligent et pertinent. Je ne me suis pas aventuré vers quelques notes humoristiques dont je ne maîtrise pas la résonance. Sans causticité, j'ai misé sur la culture pour la séduire, m'appropriant les citations d'auteurs, philosophant sur la vie sans en comprendre le sens profond, reprenant à mon compte des discussions exprimées par des personnalités plus brillantes que moi. D'habitude, ces grandes litanies font leur effet sur mon entourage lors de dîners mondains où chaque convive expose, à la manière d'un culturiste sur un podium, le tonus de son muscle cérébral. Anna y semble indifférente. Je constate, à travers ses questions, qu'elle cherche à savoir qui je suis vraiment et non ce que je veux bien lui montrer. Par cette quête de vérité insoupçonnée, elle me déstabilise. La sentant réceptive à l'écho de mes réponses dénudées d'artifices, je me suis débridé pour être moi-même, sans porter de masque.

Il est parfois plus difficile d'être ce que l'on n'est pas.

Quand elle en a eu terminé de m'interroger sur mon métier et moi, fini, de répondre aux sempiternelles questions que l'on pose à un écrivain, je me suis intéressé à elle, à sa vie, sa famille, son parcours, ses préférences. Elle me narre la façon dont elle a trouvé le ticket dans mon dernier roman, son anniversaire, la négligence de son mari, sans mettre de filtre. Cette honnêteté me perturbe. Elle se confie avec la légèreté de quelqu'un persuadé de ne jamais revoir son confident.

Nos conversations se ponctuent de silences, nous contraignant à détourner le regard, à ôter une miette de pain fictive sur la table, à replacer parallèlement nos couverts ou à tourner le pied de notre verre vide.

Ce mutisme ne traduit pas le malaise ressenti par deux étrangers qui se croisent pour la première fois mais un sentiment indéfinissable, flirtant aux frontières de la séduction, cherchant l'attitude adéquate à adopter pour capter l'attention de l'autre, sans embrasser une posture trop aguicheuse ou trop indifférente.

Arrive l'instant le plus important de la soirée, paragraphe écrit, réécrit, décrié, crié une douzaine de fois. Passage que vous considérerez probablement comme mièvre alors que je ne suis pas un écrivain fleur bleue, juste un homme en face d'une femme, sur lequel va s'abattre, ce pour quoi la vie se doit d'être vécue, un instant de grâce.

Anna n'a pas bu d'alcool de la soirée, elle a accepté une coupe de champagne à la fin du repas. Nos verres se sont entrechoqués. Les bulles ont pétillé sur nos palais. La lumière tamisée du bouquet d'étoiles au-dessus de nos têtes, donnait à cette fin de dîner, une atmosphère prompte à la palabre.

Plus détendus qu'au commencement, nos yeux se sont enfin rencontrés.

Un regard, un seul et simple regard.

L'avez-vous déjà vécu, connu ce regard-là ?

On ne peut le vivre qu'une fois dans sa vie, peut-être deux si, vraiment, nous sommes chanceux, un regard unissant deux personnes destinées à se croiser.

Et là, vous êtes certain que rien ne sera plus pareil, que rien ne pourra égaler cette subtile et fragile connexion. Peu importe l'âge, la beauté, le compte en banque, le niveau d'intelligence, tout est balayé, restent deux êtres unis aux confins de l'infini. Nos enveloppes charnelles n'existent plus, nous ne sommes plus que des pupilles entremêlées.

Cela n'a pas duré plus de quatre secondes et pourtant, j'ai eu l'impression d'être aspiré par une existence entière. Un sentiment inconnu s'est offert à moi comme la promesse d'un meilleur lendemain, d'un endroit où l'aube retient l'espoir. J'entraperçois dans la rétine d'Anna, l'éclat d'un bonheur si intense, si brut, si pur que l'envie de me noyer dans l'océan noir de ses yeux, s'est emparée de ma raison. Cette noirceur aux reflets bleu pétrole leurre mes instincts primaires, je suis prêt à laisser l'eau s'engouffrer dans mes poumons jusqu'à suffoquer, croyant, par la suite, ressusciter dans les bras de cette femme mystérieuse.

Dans ma poitrine, un fourmillement naît à chaque respiration et, plus je m'enfonce dans les profondeurs de son âme, plus je sombre dans une chute sans fond vers les flammes de la passion, incapable de me saisir d'une prise. Je veux poser ma main sur la sienne, pour m'accrocher à la réalité, à ce monde, à la vie. Mon corps est tétanisé face à tant de beauté, somptuosité miroitée par l'éclat de ses billes ensorcelées.

Le teint d'Anna s'est embrasé, déesse des enfers, elle a baissé les yeux et mit fin à cette œillade inattendue, nous ramenant sur la terre ferme. Je comprends mieux pourquoi les anges sont représentés les joues rosées.

Le dessert s'est empreint de la même note positive que le reste du repas. La dégustation a fredonné un chant mélodieux, le champagne s'évapore, ses bulles crépitent, les cuillères fendent les pâtisseries et tintent dans le creux des assiettes, les douceurs sucrées fondent dans nos bouches, nos langues se nouent pour que nos oreilles jouissent de cette symphonie et nos yeux se fuient pour mieux résister au chœur d'un concert entonné par les sirènes, toujours présentes, en farandole, dans l'atoll de son œil.

Avec Patrice, nous l'avons raccompagnée. Ce n'est que devant sa voiture qu'elle a repris la parole pour me remercier mille fois pour cette journée et j'en ai fait autant, en ajoutant être enchanté d'avoir fait sa connaissance.

Dans une ruelle parisienne, le silence embarrassant s'est abattu sur nous. Pour s'en défaire, Anna m'a salué.

Je l'ai regardé s'éloigner, me retrouvant seul, animé d'une légèreté sans pareille. Je n'avais qu'une idée en tête... la revoir...

Rentré à la maison, tiraillé entre une insomnie et la frénésie de la fin de soirée, je m'installe à mon bureau. Je n'oublie pas mon dessein, l'objectif caché derrière ce jeu concours. Aucun bruit ne dérange mon excitation. À la lumière de ma lampe, je gratte le papier dans le but d'assouvir ce désir. Les lignes se noircissent à la vitesse d'un train lancé.

Éléonore se positionne dans l'embrasure de la porte et me fait sursauter. Les yeux encore ensommeillés, elle avance d'un pas. Je cache au plus vite mon texte.

— Tu sais qu'il est bientôt trois heures ? me demande-t-elle.

— Oui. J'avais envie d'écrire. Je ne voulais pas perdre mon idée.

— C'était bien ce dîner ?

— Pas mal, éludé-je.

— Termine ce que tu fais et ne te couche pas trop tard.

Elle quitte mon bureau et je ressors ma feuille. Pour obtenir le droit de me coucher, un point final devait clore ma folie nocturne. Enfin, un point final… Devrais-je plutôt dire, un point zéro, celui du commencement.

Chapitre 5

Ce chapitre de sa vie, je pourrais l'appeler : *À voler plus haut que nous qui sait ce que tu trouveras.*

Quatre jours après sa soirée aux côtés de William James, Anna est revenue à la réalité, à la simplicité. Plus soucieux de la date de réception d'une pièce au garage que de la teneur du dîner de sa femme en tête-à-tête avec un autre homme jusqu'à deux heures du matin, Bertrand s'est contenté de deux-trois questions de politesse. Elle n'est pas entrée dans les détails, préférant les garder pour son jardin secret. Sa collègue Marie-Odile, en revanche, lui a asséné un interrogatoire minutieux dès le lundi matin, mais, là aussi, Anna est restée évasive. Il y a des choses que les femmes ne doivent pas raconter.

Le quotidien est remonté dans son train-train et la locomotive tire ses wagons : repas, ménage, courses. Mercredi, Anna passe prendre les garçons à la sortie de l'école et ensemble, ils rentrent à la maison. Elle se gare et observe, avec dépit et dégoût, la peinture écaillée de leurs volets et de leur portail. Chaque année, elle insiste auprès de Bertrand pour qu'il s'occupe de cette corvée qu'il occulte avec les mêmes réponses : « en ce moment, je n'ai pas le temps mais je le ferai la semaine prochaine », « je voudrais me détendre ce week-end, on verra le prochain, en plus la météo semble meilleure » ou encore, « je n'oublie pas, je garde ça dans un coin de ma tête ». Anna a compris que cette idée moisit dans ce coin poussiéreux et qu'il faudra encore qu'elle se coltine cette tâche ou payer quelqu'un pour la réaliser. Romain la bouscule et la sort de ses pensées. La mère regarde ses fils courir vers la porte et entrer en compétition pour définir lequel sera le plus rapide à sortir la clé de son sac à dos pour l'enfoncer dans la serrure. Elle réalise, avec ce geste simple, l'autonomie et donc, la maturité que prennent ses petits chaque jour. Elle paraît bien loin l'époque où ils étaient totalement dépendants d'elle. Ils disparaissent dans l'entrée pendant qu'elle ouvre la boîte aux lettres. Un seul courrier. *Anna Durand* est inscrit à la main, elle retourne l'enveloppe pour lire l'expéditeur. *William James* suivi de l'adresse d'une boîte postale. Sans trop réfléchir, elle déchire le rabat et sort la lettre.

Paris, le 21 février

Bonjour Anna,

J'engage cette lettre avec crainte et embarras.

Au retour de notre dîner, j'ai bien senti que le sommeil ne me gagnerait pas de sitôt. Mon cerveau était en ébullition. Cet état était dû à mon souhait de vous revoir et continuer cette conversation débutée à table. Je ne pensais plus qu'à vous recontacter, vous écrire, sans savoir si j'avais le droit de m'emparer d'une telle liberté. Il n'y a rien de plus horrible que de passer à côté d'un instant de vie pour de fausses raisons. Alors, après bien des heures d'hésitation, je me suis lancé.

J'ai téléphoné à la maison d'édition pour que l'on me donne vos coordonnées, au prétexte de vous remercier.

Une force mystérieuse me dicte la marche à suivre. Mon désir le plus sincère est de faire votre véritable connaissance et non pas de découvrir la Anna circonstanciée d'un samedi soir face à un inconnu, même si votre sincérité m'a touché.

Vous m'avez intrigué. Je ne saurais vous dire pourquoi mais je ne cesse de ressasser ce rendez-vous.

Tout ce que je vous révèle plus haut peut vous sembler flou, à la limite de la folie, j'en ai bien conscience mais je suis soulagé que vous réalisiez, progressivement, cette douce déraison dans laquelle vous m'avez entraîné (j'entends par là de manière involontaire bien entendu). Vous ne le soupçonnez pas car vous ne me connaissez pas mais, dès votre entrée dans le restaurant, vous m'avez fait perdre tous mes moyens et je n'ai jamais réussi à les recouvrer.

J'écris cette lettre avec la peur d'être maladroit et de créer de la confusion chez vous. D'ordinaire à l'aise sur le terrain du papier, me voilà bien désarmé.

J'ai encore tellement de choses à vous confier mais je crois qu'il faut que je m'arrête pour ne pas déraper et vous effrayer. Si vous souhaitez que l'on débute une correspondance, j'en serai heureux et flatté. Si vous ne le désirez pas, je le comprendrai parfaitement, et ne vous fendez pas d'une réponse justificative. Votre silence suffira à me faire taire.

Avant de choisir, je souligne ne vouloir que votre bien et que jamais, au grand jamais, je ne nuirai, ni à vous, ni à votre famille. Si cette lettre vous a causé préjudice, veuillez m'en excuser, s'il vous plaît.

Je n'attends rien de particulier, vous êtes une rencontre, une belle rencontre. Et comme j'ai tenté de vous l'exposer, je ne parviens pas à expliquer mon geste audacieux.

J'ai écrit ce billet d'une traite et je ne relirai pas, de peur d'y constater la pauvreté et l'incohérence de mon propos et par conséquent, de tout déchirer, sans jamais réitérer ma démarche. J'ai juste voulu fermer les yeux et sauter. Veuillez donc me pardonner, s'il vous plaît, pour les fautes, les répétitions et les erreurs.

J'appréhende déjà votre réponse, si réponse il y a.

Je vous souhaite le meilleur dans votre travail et dans votre vie.

Avec toute ma bienveillance.

William James

Anna referme la lettre pour la ranger soigneusement dans son sac à main. Elle grimpe les marches du perron avec entrain et ne peut empêcher un sourire d'irradier son visage, de la plus belle des courbes.

Chapitre 6

Ce chapitre de ma vie, je le nommerais : *Si c'était si facile, tout le monde le ferait.*

Amis lecteurs, dois-je me justifier de l'envoi de cette lettre à Anna ?

Oui, j'imagine. N'ayez pas de conclusion hâtive. Un homme qui décide de connaître une femme n'a pas forcément d'idée mal placée. Bon, j'avoue tout. J'avais bien un petit objectif secret en plus de la découvrir. Je minimise peut-être avec « petit objectif », employons le mot projet. Je reviendrai là-dessus plus loin dans mon récit. À l'instant même, où j'ai donné la lettre à Patrice pour qu'il aille la poster, je ne ressentais aucun désir charnel à l'égard d'Anna. Non pas qu'elle ne soit pas désirable, au contraire, elle est agréable, pulpeuse, envoûtante. Et moi, je suis un homme marié. Huit romans à mon actif, dix ans de mariage avec Éléonore, au moins deux millions de lectrices, si ce n'est plus et, la vérité vraie, jamais d'adultère.

Je suis fidèle à la fidélité.

J'ai fait une promesse à une femme, celle de la respecter et je compte bien m'y tenir même si la tentation existe au quotidien, même si croquer dans le fruit défendu est à portée de bouche. Mes névroses m'aident à ne pas tenter la tentation. Ne prenez pas cet air dubitatif en lisant ces dernières lignes. Je me doute de ce que vous pourriez me dire.

Oui, William, ton discours est bien mignon mais le fait d'écrire à Anna, c'est un premier pas vers l'interdit. Éléonore est-elle au courant de cette correspondance que tu souhaites entretenir avec Anna ? Non ? Ce n'est pas le début d'une tromperie çà ?

STOP. Je vous remercie d'exposer votre avis, cela rend le roman plus attractif.

Petit 1, écrire une lettre à une femme n'entre pas dans la liste des adultères. Je crois.

Petit 2, Anna n'a pas encore répondu et, si elle ne le fait pas, alors cette discussion est stérile.

Petit 3, vous souvenez-vous du chapitre 4 de cette histoire ? Ce passage où, de façon très intime, je vous dévoile ce dîner avec Anna et ce fameux regard. Vous avez déjà oublié ce regard unique ? Je n'avais encore jamais vécu une telle intensité émotionnelle à trente-quatre ans, ni avec Éléonore, ni avec personne. Il est de mon devoir d'en apprendre plus sur Anna pour comprendre ce qu'il s'est passé.

Et petit 4, Éléonore n'est pas au courant.

C'est d'ailleurs pour cette raison que je lui prépare une petite surprise. Oui, je culpabilise, si tel était votre sous-entendu. J'ai confié la lettre pour Anna à Patrice le lundi, depuis, mon esprit s'est retrouvé pris en sandwich entre excitation, embarras et culpabilité, une sorte de triple cheese de l'émotion.

Durant le week-end, une semaine après ma rencontre avec Anna, impossible d'être moi-même vis-à-vis d'Éléonore. Elle me parlait, je répondais sans prendre part à nos discussions. Je me sentais comme un chien enfermé dans un appartement par un jour de pluie. Mon esprit carburait à l'hypothèse.

Comment Anna va-t-elle prendre cette lettre ?

Vais-je lui causer des ennuis avec son mari ?

Que fait-elle ?

Va-t-elle me répondre ?

« Youhou, William tu es avec moi ou encore dans tes pensées ? » est la phrase que m'a le plus répété Éléonore pendant deux jours. Je me trouvais loin, si loin, dans une galaxie lointaine, très lointaine, en orbite, Laïka dans Spoutnik 2. Elle m'avait proposé une soirée et nuit détente à Deauville, accompagné de Patrice pour me rassurer, afin de nous extraire de la tension liée au lancement de mon roman. Proposition rejetée tant la nervosité de cette future missive ne me quittait pas. Le prétexte de la fatigue ne l'a pas convaincue mais nous sommes quand même restés à la maison. Éléonore n'accepte jamais sans compromis et, ce refus de ma part s'est soldé par une dispute. Je me suis retrouvé dans mon bureau, isolé, à écrire. Elle a relu un manuscrit d'auteur. La réconciliation n'a pointé le bout de son nez que le dimanche soir quand j'ai daigné lui présenter mes excuses pour mon côté papi pantouflard.

Oui, je m'en veux de lui mentir, si tel allait être votre prochain commentaire.

Lundi, après que Patrice soit revenu de la boîte postale avec les lettres de mes lecteurs et, constatant qu'Anna n'a pas souhaité me répondre, j'ai demandé à mon garde du corps de m'emmener à la maison d'édition pour déjeuner avec Éléonore. Nous avons fait une escale chez Ladurée où il a acheté une boîte de macarons dont ma femme raffole. Nous avons atteint les locaux à treize heures et, à peine la porte franchie, tous les employés se sont rués vers moi pour me féliciter quant au succès de mon livre. Un quart d'heure est la durée pour atteindre le bureau d'Éléonore dans lequel elle ne se trouve pas. Son assistante m'informe qu'elle est sortie. Je me rabats sur un autre membre de la maison d'édition, Valentin, le chargé en communication, mon seul véritable complice, voire ami, au sein de la société, peut-être même dans la vie de tous les jours, excepté Patrice. Une autre assistante m'apprend qu'il est absent, parti déjeuner. Bien décidé à ne pas être venu pour rien, je retourne m'installer dans l'office de ma femme. Je patiente plusieurs minutes avant que mon ventre ne commence à geindre au travers de gargouillis. J'abdique face à la faim et laisse la boîte de macarons avec un mot doux. Je propose à Patrice d'aller casser la croûte dans une brasserie parisienne. Il accepte.

En quittant les locaux, nous croisons Éléonore et Valentin. J'embrasse ma femme et salue mon ami. Je lui explique ma présence pour un déjeuner surprise. Elle est touchée par mon attention mais s'excuse de m'avoir loupé. Elle devait manger avec Valentin pour élaborer le lancement du roman d'Adam Rasselot. Valentin ne dit mot, signe d'approbation. Mon ventre gazouille et je prétexte de ne pas les retarder pour les abandonner, je lance une invitation à la volée à Valentin pour le remercier de la promotion autour de mon dernier livre. Je lui promets de lui téléphoner dans la semaine.

Le mardi, Patrice apporte le courrier de mes lecteurs, sans réponse d'Anna, une flopée bizarroïde de sentiments a défilé toute la journée comme des mannequins sur un podium. Inquiétude, d'un pas léger et fluide, parée de son lourd manteau d'hiver en peau de Chagrin a ouvert le bal, suivie de près par Tristesse avec son châle d'automne en soie sauvage de Mélancolie. Dans son sillon Colère et sa robe flottante vêtue de son apparat de Reproche déambule, frivole, avant que Patience ne termine la marche, en cadence, le visage fermé, dans son trikini vert Espoir.

Je passe la journée avec toutes ces incertitudes et la

conclusion de devoir attendre le lendemain. Si demain, Anna ne me donne pas de nouvelles, il faudra en tirer les bonnes conclusions.

Le mercredi suite à une nuit presque blanche et des idées presque noires, j'ai préparé le petit déjeuner pour Éléonore et lui ai souhaité bon courage pour son travail difficile sans y mettre d'entrain. Nerveux et incapable de me calmer, je me dois de m'occuper. À neuf heures trente, la femme de ménage sonne et, je lui explique que, ce matin, je vais l'aider à nettoyer.

Petite confidence. Je suis ce qu'on appelle un mysophobe. La saleté, les bactéries et tout autre spécimen répugnant me terrorisent. J'ai suivi plusieurs thérapies, avec Dolorès, ma psychologue, cela m'a servi sans me guérir complètement. Si un événement bouleverse mon existence tranquille bien ordonnée, je perds pied. Le ménage doit être fait tous les jours, du lundi au dimanche.

J'emploie une société sérieuse pour cela, avec un coût excessif car trois femmes de ménage se relaient sur la semaine, avec six heures par jour de travail acharné pour que tout soit nickel. Mon bureau est exempt de nettoyage. Je suis le seul, avec Éléonore, à y entrer.

Ne prenez pas cette extravagance pour un caprice d'écrivain fortuné, si je pouvais m'en passer, je le ferais. Parfois, quand les femmes de ménage sont parties, je repasse à des endroits stratégiques de certaines pièces parce que, j'ai cette intime conviction, que quelques bactéries rebelles se sont bien cachées et résistent dans le maquis des recoins les plus sombres, au 99,99% de propreté qu'offrent les grandes marques d'eau de Javel. Je fais cela uniquement quand je ne me sens pas bien et qu'Éléonore n'est pas là, sans quoi, elle me surnomme Monsieur Propre et me prend rendez-vous chez Dolorès le lendemain à la première heure.

Je m'active deux heures environ en attendant que Patrice ne revienne de la boîte postale avec le courrier, encore sans nouvelles d'Anna. Je récure encore une petite heure comme un damné avant d'aller préparer mon déjeuner. Je cherche une distraction et l'envie soudaine d'une partie de tennis épuisante m'assaille. Je prends le téléphone fixe et compose le numéro du chargé en communication de la maison d'édition.

— Allô ?

— Salut Valentin, c'est William, comment vas-tu ?

— Bien et toi ?

— Plutôt pas mal. Je me faisais la réflexion à l'instant qu'il y avait un moment que l'on n'avait pas tapé la balle tous les deux. Ça te dirait un petit match ce soir ?

— Ça aurait été avec plaisir mais avec toutes les grosses sorties en ce moment, j'ai pas mal de boulot et pour ne rien te cacher, je suis assez fatigué.

— Un grand garçon comme toi fatigué ?

— Je t'assure, je ne vois pas le bout des journées. Je suis au four et au moulin. Mon emploi du temps s'allège d'ici deux à trois semaines, on peut se fixer une date si tu le souhaites ?

— On verra le moment venu, ne t'en fais pas. Je t'avais dit que je t'inviterai à dîner pour te remercier de la super com' sur mon livre, tu es libre ce soir ?

— Tu vas dire que je le fais exprès mais je n'ai qu'une envie après le boulot, c'est rentrer chez moi.

— Ok. Je peux te payer un verre alors ?

— Ne crois pas que j'y mets de la mauvaise volonté mais je préfère que l'on reporte cette invitation d'ici quelques jours, ça te va ?

— Faisons comme ça. Je te souhaite bon courage pour tes lancements. À plus.

— Ciao, conclut-il.

Valentin, que j'apprécie beaucoup, est aussi insaisissable qu'une pluche noire flottant dans un bain. On peut l'attraper en un rien de temps ou alors, elle glisse entre nos doigts sans jamais se retrouver au creux de notre main. On peut se voir trois fois dans la semaine et, on peut rester des semaines sans se croiser. J'aurais vraiment aimé qu'il soit un ami plus stable.

Pour ne pas penser, je regarde un film que j'arrête au bout de dix minutes. J'ouvre un livre que je referme après deux pages. J'essaie d'écrire, page blanche. L'image d'Anna me rattrape toujours, plus rapide et plus tonitruante qu'un raz-de-marée.

Je tente de me mettre à sa place. J'imagine son quotidien ordinaire, trente-cinq heures hebdomadaires, aller en courses, s'occuper des enfants, préparer les repas, écarter les cuisses pour sa baise du week-end, samedi soir ou dimanche matin selon chacun et ceci, semaine après semaine après semaine après semaine. Et moi, dans cet ennui, je lui propose un peu de piment, une sortie sur un plateau de tournage, un dîner en tête-à-tête avec un célèbre écrivain, et, clou du spectacle, une correspondance épistolaire refusée, quelle diva ! Bon oui, je lui ai proposé cet échange en ayant une idée derrière la tête mais tout de même, il y a des propositions qui ne se refusent pas dans la vie, non ?

J'avoue, j'avoue, j'avoue avoir été un tantinet médisant sur mon dernier paragraphe. La routine d'Anna doit être très bien, peut-être même mieux que la mienne. Que voulez-vous ? Quand l'orgueil prend la parole, ses mots dépassent ses pensées et écrasent les règles de bienséance.

Mea culpa. Le jeudi, dans le courrier apporté par Patrice se cache la lettre de toutes les convoitises. D'accord, de la mienne seulement. La dernière fois que j'ai tant attendu, j'avais cinq ans et le Père Noël devait passer le lendemain matin.

Bref, elle est là.

Oui, oui, oui, elle est là, na-na-na-na-nère.

Voici ce qu'Anna m'écrit.

Brie-Comte-Robert, le 28 février

Bonjour William,

J'ai longuement hésité, dois-je lui répondre ou non ? Cette question m'a tourmentée tout le week-end et le début de semaine avant que d'autres interrogations ne viennent se bousculer dans ma petite tête.

Pourquoi moi ?

Lui, William James, homme si séduisant, si talentueux, si convoité, pourquoi s'intéresse-t-il à moi ?

Pourquoi veut-il que l'on entretienne une correspondance ?

Qu'attend-il de moi ?

Après tout, je ne suis qu'Anna, une petite assistante de direction de banlieue parisienne si loin de son monde à lui.

J'espère ne pas être maladroite avec mes questions. J'aimerais que vous y répondiez. J'ai besoin d'y voir plus clair, peut-être pour définir où je vais ou plutôt, où vous voulez m'emmener.

Je vous demanderai s'il vous plaît de répondre à

l'adresse au dos de cette lettre. C'est mon lieu de travail, je ne tiens pas à ce que la prochaine lettre arrive à mon domicile, vous comprendrez aisément pourquoi.

Veuillez m'excuser pour les éventuelles fautes et maladresses dans mon courrier, je n'ai pas votre don pour l'écriture.

Merci d'avance et merci encore pour ce dîner dont je garde un merveilleux souvenir.

À bientôt, peut-être.

Bien cordialement,

Anna Durand

Finalement, après dix jours d'attente, je peux le dire…

Accrochez-vos ceintures, gardez-bien vos bras attachés au livre, ne lâchez pas les prochaines lignes des yeux, soyez bien attentifs.

C'est parti.

Hé, hé hé…

Chapitre 7

Ce chapitre de sa vie, je le nommerais : *Si tu veux bien, quittons la rive, partons à la dérive.*

Ce lundi matin, Anna franchit la porte de son entreprise sans se soucier du travail en attente. Son esprit est ailleurs, en compagnie du facteur. Elle l'imagine, sur son vélo, pédaler le long de son parcours habituel avec, dans sa sacoche, la réponse de William. Peut-être n'a-t-il pas encore répondu. Peut-être ne recevra-t-elle la lettre que le lendemain, le surlendemain ou peut-être pas du tout. Anna sera peut-être déçue, ou pas, et alors ? Elle ouvre ses mails, prépare sa journée et ne cesse de zieuter le couloir, passage obligé du postier.

Une heure plus tard, le facteur salue Anna et Marie-Odile comme à son habitude, sans se douter qu'il détient, avec un peu de chance, un rectangle de bonheur de onze centimètres par vingt-deux. Elle se jette littéralement sur le courrier et, entre toutes les enveloppes, trouve la sienne. Elle souffle un bon coup. Elle prétexte une envie pressante pour s'isoler aux toilettes, à l'abri des regards, et débute sa lecture.

Paris, le 2 mars

Bonjour Anna,

Je viens à peine de recevoir et de lire trois fois votre lettre que je vous réponds à mon tour. Mon esprit fourmille à une vitesse telle que ma main ne peut suivre mes idées.

Je ne parviens pas à trouver de fil conducteur.

Pourquoi ?

C'est bien là votre principale question, n'est-ce pas ?

Cherchez-vous toujours une cause à effet quand l'envie pointe le bout de son nez ?

Commencez par oublier mon statut d'écrivain. Ne me considérez pas comme quelqu'un de talentueux ou de séduisant parce que quelques magazines l'ont décrété.

Voyez-moi comme un homme simple, comme un être ordinaire à la porte duquel vous êtes venue frapper par le plus fortuit des hasards. Et, avec cette rencontre, j'ai pris parti, avec une réelle détermination, de vous ouvrir cette porte.

Depuis que nous nous sommes croisés, mes pensées ne se détachent plus de vous, et cela s'est empiré depuis que j'ai eu la folie de vous envoyer cette première lettre. Je ne vous cacherai pas que j'ai surveillé chaque jour ma boîte aux lettres avec le secret espoir d'y trouver un message de votre part. Cette attente m'a paru interminable. Vous pouviez décider de ne pas me répondre. Ce choix, je l'aurais respecté et accepté sans pour autant m'en réjouir. Je voulais, je désirais, je souhaitais vous lire.

En une soirée, vous êtes parvenue à vous immiscer au plus profond de ma raison. C'est la seule véritable explication que je peux donner à vos pourquoi.

Sans vous offusquer, je n'attends rien de particulier de vous, ou alors juste de vous découvrir, de comprendre ce qui se cache derrière votre énigmatique aura.

J'aimerais vous renseigner sur notre destination, mais j'en suis incapable. Inventer un itinéraire reviendrait à vous mentir et je n'y tiens pas.

Je n'ai plus qu'une hâte, si vous l'acceptez : démar-

rer cette correspondance.

J'attends, j'attends en croisant les doigts.

Merci, merci et merci.

Je vous enverrai cette lettre à l'adresse que vous m'avez indiquée. Je vous le répète et vous rassure, je ne veux en aucun cas vous causer le moindre tort. Je ne vous désire que du bien.

Bien cordialement,

William James.

Anna sort des toilettes, émoustillée, le sourire aux lèvres. Elle retourne directement à son bureau. Occultant son travail, elle guette le moment opportun pour lui écrire sa lettre et la poster dans la foulée. En toute logique, plus William la recevra rapidement, moins de temps il prendra pour répondre. C'est mathématique. Aussi sûr que deux et deux font quatre. Une belle fenêtre de tir se présente à elle vers onze heures quand Marie-Odile a un entretien avec leur directeur. Anna en profite pour rédiger son mot.

Vingt minutes avant la pause déjeuner, elle se rend à la Poste afin d'envoyer le courrier de l'entreprise avec, cachée dans son sac, sa propre lettre. Le bureau de Poste est sur le point de fermer quand elle pénètre à l'intérieur. Une jeune femme l'accueille, « Lucie » est inscrit sur son badge, et la dirige vers les bornes électroniques. Anna s'empresse d'affranchir les enveloppes et de les glisser dans la boîte aux lettres à l'extérieur, soulagée de leur départ imminent.

Si tout se passe bien, elle aura un retour avant la fin de la semaine.

Pontault-Combault, le 4 mars

Bonjour William,

En toute franchise, j'espérais ce matin, en voyant le facteur passer la porte de nos locaux, recevoir une lettre de votre part. Je n'ai pas été déçue.

Je n'ai pas votre aisance avec l'écriture et ça fait dix fois que je débute une phrase pour ensuite tout déchirer parce que je me pose mille questions sur ce qu'il convient d'écrire ou non.

Je vous remercie du respect que vous témoignez pour ma vie privée. Il est tout à votre honneur. Je suis mariée depuis quatorze ans, maman de deux enfants et je ne veux pas tromper mon mari, quelque soient les sentiments que vous m'inspirez. Il n'est peut-être pas question de cela, mais je préfère être claire sur le sujet pour ne pas être confrontée avec un quiproquo qui serait gênant pour tous les deux.

Car oui, il y a quelque chose d'assez indéfinissable. Moi aussi, je suis perturbée, troublée. Vous êtes vous*, William James, l'écrivain traduit dans de nombreux pays, adapté au cinéma, réputé comme étant un homme intelligent. Je reconnais que mon cœur bat plus fort maintenant que le facteur vient ici. J'ai les joues en feu en lisant vos mots. Les émotions que vous soulevez en moi déclenchent une douce euphorie. J'ai l'impression d'être une pile chargée à son maximum et je fais de mon mieux pour cacher mon émoi à ma collègue.*

Pour autant, votre dernière lettre ne répond pas à mes pourquoi, vous laissez planer un doute sur vos motivations, et en cela, il est difficile pour moi de vous faire confiance et donc de m'investir plus en avant dans cette correspondance. Il est possible que cette retenue vienne aussi du support de nos échanges, les lettres transmettent des émotions mais ne dévoilent pas les expressions de nos visages. Peut-être cela me freine-t-il ? Ce n'est pas une affirmation, juste une supposition.

Mettez-vous à ma place ! Un homme m'écrit pour apprendre à me connaître, nous sommes tous deux majeurs et vaccinés, cela laisse supposer que l'homme a des attentes assez peu catholiques. Je ne souhaite pas vous insulter de goujat, de Dom Juan ou de beau parleur, j'essaie juste de vous expliquer mes réticences à accepter totalement cet échange.

Même si j'ai bien conscience de la chance que vous m'offrez d'entretenir une correspondance avec le célèbre écrivain, William James. Nombreuses personnes m'envieraient. Peut-être avez-vous ce type de relation avec plusieurs personnes et que je ne suis qu'une de plus ?

J'espère que le contenu de ce message vous aura éclairé sur certains points. C'est à mon tour d'appréhender votre réponse.

Anna

***

Dix-huit heures trente, Patrice est parti depuis quinze minutes, je suis installé à mon bureau et j'écris mon prochain roman. Plongé dans la créativité, rien ne peut m'arrêter, à part la sonnette de la maison. Puisqu'elle résonne en continu, le visiteur doit avoir le doigt enfoncé sur le bouton. Je me demande qui peut me rendre visite à ce moment de la journée. On pourrait supposer le retour de Patrice parce qu'il aurait oublié quelque chose sauf qu'il est trop organisé pour pareille étourderie. Je descends et me rends devant le vidéophone. La tête de Valentin, le chargé en communication de la maison d'édition, apparaît à l'écran. Surpris de le voir quitter si tôt son lieu de travail, je le fais entrer sans hésiter.

— Salut, me dit-il, comment vas-tu ?

— Bien merci, et toi ?

— Plutôt pas mal. Je ne te dérange pas ?

— Non, j'écrivais.

Il rigole.

— Je l'aurais parié. J'ai une surprise pour toi, annonce-t-il en sortant une boîte de sa veste.

— Qu'est-ce que c'est ?

— Tu vas voir.

Il se rend de son propre chef dans le salon et s'installe dans le canapé, jambes croisées, mains derrière la tête. J'ouvre. À l'intérieur de l'écrin repose un stylo, long, raffiné, chromé avec des stries dorées et, sur son flanc, mes initiales, « W. James ». Il y a de cela quelques semaines, le fabriquant de stylos de luxe Figre a convenu, avec ma maison d'édition, un accord commercial pour un nouveau produit à mon image. J'attendais de le recevoir avec impatience. Cet objet est la concrétisation et la sacralisation de ma carrière d'auteur. Quel écrivain ne rêve pas de posséder une plume à son nom, commercialisée de surcroît ? Mes yeux pétillent, je les lève en direction de Valentin qui me sourit.

— Vu ton regard, je te le dis, ça me fait plaisir de te faire plaisir.

— Et comment !

— Je l'ai reçu en fin de journée, je me suis dit que tu aimerais le voir, alors je suis sorti plus tôt pour te l'amener. Je ne t'ai pas prévenu pour jouer au Père Noël et profiter de cette expression pleine de satisfaction en direct.

— Merci beaucoup.

— Tu n'as pas à me remercier, c'est le fruit de ton travail.

— Oui, mais c'est grâce à toi si on a décroché ce contrat publicitaire.

— Oui, fanfaronne-t-il en observant ses ongles. Je ne suis pas mauvais dans ma fonction, je suis même assez bon.

— Je t'offre un verre pour fêter ça ?

— Volontiers, whisky sec si tu as.

— Tu trouveras toujours de quoi te désaltérer à ta convenance dans cette maison, blagué-je.

— Il faudra que tu passes à la maison d'édition dans les prochains jours pour valider le prototype afin de lancer la fabrication. Seulement si celui-ci te convient.

— Pas de problème, je passerai.

Nous trinquons, nous discutons, nous palabrons, nous rigolons, je nous ressers en alcool quand nos verres sont vides. Il est difficile de définir ma relation avec Valentin, si vous étiez spectateurs de cette scène, vous penseriez que nous sommes des amis de longues dates. Ce qui n'est pas faux étant donné que nous nous connaissons depuis plusieurs années. Là où vous faites erreur, c'est en utilisant le mot « amis » pour nous décrire. Pour ne rien vous cacher, j'aimerais que l'on soit plus proches. Valentin est loyal et serviable mais son manque d'engagement l'empêche d'être un ami sérieux. Si une tuile survenait en pleine nuit, ce n'est pas son numéro que je composerais. J'aurais une chance sur dix, disons même plutôt une chance sur vingt, qu'il décroche. Par exemple, il a été omniprésent lors de l'incident, à m'épauler et me réconforter, pour ne pas me laisser sombrer vers une paranoïa totale. En contre-exemple, lors de la mort de ma grand-mère, il a été aussi visible qu'un fantôme dans un cimetière, se contentant de passer pendant la messe et de s'éclipser juste après. Je ne lui en veux pas de cette absence, personne n'aime les obsèques. Toutefois, j'ai compris ce jour-là que je ne pourrai jamais compter totalement sur lui. Valentin navigue au gré de ses envies et de ses humeurs. Si, pendant plusieurs mois, on ne se voit pas, il ne s'alarme pas et ce comportement, aussi anodin puisse-t-il être, me freine à m'investir davantage dans notre relation, même si l'écho de nos rires provoqués par l'ingurgitation d'alcool, me donne envie de faire de ce type un véritable ami.

Plus d'une heure après le début des festivités, je lui annonce l'arrivée prochaine d'Éléonore et l'invite à rester dîner avec nous dans la continuité de ce moment enjoué.

— Je te remercie de l'invitation, mais je vais y aller. Demain matin, je me lève tôt, j'accompagne Maxime Borduit à une interview radio et je veux être en forme pour le booster, le petit, clame-t-il en simulant les coups d'un boxeur.

Boxeur qu'il imite très mal, au passage.

— Si ce n'est que ça, je peux faire à manger vite fait et tu seras au lit à l'heure pour qu'on te lise ton histoire du soir.

— C'est gentil mais ne t'embête pas, profite de ta soirée, discutez du stylo pour vite me confirmer s'il vous convient.

— Ok. Je n'insiste pas. La semaine prochaine on se fait une partie de tennis ?

— Ça va être charrette. En ce moment, je suis sur pas mal de lancements et de préparations. Mais on fait comme d'hab', dès que j'ai un créneau, je t'appelle.

— Ça marche, faisons comme ça.

— Merci pour le verre.

— Merci à toi d'avoir déposé le stylo.

— Y'a pas de quoi. Passe le bonsoir à Éléonore. À la prochaine.

— À bientôt.

Quand je vous disais que ce garçon file entre les doigts comme une poussière dans un bain. Je ne m'attarde pas, emplis mon verre et monte dans mon bureau avec mon stylo. Je m'installe dans mon sofa et examine à nouveau ce magnifique objet à mon nom, oubliant, grâce à l'alcool, l'arrivée imminente de ma femme. Je le tourne et l'examine sous toutes ses coutures. Je ne peux retenir un sourire vaniteux.

J'avais un plan avec ce ticket gagnant, à présent surpassé par mon désir de faire succomber Anna tant elle me plaît, action impossible à réaliser sans une aide de taille. Maintenant, j'ai en ma possession la plus puissante des armes. Avec celle-ci, pas besoin d'une détente à presser pour causer des dégâts, il suffit de la positionner à l'oblique pour dégainer ses munitions. En son cœur coule un précieux liquide, plus corrosif que de l'acide, plus assassin que le poison. Sa portée dépasse tous les projectiles, elle n'a d'égale que l'épaisseur d'un dictionnaire fusionné à un imaginaire. Oh oui, cette arme est capable de révéler à la lumière d'une feuille blanche, mes sincères sentiments et de terrasser la plus résistante des réticences d'Anna.

Paris, le 7 mars

Anna,

Je crois que nous partons sur de bonnes bases avec le souhait commun d'emprunter le même chemin. Je m'explique.

Ne me remerciez pas pour le respect porté à votre vie privée. Je suis moi-même marié depuis dix ans. C'est pourquoi je vous écrivais dans la lettre précédente que je n'attends rien de vous. Ce fait n'annonce rien de négatif, bien au contraire, nos foyers sont nos priorités respectives, c'est rassurant.

Je n'ai jamais trompé ma femme et ne compte pas commencer aujourd'hui. Si, je franchissais cette limite et qu'elle l'apprenait, ça serait la fin de notre couple et pour des raisons ancrées au plus profond de mes certitudes, je ne veux sous aucun prétexte la perdre.

Ce que j'entreprends aujourd'hui avec vous n'est pas dans mes habitudes. Bien évidemment, des lecteurs m'écrivent et je leur réponds. Avec certains, cela dure depuis des années. Avec la première lettre que je vous ai adressée, la démarche n'est pas la même. Ce n'est pas vous, Anna, lectrice, qui êtes venue à moi pour me féliciter de mes écrits mais bien moi, William, l'homme, qui vient à vous, pour apprendre à vous connaître. Il n'y a donc pas d'autres lecteurs à échanger de la sorte avec moi, vous êtes la seule.

De ce fait, nous revenons à mon incapacité à vous expliquer ma volonté de vous découvrir. Tout dans mon quotidien, que ce soit mon caractère, mes convictions ou mes choix m'éloigne de cette correspondance et le paradoxe s'empare de mes arguments les plus ardus car je suis, à cet instant même, en train de me justifier de mon audace. Je voudrais sincèrement vous dévoiler mes motivations pour vous, pour nous. La réalité est que je patauge dans l'ignorance, si loin de la rive de la clairvoyance, que nager à contre-courant du bon sens dévoilerait mon impuissance. Je peux, en revanche, vous énoncer les motifs de ce geste sans en déceler les pourquoi ; vous pourrez toujours en définir les contours avec vos ressentis.

Vous m'avez subjugué lors de notre premier rendez-vous, et pas uniquement avec vos charmes. Votre candeur et votre naturel m'ont apaisé. Vous dégagez une attirance, pas sexuelle comme vous le supposez, plutôt amicale et réconfortante, à endosser le rôle de confidente. Je suis prêt à mettre ma main au feu que dans votre entourage, on vous a déjà qualifiée de femme solaire. Moi, comme tout moustique égaré qui se respecte, je suis indéniablement attiré par votre luminescence.

Avec vous, je suis l'homme et non l'écrivain, un plaisir simple et enivrant pour un personnage public tel que moi. Depuis le début de ma carrière d'auteur, exposer ma véritable personnalité sans crainte d'être jugé est un bonheur oublié jusqu'à votre rencontre. Un sentiment étrange, je vous l'assure. Je ne pèse, ni ne mâche, ni ne réfléchis aux mots sur le bout de ma langue déliée quand ils s'envolent dans votre direction.

L'étendue de ces deux points devrait suffire à vous convaincre de mes desseins désintéressés ou, s'ils ont un intérêt, il est très égoïste puisqu'ils visent mon bien-être. La raison se cache peut-être derrière cela, l'envie de vous avoir comme amie pour compenser mes relations tronquées aux autres.

Si je le pouvais, je vous parlerais de tout ceci dans

Paris, là où les rues nous baignent de leur normalité et font de nous un quidam parmi les Parisiens. Nous pourrions nous perdre de quartier en quartier, d'architecture en architecture, pour que vous compreniez les nuances et la sincérité de mes propos. Ceci n'est qu'un rêve car il m'est impossible de me balader dans les artères de la capitale.

Pour vous prouver l'ampleur de mon honnêteté, je vous partage, à présent, mon ressenti matinal.

À l'aube, avant de monter sur mon tapis de course, je me faisais la réflexion que la littérature a été le pont entre nos deux vies, vous aimez lire, moi de même et nous nous sommes rencontrés grâce à un de mes romans. Je me suis alors demandé quel livre je vous offrirais en premier pour vous exhiber mon admiration. Mon choix devait être pertinent et, à la fois, vous correspondre, me représenter et nous unir.

Je suis monté sur mon tapis avec cette idée en tête. Dès le départ de ma course, me sentant pousser des ailes, probablement grâce à une récente rencontre, je prenais la décision de parcourir une longue distance. Comme toujours, au commencement de ces interminables trajets, je me mis à cogiter. D'habitude, mes pensées suivent le rythme de ma foulée mais ce matin, mon pas était régulier et focalisé sur vous et uniquement vous. Je cherchais quel ouvrage je pourrais vous tendre. Jusqu'à ce que, d'un côté de mon esprit, il y ait vous, et de l'autre, ce poème de Baudelaire, « Le Serpent qui danse ». Vous étiez parfaits tous les deux, en symbiose. Vous vous confondiez, comme si le poète avait admiré votre jumelle temporelle en écrivant ses mots. Par association d'idées, votre image m'a rappelé d'autres vers, « Hymne à la beauté » :

« Que tu viennes du ciel et de l'enfer, qu'importe,
Ô Beauté ! monstre énorme, effrayant, ingénu !
Si ton œil, ton souris, ton pied, m'ouvrent la porte
D'un Infini que j'aime et n'ai jamais connu ? »

Vous allez penser que je tombe dans le cliché, vous avez peut-être raison.

Osez, à présent, contredire que ces vers ne vous ressemblent pas. À la teneur de nos échanges et le support des lettres, ce recueil s'avère être la première pierre idéale pour notre édifice en construction si, bien entendu, vous acceptez de cimenter les prémices de notre histoire. Il y a peu de temps, je lisais dans une revue que, au tout début de sa carrière, Baudelaire était prédestiné à écrire cent grands romans... Et que finalement, il n'a pondu, ou presque, qu'un recueil de poèmes. Les Fleurs du Mal, *son titre en dit déjà long... Un seul des poèmes de ce recueil vaut bien plus qu'un roman... Je peux déjà l'affirmer, une seule de vos lettres vaut bien plus que tous les badinages.*

Il est possible que vous interprétiez mal ma pensée mais, à l'heure actuelle, je ne peux pas plus la structurer. Je souhaite du plus profond de mon cœur ne pas vous effrayer. Je ne sais jamais comment mes mots vont être perçus.

Je pars sur les routes pour une tournée de dédicaces et j'appréhende déjà de ne pas recevoir de réponse de votre part en rentrant. Même si, sans être prétentieux, j'imagine que vous espérez trouver mes mots au plus vite dans votre boîte aux lettres.

Avec toute ma bienveillance,

William

P.S :

« Je crois boire un vin de Bohême,
Amer et vainqueur,
Un ciel limpide qui parsème
D'étoiles mon cœur ! »

***

Avec la sortie de mon dernier roman, il était inévitable que je retourne sur les routes pour aller à la rencontre de mes lecteurs. J'adore cet exercice sauf quand il m'emmène très loin de chez moi. Je ne m'habituerai jamais à dormir à l'hôtel lors de mes tournées de dédicaces. Toutes ces années communes n'atténuent pas la gêne ressentie lorsque Patrice et moi partageons une même chambre, avec lit séparé, s'il vous plaît. Dormir dans la même pièce qu'un autre homme ne m'ennuie pas, je n'ai aucun problème avec ma sexualité, mon souci est qu'à trente-quatre ans, je suis incapable de passer une nuit seul hors de chez moi, j'ai autant de courage qu'un enfant désirant laisser la lumière du couloir allumée pour se prémunir de l'arrivée d'un monstre. Je me ris du croquemitaine à part quand il prend la forme de l'incident. La possibilité qu'il puisse se reproduire me terrorise. J'entends votre suggestion d'emprunter les transports, train ou avion, pour me rendre dans les librairies et rentrer le soir même à la maison. Sur le papier, c'est une belle idée, seulement, me confiner dans des lieux aussi exigus, sans sortie, sans échappatoire, me panique encore plus qu'une nuit loin de ma demeure parisienne. La voiture est l'unique solution acceptable par mes névroses. Je ne découche pas souvent avec Patrice, en règle générale, nous faisons l'aller-retour librairie-Paris dans la journée, excepté quand nous nous rendons à plus cinq cents kilomètres de la capitale. Mon garde du corps et moi-même ne souhaitons pas risquer un carambolage à cause de la fatigue, l'endormissement étant responsable de 29,6% des accidents mortels sur l'autoroute, nous mettons toutes les chances de notre côté afin de rester en vie.

Je notifiais, plus tôt dans ce roman, mon médiocre sommeil et mes insomnies chroniques. En déplacement, dans ces dortoirs impersonnels décorés avec soin et raffinement, je ne dors qu'une poignée de minutes. Exténué par la concentration nécessaire à une séance de dédicaces, j'attends que Patrice s'endorme le premier afin de caler mon flot de pensées sur sa respiration lente et rassurante. Je connais sa réactivité à tout bruit suspect, le cri d'une branche morte le ferait bondir de son lit dans une position d'attaque, prêt à briser le bras à l'intrus. Sur le dos, mains sous la tête, mes yeux scrutent l'obscurité de la pièce. Je revois Anna, dans sa robe bleu marine portée lors de notre dîner au restaurant. Elle m'apparaît évanescente, ange échappé d'un paradis lointain, reine d'un Eden foulé par des pieds purs comme les siens. Si je tends le bras, je peux caresser son épaule de mes doigts, sa peau pâle m'appelle, blanche comme une feuille vierge qui ne demande qu'à être noircie pour y noter un texte absolu, clamant mes remerciements infinis à cette divine rencontre. Cette jeune correspondance comble mes espoirs les plus improbables. Je m'interroge sur la tournure que prendront nos échanges. Le rythme régulier de la respiration de Patrice s'intensifie légèrement et m'entraîne dans sa monotonie, j'arrive à fermer l'œil et me reposer un minimum avant de débuter une véritable nuit sur le chemin de la maison.

***

— Bonjour, tu as bien dormi ? me demande Patrice à l'aube.

— Ça a été, je mens. Et toi ?

— Comme un bébé.

Chaque réveil en commun dans un hôtel ne déroge pas à cet unique échange matinal. Nous descendons petit déjeuner ensemble au restaurant, en silence, la prolixité n'étant pas un trait de caractère de Patrice. Nous avançons vers le buffet foisonnant, varié selon les établissements et les saisons. Je ne change pas mon rituel, café, carré de beurre, confiture, œuf et pain, dans cet ordre. J'admire le choix, toujours différent, de mon acolyte – ce matin, c'est saucisses, bacon, bananes et café. J'aimerais casser la routine, savourer comme lui au gré de mes envies, m'imposer le changement. J'ai trop peur de dérouter mes habitudes et par conséquent de m'exposer à des dangers aléatoires liés à des événements inconsidérés. Sans un mot, nous prenons notre carburant pour tenir jusqu'au déjeuner. Pendant deux à trois minutes, Patrice dissout son demi-sucre dans son café ; le bruit produit par sa cuillère raclant la tasse m'a toujours agacé, sans que jamais je ne m'en plaigne car je ne souhaiterais pas qu'une tierce personne s'immisce dans l'un de mes rituels obligatoires.

— Je t'ai préparé une surprise pour ce matin avant de rentrer, annonce-t-il.

Surpris par ce bris du silence, je le regarde sans lui répondre. Sans rien ajouter, il me fixe en poursuivant son éternel mouvement rotatif, inutile tant le sucre doit être désagrégé depuis longtemps. Pendu à ses lèvres, j'attends la suite. Il boit une gorgée et croque dans sa chipolata.

— Finis ta phrase, osé-je.

Sa fourchette pointe sa joue gonflée, signe qu'il ne parlera pas la bouche pleine. Il mastique, repose ses couverts et reprend son infernal tintement dans sa tasse à moitié vide.

— Hum, grogne-t-il après avoir avalé sauvagement sa charcuterie. Elle était finie.

— De quoi ?

— Ma phrase.

— Donc tu t'arrêtes à « Je t'ai préparé une surprise pour ce matin avant de rentrer » ?

— Oui.

— C'est quoi, cette surprise ?

— Si je te le dis, ce ne sera plus une surprise, conclut-il avec une deuxième bouchée.

Je n'insiste pas, il ne lâchera pas le morceau, alors j'attends. J'attends ennuyé par la danse de la cuillère dans la tasse.

***

En voiture, nous ne discutons guère plus ; pour Patrice, « la parole est d'argent et le silence est d'or », et « on est riche que de ses amis ». Quand on ne le connaît pas, ce comportement déstabilise, il faut du temps pour apprécier ce défaut qui est en réalité une qualité. Après tout, il trie ce qu'il a à raconter et chacun de ses mots vaut cher par son intérêt. Il n'abuse pas de bla-bla ou de futilités et on l'écoute avec d'autant plus d'attention. Épuisé, je résiste à la fatigue, ne voulant pas louper sa surprise. La route m'hypnotise, je m'autorise à fermer les yeux quelques secondes pour récupérer un tantinet et, sans m'en rendre compte, je glisse dans l'obscurité de mes paupières fermées. Lorsque je les ouvre, nous sommes garés sur un parking, l'horloge numérique sur le tableau de bord m'informe de la durée de ma sieste, quarante minutes. Je me redresse pour retrouver de la contenance et ne pas ressembler à une loque. Patrice me regarde sans ciller.

— Il y a longtemps que l'on est arrêté ? demandé-je.

— Dix minutes.

— Tu auras dû me réveiller. Où sommes-nous ?

— Lis, dit-il en m'indiquant une façade sur la droite.

Le musée Cocteau à Menton, où sont regroupées beaucoup d'œuvres de l'artiste, issues d'une collection privée. Patrice est incroyable. Attentionné serait plus juste. Je lui ai parlé une fois, il y a longtemps de cet endroit. Lors de cette confidence, je lui avais raconté la passion que ma grand-mère vouait à Jean Cocteau. Étant d'un naturel sans personnalité propre, j'ai tendance à façonner ma culture en fonction de mes rencontres ou de mon entourage. J'ai découvert les Stones grâce à un illustre libraire, je me suis plongé dans Balzac grâce à l'accompagnement d'un professeur de fac, j'ai visionné tout Kaurismäki grâce à l'entrain d'Éléonore pour *L'homme sans passé*, j'ai appris à jouer aux échecs grâce à l'amour de Patrice pour ce jeu. Mais surtout, j'ai lu, vu, contemplé, admiré, écouté, regardé la richesse de l'œuvre de Cocteau grâce à mon aïeule. De son vivant, je lui avais promis de l'emmener dans ce musée à son ouverture. Je n'ai pas tenu cette promesse, comme beaucoup d'autres. Je ne me pardonne pas de ne pas avoir pris le temps de réaliser son rêve. Patrice connaît ma déception, je suis touché qu'il enrichisse mes connaissances sur cet artiste et qu'il soit présent pour rendre hommage à ma grand-mère, à défaut de l'avoir, elle.

— Merci, dis-je à voix basse.

Son regard exprime plus encore que son mutisme, je ressens, dans le poids de ses yeux, la compassion, la gentillesse, la bienveillance illimitées qu'il me voue. Aujourd'hui, son geste vaut plus que le sacrifice qu'il est prêt à accomplir pour protéger ma vie, sans lui, je n'imagine pas l'homme que je pourrais être à l'heure actuelle. Même si cette sortie organisée part d'un sentiment empli de bonté, dénué d'un intérêt quelconque, j'ai connaissance des raisons de sa motivation à dépasser le cadre de garde du corps pour endosser le rôle du confident, du frère et surtout, du père. Patrice discute peu, il ne livre de lui que ce qu'il juge bon d'être révélé, et uniquement aux oreilles choisies par ses soins. Avant d'assurer ma protection, il faisait partie des forces spéciales, d'un groupe d'espionnage ou d'un autre corps dont les activités sont cachées à la plèbe. Je me souviens de sa phrase, très drôle avec du recul, exprimée sans humour sur le coup : « Si les agents secrets avaient la vie de James Bond, il y en aurait bien plus. » Il n'aborde pas l'aspect de son ancien métier et, en retour, je ne cherche pas à en apprendre davantage, mettre des mots sur les horreurs qu'il a pu commettre ou subir ne m'apporterait rien. À quelques reprises, il a parlé famille, évoquant sa femme et son fils. Vous imaginez bien qu'il ne laisse personne s'approcher de sa vie privée, je dois être le seul à me targuer d'être un de ses intimes. Contraint, de par ses missions, à voyager constamment aux quatre coins du globe, il les a doucement délaissés, sans prendre conscience que, à chaque départ, il érodait leur amour et leur patience. Sa femme a fini par demander le divorce. Sentant sa vie privée lui échapper, il a promis de trouver un autre travail afin d'être tous les soirs à la maison. Il était trop tard. Sa femme avait rencontré un autre homme avec lequel elle comptait s'installer pour démarrer une nouvelle vie. Son fils, alors âgé de seize ans, ayant vécu avec la présence quasi inexistante de son père, s'est rangé du côté de sa mère. Patrice a rendu les armes, il voulait sauver ce qu'il y avait encore à sauver. Un week-end sur deux, il avait la garde du garçon qui refusait de se rendre chez son père. De force, il y allait et ces deux jours ensemble, devant servir à rattraper le temps perdu, se transformaient en un enfer pour chacun. Patrice n'entrait pas dans les détails de leurs disputes, de toute façon, elles n'ont pas duré. Son garçon a eu dix-huit ans et il n'a jamais remis les pieds chez son père. Il a profité de sa majorité pour prendre le premier avion en direction des États-Unis et y construire son avenir, loin d'une mère traîtresse et d'un père lâche qui n'a pas su protéger sa famille. J'imagine que se sont là les raisons de son exil à l'autre bout du monde. De ce que j'ai compris, il a galéré de petits boulots en petits boulots avant d'ouvrir son restaurant, vite devenu rentable pour faire de lui un jeune homme d'affaires.

Patrice ayant échoué avec son fils, je pense qu'il a fait une sorte de transfert émotionnel sur moi pour compenser son manque affectif et réparer certaines blessures, plus difficiles à soigner que celles provoquées par une arme à feu.

Il pose une main sur mon épaule et m'invite à sortir de la voiture. La visite se passe bien, nous déambulons entre les salles en silence, dans ce silence qui nous rapproche plus qu'il ne nous divise. Je pense à ma grand-mère, j'aurais aimé partager ce moment avec elle, avoir sa main sur mon avant-bras, lui servir d'appui, échanger nos ressentis sur les œuvres regroupées ici. Quand mes pensées se tournent vers elle pendant ce genre de scènes manquées, j'ai l'impression d'être à ses côtés là-haut, quelque part, dans le ciel. C'est con comme sensation, non ?

Sur le lézard géant dessiné sur la place centrale du musée, sous un soleil d'hiver perché dans un ciel limpide,

Patrice s'arrête. Il sort de la poche intérieure de son manteau, un appareil photo polaroïd.

— Ça t'ennuie si on prend une photo ensemble ? me demande-t-il.

— Bien au contraire, avec plaisir.

J'apostrophe une passante pour qu'elle immortalise le moment. On se rapproche l'un de l'autre jusqu'à entrer en contact. Juste avant que la femme ne presse le bouton, je pose ma main sur l'épaule de Patrice. L'appareil émet un cliquetis et la photo sort.

— Pourriez-vous en faire une deuxième, s'il vous plaît ? demandé-je, toujours gêné de parler à une inconnue.

— Pas de problème, dit-elle.

— Une pour moi, elle ira à côté de nos souvenirs dans mon bureau, juste à côté de ma première victoire aux échecs contre toi, murmuré-je à son intention.

Patrice se contente d'un sourire en guise de réponse. Clichés en poche, nous sortons du musée, je me retourne sur l'édifice et envoie un ultime hommage à ma grand-mère et lui rappelle que je pense à elle tous les jours. Dans la voiture, je monte à l'arrière, non par snobisme, juste pour être seul, méditer un peu et surtout, dormir. Avant de démarrer, Patrice allume la radio dans laquelle sommeille un disque, *Supertramp,* évidemment. *Goodbye Stranger* s'élève dans l'habitacle, je souris de satisfaction. Patrice met rarement de la musique en voiture, il rompt le silence seulement quand il est heureux, l'âme un peu plus en paix. Ce bonheur, nous l'avons savouré ensemble. Je continue de sourire, de le remercier, intérieurement, j'imagine ma tête de fatigué bienheureux, j'en suis assez fier. J'apprécie ce cercle vertueux dans lequel je danse depuis le ticket caché dans mon livre, mieux encore, cette félicité va s'étoffer, car, demain ou après-demain, j'aurai peut-être une lettre d'Anna.

"It was an early morning yesterday
I was up before the dawn
And I really have enjoyed my stay
But I must be moving on"

***

Pontault-Combault, le 9 mars

William,

Vous n'êtes pas prétentieux, vous avez juste raison : moi aussi, j'ai envie de vous lire quand le facteur pénètre dans les locaux. Je ne me lasse pas de parcourir vos lignes et de ressentir tout ce qu'elles me transmettent.

Je suis heureuse que vous vous laissiez exister tel que vous êtes quand nous communiquons ensemble ; c'est agréable de penser que je suis un havre de paix dans lequel vous pouvez vous réfugier.

Je dois vous avouer ma réaction à chaud, suite à la lecture de certains des propos de votre dernière lettre. Ils m'ont tellement bouleversée que j'ai posé les feuilles sur mon cœur, pour que vos mots le sentent battre et qu'en retour, mon organe vital s'imbibe de leur poésie. Vous allez me prendre pour une midinette ou une fan énamourée mais je m'en moque. Vous avez été entier avec moi, je le serai en retour, sans mâcher mes mots.

Pour être tout à fait franche donc, je ne serai pas forcément partante pour une balade explicative, je préfère saisir vos motivations avant de vous revoir, si nous nous revoyons un jour. Je ne vous cache pas qu'après vos dernières justifications, j'y songe un peu plus, mes réserves et ma confiance se détendent un peu.

Confidence, je n'aime pas Paris. Je ne partage pas votre attachement à cette ville. Enfin, je n'aurais rien contre une flânerie sur les quais de Seine mais globalement il y a trop de monde, trop de pollution et d'indifférence pour moi. Je crois que c'est une ville que j'aurais aimé découvrir fin du 19ème avec les calèches et les robes à crinoline. C'est mon côté cucu la praline, désolée. Je dois vous paraître un peu « provinciale » mais j'ai dit tout ça parce que je le pense. C'est vrai, je n'ai jamais vécu à Paris. Tout au plus dormi de temps en temps dans un hôtel, à l'occasion d'une formation, et du coup, ça me rappelle l'effet hors du temps que donne une promenade dans les petites ruelles à proximité du parc Montsouris... Je ne dis pas que je déteste Paris ; je n'ai sûrement pas assez goûté à ses charmes. Quelque chose que, peut-être, vous me ferez apprécier un jour ?

Je voudrais vous découvrir autrement que par le biais du courrier, dans d'autres conditions et en étant libre de ce que je dis et fais. Force est de constater que ce n'est pas possible car nous ne sommes libres ni l'un, ni l'autre. Je ne veux pas vous décevoir, j'aimerais être à la hauteur de vos attentes même si vous n'exigez rien.

À la relecture de votre dernière lettre, j'ai l'impression que c'est à moi de m'excuser de l'émoi que je provoque chez vous parce que j'ai cette sensation de ne pas être en mesure de répondre à vos émotions ou, en tout cas, à ce que je suppose qu'elles sont.

Encore une confidence, il faut que vous sachiez que je comprends d'autant mieux votre état que je l'ai moi-même expérimenté il y a de cela sept ans. Là encore, je ne sais pas s'il vaut mieux vous en parler ou pas car moi non plus, je ne veux vous faire de mal en aucune façon. Tant pis, j'en ai trop dit ou pas assez alors je continue.

Je travaillais en étroite collaboration avec un collègue et, de relation cordiale, nos rapports se sont peu à peu transformés, passant d'un badinage innocent à des propos qui l'étaient de moins en moins. Pour autant la relation est restée très platonique parce qu'il a eu la sagesse de ne pas me faire commettre une erreur que je n'aurais pas assumée. Mais l'important n'est pas là. L'important, ce sont les sentiments qu'il a éveillés en moi, ce que j'ai pu ressentir. Cette incroyable émotion d'être vivante plus que jamais, cette façon qu'il avait d'occuper tout l'espace et tous mes sens : en arrivant, je vérifiais si sa voiture était sur le parking, je guettais sa voix dans le couloir, j'attendais ses coups de fils ou ses mails... presque comme un premier amour. Il n'y a jamais rien eu entre nous mais j'ai remercié le ciel d'avoir pu connaître au moins une fois dans ma vie une telle intensité dans les sentiments que j'ai éprouvés. Quand je vous lis, peut-être ai-je tort, mais j'entends les mêmes sentiments dans vos mots. Aujourd'hui, sans l'avoir voulu ni cherché, ce pétillement dans mon ventre renaît quand je vous lis. Je n'ai pas grand-chose à vous offrir et rien à vous promettre.

Surtout que je commence déjà à m'en vouloir de mentir à mon mari. Écrire n'est peut-être pas tromper mais l'interprétation des mots peut le devenir. Et sans même parler du contenu de nos échanges, je lui cache cette relation épistolaire. C'est pour cela que, le statut de belle rencontre me va bien, qu'il soit évolutif ou non. Maintenant que je connais l'élan de la passion, s'il devait évoluer, comme au temps de Sébastien, il faudrait que je me protège de vous et que je cloisonne une partie de mon af-

fection. Je n'ose imaginer ce que vous allez penser de moi. Peut-être me trouverez-vous pathétique, égoïste, niaise ?

Peu importe, je veux être sincère comme vous. Je suis heureuse d'apprendre que vous sillonnez les routes pour aller à la rencontre de vos lectrices, que j'imagine nombreuses à vous attendre. Vous allez certainement traverser la France et d'autres pays mais je suis surprise que vous ne passiez pas dans ma ville, chez mon libraire. Un homme charmant et cultivé qui tient une petite boutique atypique où il fait bon flâner et feuilleter. Ne serait-il pas merveilleux de vous y voir ? Ce serait un bon prétexte pour me rendre visite. Je vous taquine bien évidemment, vous avez certainement un emploi du temps chargé. Puis, de vous à moi, je ne me suis jamais rendue dans ce type d'événement, je ne saurai même pas comment m'y tenir.

Je vous souhaite de bien belles rencontres pendant vos déplacements et je vais attendre sagement de vous lire.

Anna.

P.S : je ne suis volontairement pas revenue sur la poésie de peur de dénaturer votre fantastique et magnifique réflexion matinale. Je ne suis pas une grande amatrice de ce genre littéraire, peut-être parce que mon niveau est scolaire et que l'on m'y a mal initiée. Pourtant, comme un signe du destin, hier soir, les enfants révisaient leurs leçons et Lucas devait apprendre un poème de Prévert, je vous partage à mon tour quelques vers.

« Je suis comme je suis
Je suis faite comme ça
Que voulez-vous de plus
Que voulez-vous de moi »

Amis lecteurs, comment auriez-vous pris cette lettre ? Pour ma part, je suis assez mitigé. La majorité de ses propos me plaît et abonde dans l'objectif visé. Une partie pique mon ego. Je n'en ai pourtant pas un gros. Ego, je précise.

Ses paroles pleines de compassion dans lesquelles elle affirme comprendre ce que je ressens, me font passer pour un petit garçon auquel on donne une leçon sentimentale. Quelque part, elle peut se le permettre, je n'ai pas beaucoup d'expérience dans ce domaine, vu mon âge et mon manque de vécu émotionnel, je frise l'ignorance amoureuse. Je connais l'amour, du moins celui que je donne et reçois de ma femme, j'imagine qu'il n'est pas universel et qu'il dépend du caractère de chacun.

Le plus frustrant est de ne pouvoir confier à Anna cette once d'humiliation, elle me prendrait pour un détraqué psychique, ce qui n'est peut-être pas totalement faux. Ce détail devrait être le cadet de mes soucis, après tout, il y a des choses bien plus graves dans la vie, la faim dans le monde, la crise économique, les guerres et, plus localement, la sensation étrange de ne pas être le premier à lire les lettres d'Anna. Quand je les ouvre, assis seul à mon bureau, le rabat à l'arrière, ondulé par endroit, n'est pas très bien collé. Je mets cette anomalie sur le compte de la qualité médiocre des enveloppes et par la maltraitance des postiers, ce ne peut être rien d'autre. Je ne dois pas laisser ma paranoïa s'emparer de mon euphorie épistolaire et de ma concentration. Je chasse cette pensée d'espionnage et me plonge dans l'écriture.

Nice, le 12 mars

Anna,

En descendant vers le sud de la France, à Nice plus précisément, j'ai pu lire sur un panneau, Brie-Comte-Robert, je me suis senti proche de vous. Quand je pense à vous, à notre dîner, mes souvenirs s'accrochent à votre visage, le temps grignote votre portrait et vos traits s'estompent, vous m'apparaissez quand même d'une somptuosité déstabilisante.

Je suis sincèrement désolé pour la gêne que vous ressentez vis-à-vis de votre mari, je m'en veux terriblement. Je relis vos mots : cloisonner, protection, et vous me faites peur. Je ne veux pas représenter quelque chose de mauvais pour vous, bien au contraire. J'ai l'impression que vous êtes investie mais je ne le ressens pas toujours à travers vos mots, cela engendre une profonde frustration de mon côté, je l'accepte pour respecter vos doutes et pour le bien de votre couple. Je tenais seulement à vous confier ce léger malaise.

Parlons maintenant de cet homme d'il y a sept ans. Ce passage de votre vie me montre à quel point vous êtes ordinaire, pas au sens péjoratif du mot. Voyez-vous, les gens ont tendance à penser qu'ils sont uniques, merveilleux, que tout ce qu'ils font est formidable. Alors que c'est faux, nous ne sommes qu'une goutte d'eau dans l'océan de la vie et après nous, l'écume des vagues laissera encore bien des traces, plus tenace que nos espoirs fugaces. Je citerai Balzac pour appuyer mon idée : « Voilà la vie ! la vie telle qu'elle est : de grandes prétentions, de petites réalités. *» Vous avez bien fait de vous étaler dans cette passion, aussi platonique soit-elle, même si elle va à l'en-*

contre des mœurs. Je peux parfaitement comprendre votre réaction et tout ce que vous avez pu faire. Quel sentiment extraordinaire que celui de se sentir vivant à travers les yeux d'un autre. J'imagine votre bonheur, votre exaltation quand vous vous sentiez belle dans son regard, au détour de phrases toutes faites. Ne croyez pas que je le dénigre. Vous êtes une femme belle, brillante, intelligente mais vous êtes, avant tout, une femme et une femme doit pétiller dans les yeux d'un homme sinon, la flamme naissant dans son cœur ne devient pas une passion incendiaire capable de pousser la plus résolue des dames à la pire abomination.

Cependant, j'ai relu plusieurs fois votre lettre et je crois que vous vous méprenez. Vous décelez de l'amour ou de l'adoration dans mes propos où il n'y en a pas. Je ressens de l'amabilité, de l'affection, de la fascination, de la bienveillance et du respect pour vous, sans effusion de sentiments. S'il y en avait, vous les ressentiriez, mes mots seraient plus engagés en effluve d'ivresse voluptueuse.

En me partageant la relation avec votre collègue, vous soulevez des questions qui me taraudent de plus en plus et, que vous avez dû retrouver dans mes derniers romans.

Vivons-nous comme nous l'entendons ou attendons-nous de vivre à travers le regard des autres ?

Sommes-nous faits pour aimer un seul et unique amant toute sa vie ?

Pouvons-nous aimer autrement qu'à travers le prisme familial ?

Épanouissons-nous dans notre vie de couple ou subissons-nous des siècles de culte ancestral ?

Et bien d'autres encore...

Ce que j'attends de vous Anna, c'est de me faire vivre

la vie simplement, que cela dure une semaine ou un mois, je prendrai ce que vous me donnerez. Il y a longtemps, je me suis fait une promesse, ne jamais refuser le caractère imprévisible de la vie. Promesse que j'avais oubliée. Votre rencontre m'y ramène. Même si notre relation se contente de mots par la Poste, ils suffiront à donner un sens à mon quotidien.

J'espère que mon honnêteté et ma sincérité ne vous feront pas fuir...

Je retourne sur les routes pour ma tournée de dédicaces mais je ne cesserai d'attendre vos réponses.

Travaillez bien aujourd'hui.

William.

Anna, encore cachée dans les toilettes, sourit toujours plus haut. Elle entrevoit un avenir radieux, loin de son ordinaire. Au fond d'elle, la culpabilité s'étoffe quand les pages se noircissent. Elle attend plus après les lettres de William que de voir son propre mari le soir. Elle prend un risque comme à l'époque de Sébastien.

Mais, chaque fois que ces mains réalisent une tâche ménagère pour sa famille, ses doigts, eux, la démangent de se saisir d'un stylo et d'écrire à William. Au commencement de leur correspondance, elle a mis des réserves, de fausses réserves. Elle voulait se jeter à corps perdu dans leurs lettres, la pudeur l'en empêchait. Elle devait se rendre désirable aux yeux de l'écrivain, une femme connaît le pouvoir qu'elle exerce sur un homme grâce à la convoitise, s'offrir trop rapidement signifiait perdre son attraction. Elle l'a fait languir, rien de bien méchant, juste deux-trois échanges, la limite acceptable entre la mijaurée et la cuisse légère. Elle a tenu bon, William s'était suffisamment répandu pour qu'elle libère ses réserves. Toutefois, elle émet des doutes silencieux sur ses motivations, un homme a toujours à assouvir, la pensée de Sébastien le lui rappelle.

La magie de leur dîner et la beauté de ses mots transpirent de sincérité, pourtant, derrière les belles phrases se cachent parfois d'amères désillusions. Il n'y a qu'un moyen de le vérifier, juger par le regard, les yeux ne trahissent jamais à l'inverse des paroles. Elle ne veut pas franchir l'infranchissable mais elle veut profiter pleinement de cette histoire, elle veut vivre, pour une fois, juste pour elle.

William se promet de ne pas refuser l'imprévisibilité alors elle non plus. Mieux encore, elle doit aller en avant, faire preuve d'audace et provoquer l'imprévisible.

***

Patrice récupère mon courrier à la boîte postale et me l'amène à la maison ensuite. Ce matin, en me remettant l'amas de lettres, j'ai remarqué qu'il avait sa tête des mauvais jours, un rictus qu'il n'arbore qu'une fois par an en moyenne. D'habitude, peu importent les circonstances, fatigue, colère, impatience, réflexion, ses traits faciaux ne bronchent pas d'un iota, figés dans le marbre telle une statue antique. Là, son regard fier semble abattu, selon l'éclairage, on aperçoit sous ses yeux, des poches qui dégoulinent, ses lèvres ne sont plus qu'une ligne blanche sur une peau pâle. Quand il porte ce masque, à coup sûr, c'est qu'il a eu un appel téléphonique de son fils la veille. Ces échanges, espacés en temps et en distance, se concluent toujours par une dispute et, le lendemain, Patrice se métamorphose en zombie.

— Comment vas-tu ? lui demandé-je en prenant mon courrier.

— Très bien merci et toi ? me répond-il avec cette unique phrase matinale.

— Bien, bien. Tu as une sale tête.

Il plonge mon regard dans le mien, ses yeux perçants me contraignent à détourner mon champ de vision. Il ne sert à rien d'attendre une réponse qui ne viendra pas. Je reprends la parole.

— Tu veux m'en parler ? osé-je.

— Tout va bien je te dis.

— Je n'insiste pas, je monte répondre à mes lecteurs.

Je file dans l'escalier et le laisse au salon, je m'inquiète pour mon ami mais pas assez pour faire attendre un mot d'Anna car, d'après mes calculs calendaires, dans le courrier du jour, il doit y avoir son écriture. Ne mettez pas une étiquette d'égoïste sur mon front parce que je n'ai pas assez tiré les vers du nez à mon camarade. Si vous le connaissiez comme moi, une telle démarche s'avère inutile. Quand Patrice aura décidé de se confier, il parlera. Pour le moment, lisons la réponse d'Anna. ¶

Pontault-Combault, le 16 mars

Bonjour William,

« Travaillez bien », dit-il, la bonne blague. C'est plus facile à dire qu'à faire. Bizarrement, j'ai l'impression de rajeunir. Vous me faites du bien. C'est un bonheur que j'essaie d'accueillir tel qu'il est, sans trop me poser de questions ce qui me demande un effort surhumain.

Je vous plains de ne pouvoir vous remémorer mon visage, je joue de manière déloyale de ce côté-là, j'ai conservé un marque-page de promotion d'un de vos livres ce qui fait que je peux vous « voir » autant que je le souhaite. Je sais, c'est de la triche mais je compense ma mémoire défectueuse comme je peux. Cette conservation ne fait pas de moi une lectrice énamourée, je garde juste tous les marque-pages dans ma table de nuit et depuis nos échanges, j'ai ressorti le vôtre.

Pour répondre à votre lettre, Sébastien, je ne l'ai pas choisi, ce sont nos échanges qui ont dérapé petit à petit sans que nous n'y fassions trop attention au début. Il n'y a pas eu de coup de foudre ou une autre alchimie mystique. Ne me demandez pas pourquoi lui, je n'en sais rien. C'est ainsi, c'est tout. On succombe parce que cela doit se produire.

Ne vous en veuillez pas pour mon mari ; c'est mon problème et c'est à moi de le gérer. Il y a sept ans, j'avais assez mal vécu les choses. Je devenais distante, ne voyais plus que ses défauts et lui en voulais de ne pas éveiller en moi ce que l'autre provoquait. Ce qui est complètement absurde. J'espère juste y arriver mieux cette fois-ci et j'ai l'impression, peut-être à tort, que cela passe par des limites, un cadre. C'est en cela que je vous parlais de protection et de cloison, je dois me protéger pour ne pas trop attendre de vous, bien que je guette déjà avec avidité les lettres dans les mains du facteur. Et si j'opte pour cette stratégie, ce n'est pas pour vous éloigner ou vous malmener, la preuve, je continue à vous écrire, j'ai juste besoin de me rassurer et de contrôler.

Vous vous posez beaucoup de questions existentielles par rapport à ma situation d'il y a sept ans, on pourrait croire que vous êtes torturé par le sujet. Est-ce là le mythe de l'écrivain maudit ?

Je lis vos questionnements et vos ressentis, sans savoir quels sentiments ce que j'écris provoque chez vous ; c'est toute la difficulté avec les échanges par écrit. En cela, je pense qu'il serait bon que nous ayons une vraie discussion avec la part de risque que cela comporte mais aussi davantage de spontanéité et d'authenticité. Si vous êtes d'accord, bien évidemment. Comme ça, vous serez plus proche de moi qu'en passant devant un panneau.

Merci pour votre honnêteté. Merci d'être là. Ces échanges m'ont conquise. J'ai hâte d'apprendre à vous connaître.

Je vous souhaite de prendre beaucoup de plaisir durant votre périple de dédicaces.

Anna.

Amis lecteurs, trois faits importants sont à retenir de ce début de relation épistolaire.

Le premier, sensation déjà abordée un peu plus tôt, tient probablement de la futilité. À chaque fois que je tiens une lettre d'Anna entre les mains, je ne pense pas être le premier à la lire. Les rabats des enveloppes ont toujours l'air d'avoir été recollés. Je pourrais aller voir Dolorès, ma psy, pour qu'elle me réconforte. Même si elle connaît ma paranoïa, je ne tiens pas à apporter plus de grain à moudre à son moulin. Pour vous donner une idée sur l'étendue de ma persécution mentale, si vous voulez pénétrer dans ma maison parisienne, il faut, passer une porte sécurisée, entrer dans un sas, refermer la première porte derrière soi et après, composer un code qui permet d'en ouvrir une seconde. Oui, j'aime me sentir protégé. J'ai ma raison à cela, l'incident.

Le deuxième, je lui donnerai le nom d'un ouvrage, *On ne badine pas avec l'amour*. La tournure de notre correspondance dépasse tous mes espoirs, seulement, je pressens que l'on emprunte un chemin sinueux dont la fin pourrait être extraordinaire ou désastreuse, sans demi-mesure.

Le troisième, et pas des moindres, elle veut que nous nous rencontrions, en face à face. Là, maintenant, si j'étais un marsupilami, je rebondirais sur ma queue en tout sens en beuglant « houba houba » mais je ne suis qu'un homme et me contente de sourire niaisement. Ça, au moins, je le fais à la perfection. Petit bémol toutefois… ce rendez-vous sous-entend qu'il sera galant. Qui dit galant, vu le contexte marital, dit secret. Qui dit secret, dit pas de Patrice. Qui dit pas de garde du corps, dit devoir y aller seul. Qui dit y aller seul, dit insécurité. Qui dit insécurité, dit incident.

Comment vais-je faire ?

Chapitre 8

Ce chapitre de ma vie, je le nommerais : *Faut qu'on s'élève, ne regarde pas derrière et prends ma main.*

Ce rendez-vous secret avec Anna entraîne dans son sillon deux difficultés. La première, est de trouver une date pour ce rencard. Dans ma dernière lettre envoyée, je l'informe que je peux être disponible dès l'instant où elle se libère et ce, dans le lieu de son choix. En toute lucidité, si je désirais réellement la voir, je n'avais d'autre choix que de procéder ainsi. Elle doit se cacher de son mari et se détacher d'un emploi du temps adapté à celui de ses enfants. Moi, je n'ai pas d'enfant et ma femme a tendance à rentrer tard du travail. Elle a régulièrement des soirées de gala ou de lancement de romans dont je raffole autant que d'un coup de bâton.

Dans sa réponse, Anna m'explique que, les jeudis soirs, elle se rend au sport, son moment de détente à elle. Elle décide de s'abstenir du prochain cours pour moi. Annuler son exutoire pour me voir, quelle attention touchante ! Ayant connaissance du où et du quand, il ne me reste plus qu'à m'y rendre et c'est ici que réside la véritable difficulté.

Avec ce face-à-face, j'ai repris mes séances quotidiennes chez ma psy pour m'armer contre mes terreurs. Depuis l'incident, sortir dans un lieu public s'avère compliqué. Ce qui n'est pas totalement vrai, je suis encore capable de sortir, j'y suis contraint assez souvent entre les interviews et les séances de dédicaces, toujours en la présence de Patrice. Il est à lui seul un système de sécurité ultra-perfectionné. Dans un rayon de cinq mètres autour de moi, rien ne peut m'atteindre grâce à lui et les environnements propices au danger s'abstraient. Il m'inspire sérénité et sûreté. Lors de ce futur rendez-vous galant dissimulé, installer Patrice entre Anna et moi, chandelle à la main, semble incongru. Nous serions, elle, comme moi, incapables de vivre pleinement ce moment privilégié. L'éventualité d'un rapport détaillé de cette soirée à Éléonore écarte la protection de Patrice à notre petite fête. Il n'est pas un mouchard mais si ma femme lui pose une question, il ne mentira pas.

Intégrité et justice sont ses maîtres mots.

Par chance, Dolorès a su m'écouter et me prodiguer, par ses bons conseils, du réconfort. Les années écoulées éloignent l'incident de mon confort, son protagoniste ne peut plus me causer d'ennui. Dolorès me rappelait mon entraînement acharné, sous la tutelle de Patrice, à maîtriser différentes techniques de combat. J'avais pleine conscience des arguments soulevés par ma psy mais je demandais à être rassuré.

Il ne m'arrivera rien. Tout ira bien. Ce sont avec ces pensées que je démarre ma moto.

Le portail électrique du garage se referme dans mon dos. Dans une demi-heure, je marcherai aux côtés d'Anna. Je suis les indications inscrites dans la dernière lettre, après avoir pris la 104, je roule jusqu'à Brie-Comte-Robert, de là, je verrai, au prochain croisement à gauche, le complexe de terrains de tennis, lieu de notre rendez-vous. Anna m'y attend sur le parking. Elle a les traits tirés.

J'ôte mon casque pour lui offrir mon plus beau sourire et tout son corps semble se détendre. J'observe tout autour de nous si aucun danger ne nous guette. Le lieu est dégagé, éclairé, si une personne fonce dans ma direction, j'ai le temps de la voir venir. Nous nous saluons hésitant entre une poignée de mains et une joue tendue. La bise fut venue.

— Je suis vraiment content d'être là, lui dis-je.

— Moi aussi, répond-elle accentuant un peu plus ce sourire. Si ça ne vous dérange pas, derrière les cours de tennis, il y a un chemin entre la forêt et le lotissement, nous pouvons nous y promener. La nuit tombe doucement et je ne pense pas que quelqu'un nous verra là-bas.

— Vous avez honte de moi ? l'interrogé-je avec ironie.

— Bien sûr que non. C'est juste que… je devrais être au sport, je connais du monde par ici, ce monde connaît mon mari et je ne tiens pas à devoir lui expliquer ce que je faisais à discuter avec un homme de l'autre côté de la ville.

— Pas de problème, nous irons où vous voudrez.

— Votre femme sait que vous êtes ici avec moi ?

— Autant que votre mari.

— Je comprends, soupire-t-elle. C'est bien raisonnable ce que l'on fait là ?

— Que fait-on ?

— Vous voyez bien ce que je veux dire.

— Oui. Je ne sais pas. Je ne veux pas me poser la question. Tout ce dont je suis certain, c'est de vouloir être là avec vous ce soir.

Elle sourit.

— Plusieurs fois, dans vos lettres, vous m'avez partagé votre envie d'apprendre à me découvrir, j'ai eu une idée qui peut vous paraître stupide, ose-t-elle, il ne faudra pas hésiter à me le dire.

— Dites toujours.

— Vous connaissez le portrait chinois ?

— Absolument pas.

— C'est assez simple, chacun notre tour, nous choisissons un thème, un lieu, un objet et devons dévoiler ce qui nous correspond.

— Je n'ai pas bien saisi.

— Je vous donne un exemple, mon chiffre préféré est le 5 et vous ?

— Le 7.

— Mon apéritif préféré est le rosé-pamplemousse et vous ?

— Le Ti punch. J'ai compris.

— Voulez-vous qu'on essaie ?

— Oui.

Discrètement, sans me comporter en harceleur fini, je l'admire. Vêtue pour aller au sport, Anna porte un pantalon et un sweat gris avec une vieille paire de baskets. Cette tenue me démontre sa simplicité, car nous savions tous deux que ce rencard cimenterait les fondations de notre avenir relationnel. Elle ne pouvait se mettre en robe de soirée pour ne pas alerter son mari. J'apprécie son envie d'être elle-même, de se dévoiler sans artifice. Ses cheveux sont tirés en un chignon, une mèche tombe sur son front. Son charme naturel la rend encore plus jolie que la dernière fois.

— Quel est votre auteur préféré ? commencé-je.

— Vous, sort-elle du tac au tac, ce qui a le mérite de me faire rire.

— J'aurais dû m'en douter. Faisons abstraction de mon métier ce soir, quel est votre écrivain préféré ?

— Je n'y ai jamais réfléchi. Pour ne rien vous cacher, vous êtes le seul dont je suive les parutions. Si je devais tout de même en choisir un, je prendrais Adam Rasselot, j'ai lu tous ses livres. Pour lui, j'attends que ses romans sortent en format poche, pas pour vous. À votre tour.

— Je suis touché. Vraiment. Pour ma part, je choisirais Cocteau.

— Votre livre préféré, renchérit-elle.

— Difficile. Je choisirais *Thomas l'imposteur* de Cocteau.

— Je ne connais pas.

— Et vous ? Votre roman préféré ?

— *La ferme africaine* de Karen Blixen, je l'ai lu quatre fois et je le relirai.

— Je comprends ce choix.

— Vous l'avez lu ?

— Oui et j'en garde un bon souvenir. Votre film préféré ?

— *Out of Africa* serait logique mais pour éviter la répétition, je choisis *la route de Madison*, et j'en profite pour vous dire que mon actrice préférée est Meryl Streep.

— Moi, mon film préféré est *La règle du jeu* de Renoir et mon actrice préférée est…

La discussion suit les traits du portrait chinois, un face-à-face entre elle et moi, un trompe-l'œil pour en découvrir plus l'un sur l'autre, un pied de nez à un rendez-vous conventionnel à la terrasse d'un café et surtout, un amuse-bouche de ce qu'il nous restera à apprendre de chacun. Anna aime la natation, Jean-Jacques Goldman, sa chanson favorite est *parce que je* de ce même chanteur, son dessert préféré est le tiramisu même si elle ne peut résister à une charlotte aux fraises, son plat les spaghettis alle vongole et elle me rapporte bien d'autre de ses goûts.

Le ciel a fini d'ôter son manteau bleu marine pour sortir sa parure la plus sombre, en prenant bien soin, par-ci par-là, de laisser place à une poignée d'étoiles scintillantes. J'observe le sentier sur lequel nous avançons. À notre gauche, la forêt, sombre, impénétrable. L'inconnu se tapit là-bas. À notre droite, une multitude de maisons similaires, regroupées dans un lotissement, aux terrains millimétrés, disjointes par des grillages, s'alignent dans la plus parfaite uniformité. Des gens y mangent, dorment, regardent la télé, partent travailler, y mènent une vie rangée, une vie cadrée, une vie ancrée. Des fenêtres s'échappent des lumières qui éclairent faiblement notre chemin. Nous sommes là, Anna et moi, à marcher entre ces deux mondes si différents, si proches, seulement séparés par une ligne de terre.

Elle et moi sommes des funambules de la nuit.

Tout en parlant, ébloui par son éclat, je la contemple. Dans la pénombre, ses yeux, au regard vif, pétillent. Une énergie phénoménale sommeille en elle. Ses lèvres naturellement bien dessinées ponctuent ses phrases d'un sourire radieux. Moi qui n'ai jamais vraiment vécu de grande histoire d'amour, je me surprends à vouloir la rassurer, lui murmurer des gentillesses et même, à la serrer dans mes bras. Se rend-elle compte, comme moi j'en ai conscience, du privilège, de la chance de cet instant partagé ?

— Et vous William, vous avez des frères et sœurs ?

La question me surprend. Je ne saurais définir pourquoi mais un élément me gêne depuis que nous nous baladons. J'hésite et choisis.

— Non et vous ?

— Deux frères. J'ai une question que je meurs d'envie de vous poser mais je n'ose pas trop.

— Ne vous gênez pas.

— Nous communiquons par lettre depuis que vous avez pris la décision de m'écrire, pourquoi ne pas m'avoir donné votre numéro de téléphone pour que l'on se retrouve plus facilement ?

— Tout simplement parce que je n'en ai pas.

La surprise soulève ses sourcils.

— Je ne veux rien vous cacher alors je vais vous expliquer. En me livrant, je risque de vous faire peur.

Je laisse un blanc, histoire de la laisser accuser le coup.

— Je n'ai ni téléphone portable, ni Internet, ni boîte mail. J'ai beau être un écrivain reconnu, être à l'abri du malheur, j'ai certains problèmes dont je ne parviens pas à me défaire. Je ne rentrerai pas dans les détails pour ne pas gâcher la soirée. Retenez-juste que ces soucis ne vous causeront pas de tort, ils ne pourrissent la vie qu'à moi.

— Qu'avez-vous ?

— Des troubles, des troubles de l'obsession. Ma femme m'a bien offert un téléphone portable et a aussi tenté d'installer un modem Internet chez nous. Dès les premières utilisations, j'ai eu des maux de tête terribles. Un neurologue m'a fait passer une batterie de tests. Il en a conclu que je n'avais rien, que mon problème devait être psychologique. À cette époque, j'étais déjà suivi par Dolorès, ma psy. Malgré ce qu'elle me conseillait, à savoir faire un travail sur moi-même et apprivoiser ces nouvelles technologies, j'ai préféré tout balancer. J'avais lu dans un article que ces appareils produisent des ondes dont on ne sait encore rien des effets qu'elles ont sur le corps humain. Est-ce de là que sont nées mes migraines ? Possible ! Une fois débarrassé de tout ça, je n'ai plus souffert. Ma femme a bien une tablette mais elle passe par un réseau extérieur à la maison. Son ordinateur se trouve à la maison d'édition et moi, je me débrouille sans. J'écris sur papier ou sur un ordinateur dont je n'utilise que le traitement de texte. Ma bibliothèque contient plus d'encyclopédies que nécessaire si je dois faire des recherches et, au pire des cas, je vais m'acheter ce dont j'ai besoin en librairie. Mes lecteurs m'écrivent par courrier. Pour le téléphone, j'ai une ligne fixe sur laquelle ma femme me joint et de temps en temps, un copain auteur. J'ai assez peu d'amis, pour ne pas dire pas du tout. Je le vis bien. J'aime la solitude de ma maison et la sécurité qui en découle.

Elle me scrute, dubitative.

— Vous me trouvez pathétique ? demandé-je.

— Non du tout. C'est juste très surprenant.

— Vous imaginiez une vie de paillettes, faite de dîners mondains et de soirées de gala ?

— Oui. Enfin non. Dans vos écrits, il y a tant d'amour, tant d'échanges et d'entraide entre les gens que… je ne sais pas… je vous voyais un peu comme tous vos personnages. Pas vivre en ermite.

— L'écrivain invente et imagine. Désolé de vous décevoir.

— Ce n'est pas le cas, croyez-moi. J'avais l'impression de vous connaître à travers vos romans et je réalise que j'ai une toute nouvelle personne à découvrir.

— Je ne sais pas si je le mérite.

— Vous le méritez. Vous êtes un homme bon. Vous faites du bien à des milliers de personnes avec vos romans mais vous êtes avant tout, William, une personne. Offrez-moi la chance de la connaître.

Elle n'a pas idée de l'imposteur auquel elle s'adresse. Je scrute la forêt, je n'arrive pas à me défaire du malaise produit par l'obscurité entre les arbres.

— D'accord, dis-je.

— Puisque l'on en est aux confidences, je dois vous en faire une. Je suis moi aussi suivie par un psy. J'ai toujours connu ma mère battue par mon père.

Silence, sa phrase limpide, sans fioriture suffit à me faire perdre la parole.

— J'ignore si c'est pour cette raison que je le consulte mais il y a quelques années, j'ai pris l'initiative de m'y rendre juste pour parler, me confier, avoue-t-elle en laissant un temps d'hésitation. Vous avez été honnête, je vais l'être aussi. J'ai commencé à me faire suivre au moment où Sébastien et moi ça c'est terminé.

— Sébastien ?

— Mon collègue. L'homme dont je vous ai parlé dans mes premières lettres.

— Pourquoi ?

— Parce qu'il a quitté l'entreprise. Je me suis retrouvée seule et personne à qui parler. Mon mari voyait que je n'allais pas bien. Il se sentait impuissant face à ma peine. C'est lui qui a évoqué l'idée d'aller voir un psy. Je n'étais pas réjouie à cette idée mais elle a été salvatrice. Sans lui, j'aurais mal tourné. Très vite, lors de mes séances, la maltraitance que vivait ma mère ressortait. Je suis encore en conflit avec mes parents. Cela va vous paraître bête mais encore aujourd'hui, je continue de voir mon psy toutes les deux semaines. Nous discutons d'événements qui m'ont marquée, de mon quotidien.

— S'il y a bien quelqu'un pour comprendre et ne pas juger ce que vous me dites là, c'est bien moi. Nous nous sommes tous bâtis sur des failles, le plus difficile est de les refermer, c'est même impossible. Il faut apprendre à vivre avec.

— C'est un peu ça, conclut-elle les yeux vers la forêt.

— Ce Sébastien a été l'élément déclencheur ? osé-je.

— Oui. Il m'a permis d'être vivante pendant quelque

temps. Comme avec vous aujourd'hui.

— Seriez-vous en train de comparer deux amants ? demandé-je avec un ton taquin pour détendre l'atmosphère.

Dans l'obscurité, je devine la rougeur sur ses joues.

— Lui et moi, n'avons jamais été amants puisqu'il n'y a jamais rien eu de physique entre nous.

— Où débute l'adultère alors ?

Anna reste sans voix. Elle me jauge, tente de percer le sous-entendu de ma question.

— Au premier baiser, je suppose.

Je laisse un blanc. Elle attend une réponse de ma part que je m'efforce de ne pas lui donner.

— Vous n'êtes pas d'accord ? surenchérit-elle.

— Et vous, votre réponse vous semble-t-elle juste ?

Elle se terre dans le mutisme.

— Anna, je ne sais pas comment vous viviez cette relation avec Sébastien, ni comment vous la nommiez mais je suis certain d'une chose, nous sommes là, tous les deux ce soir, à l'abri des regards, sur un chemin désert. Vous séchez le sport, vous ne l'avez pas dit à votre mari. Je suis ici, sans avoir prévenu ma femme. Et osons dire que nous avons pensé à nos époux respectifs depuis que nous marchons ensemble ?

— Où voulez-vous en venir ?

— Nulle part. Pour vous, l'adultère commence par un baiser, je pense à l'inverse que, parfois, une pensée peut être pire qu'un acte physique.

— Je ne tromperai jamais mon mari. Si vous ne l'avez pas compris avec nos premières lettres alors il ne vaudrait peut-être plus nous revoir.

— Calmez-vous Anna, n'interprétez pas mal mes paroles. Je ne veux absolument pas que vous trompiez votre mari.

— Je ne pourrais pas me le pardonner.

— C'est tout à votre honneur. Très égoïstement, je n'y tiens pas car cela induirait que, moi aussi, j'ai commis ce geste irréparable. J'ai toujours été fidèle à ma femme. Je me suis engagé à l'être pour la vie. Il n'y a rien de plus important qu'une promesse. Maintenant, je ne peux nier que ma présence ici est une faute. Je ne la regrette pas même si je le devrais et savez-vous pourquoi ?

— Non.

— Je ne crois pas avoir déjà rencontré une telle plénitude. Je crois même ne jamais avoir ressenti de telles émotions, pas même avec ma femme. Sans elle, je ne serai pas l'homme que je suis aujourd'hui. Je lui dois beaucoup. Mais je suis lucide sur ce que je vis avec elle. Quand je reçois une lettre de vous mon cœur bat plus vite. Quand je vous lis ou quand je vous vois, vous devez le percevoir, j'ai un sourire niais qui ne me quitte pas, un sourire qui vous est destiné à vous et uniquement à vous. J'ignore où cette histoire va nous mener mais je veux la vivre à fond. Je prendrai ce que vous me donnerez, tout ce que vous me donnerez. La relation que vous me proposez me va parfaitement, j'accepte qu'elle soit platonique pour notre bien.

Ses yeux ne clignent plus, ils lisent dans les miens. Nos sourires sont figés. Autour de nous, rien ne laisse présager ce que nous vivons. Les gens terminent leurs gestes derrière les murs épais de leur maison. La forêt murmure ses plaintes sans en dessiner la forme. Et nous, nous arrêtons le temps, dans la pénombre. De deux doigts, Anna me saisit la main, dans la plus grande discrétion. Le contact de sa peau m'électrise. Personne ne peut voir cette union. Ce lien si léger et pourtant si lourd de sens.

— Je dois rentrer, dit-elle avant de me lâcher.

Je la raccompagne jusqu'à sa voiture, non loin de ma moto.

— Merci William. Merci pour cette soirée.

— C'est moi qui vous remercie, soupiré-je. Je vous écris dès demain.

— Parfait, j'attendrai votre lettre.

Nous nous regardons.

— Je n'ai pas envie de partir, souffle-t-elle.

— Moi non plus. Il le faut.

— Je sais. Promettez-moi de vite revenir me voir.

— Je ferai tout mon possible.

— Bonne soirée.

Elle glisse dans l'habitacle de sa voiture, ferme la portière et démarre. Je frappe à sa vitre qu'elle descend.

— J'oubliais de vous dire…. Défi relevé, lancé-je.

— Quel défi ?

— Celui de venir dédicacer dans votre ville.

— Quand ça ? me demande-t-elle avec enthousiasme.

— Je vous le dirai assez vite par lettre.

Son sourire s'élargit.

— Rentrez bien Anna !

— Vous aussi.

Je la regarde s'éloigner. Une partie de mon être se sent bien, vraiment bien. Pendant qu'une autre, plus pragmatique, plus proche de ce que je suis vraiment, me ramène à une inquiétude viscérale. Un sentiment indéfinissable mais bien réel, ne m'a pas quitté de la soirée. Je n'ai aucun doute sur ce que j'avance et ce n'est pas à mettre sur le compte de la paranoïa ou d'un imaginaire débordant.

Durant toute la balade, caché dans la forêt, quelqu'un nous épiait.

Chapitre 9

Ce chapitre de nos vies, je le nommerais : *Ce dont je me souviens, c'est de ces amoureux qui ne regardaient rien autour d'eux.*

Sur ma moto, des images d'Anna passent devant la visière de mon casque, pas seulement de son visage. Oui, je le reconnais lorsqu'elle est montée dans sa voiture, j'ai observé son… sa... Arrêtez de me fixer avec de gros yeux amis lecteurs. Je ne suis qu'un homme. Et un homme a le droit de regarder… de contempler… d'admirer… de désirer. Surtout que sa chute de reins éveille en moi l'envie de la saisir. Je vous préviens, si vous employez le mot « platonique », là, maintenant, je stoppe l'écriture de mon roman. Sommes-nous d'accord ? Je ne conteste pas qu'elle soit une belle femme et qu'elle me plaise mais je n'oublie pas mes deux promesses, à Éléonore pour la fidélité, à Anna de préserver sa famille de tout écueil.

Avant même de rencontrer le vainqueur du concours, je nourrissais beaucoup d'espoir avec ce ticket caché dans mon livre, Anna dépasse mes espérances. La frustration s'empare de mon enthousiasme. Des années de thérapie pour combattre mes peurs primales et aujourd'hui, alors que je peux briser les chaînes de cette prison psychique, mon passé reprend son rôle de maton. Mes angoisses s'octroient une triste place dans cette aventure. Pourquoi dès que je tends à un soupçon de bonheur, mon vécu, ce que je suis, me rattrape ?

J'entends déjà les paroles de Dolorès quand je vais

lui rapporter mon ressenti sur l'ouverture des lettres et une menace cachée dans la forêt. Elle s'enfoncera dans son fauteuil, posera ses avant-bras sur les accoudoirs et prendra une brève inspiration.

William, votre environnement a été quelque peu chamboulé ces derniers temps, en êtes-vous conscient ? J'entends par là que vous avez sorti un roman et nous savons tous les deux combien il vous coûte de quitter votre domicile pour en assumer la promotion. Vous organisez ce jeu concours sous prétexte de booster les ventes alors qu'un autre projet vous anime, menant sur le chemin de la guérison, j'en suis certaine. Vous reprenez votre vie en main. En plus, cela vous oblige à sortir de votre zone de confort, dans des endroits que votre esprit juge hostiles pour votre sécurité. Comment voulez-vous ne pas être inquiet ? Si vous n'imaginiez pas que des personnes malfaisantes vous en veuillent, vous ne seriez pas devant moi à chercher du réconfort. Car c'est ce que vous êtes venu chercher William, du réconfort. Il y a bien longtemps que plus personne ne vous veut du mal. Votre femme prend soin de vous et de votre carrière. Patrice s'occupe de vous comme un fils. Personne ne vous veut du mal. Personne ne lit votre courrier et personne ne vous épie. Vivez William, c'est le moment.

Quand elle m'aura dit tout ça, je retrouverai ma quiétude. En attendant, avec cette escapade nocturne, j'ai sauté sans filet et j'ai la trouille. Heureusement, je suis prévoyant, une séance avec Dolorès est planifiée pour demain matin.

Je gare ma moto dans le garage et attends bien que personne ne franchisse la porte automatique avant la fermeture définitive. Vérification inutile car un système de sécurité se déclenche si un autre véhicule, une personne, un vélo ou un rat passe le pas de l'entrée. La voiture d'Éléonore se trouve à sa place. Elle est rentrée. Un coup d'œil furtif à ma montre, plus de vingt heures, ce n'est pas surprenant. J'espérais intimement de pas la voir quitter le travail avant vingt et une heures.

Je réveille mon talent caché de comédien, prêt à l'improvisation. Installée dans le canapé avec sa tablette, elle lève les yeux de son écran dès mon entrée dans le salon pour venir à ma rencontre.

— Où étais-tu ? me demande-t-elle.

— À une exposition.

— Seul ?

— Oui.

— Comment est-ce possible ?

— Il y a longtemps que Dolorès me pousse à sortir, sans toi, ni Patrice. Alors je me suis jeté à l'eau.

— Et tu n'as pas jugé bon de me prévenir ?

— Il ne me semblait pas que cela t'aurait intéressée. Puis tu as pas mal de boulot en ce moment avec la sortie du roman d'Adam.

— Aucun rapport. Tu n'es pas sorti seul depuis… je ne me rappelle même pas quand cela est arrivé. Et là, je rentre dans une maison vide alors qu'aucune dédicace n'est programmée. Tu imagines mon inquiétude ?

— Je suis un grand garçon tu sais.

— William, ne joue pas maintenant !

— C'est bon, on ne va pas en faire toute une histoire. C'est toi qui insistes pour me voir sortir et constater que le monde entier ne souhaite pas ma mort.

— Oui mais j'aimerais quand même que tu me préviennes, surtout pour ta première fois.

— Tout va bien. Je te remercie de t'être inquiétée et la

prochaine fois, je t'en informerai.

— Il y aura une prochaine fois ?

— Celle-ci a été concluante, pas facile mais concluante donc je l'espère, oui.

— C'est une superbe nouvelle, se réjouit-elle en me serrant dans ses bras.

À cet instant, je pense à Anna. Je m'en veux. Maintenant le mal est fait, il va falloir vivre avec, surtout que je vais recommencer. Alors, à mon tour, pour ne pas laisser apparaître ma gêne, j'étreins ma femme.

Nous nous installons côte à côte dans la cuisine pour préparer le dîner. Elle me pose des questions sur ma sortie, sur l'exposition et, je suis content de lire le Pariscope toutes les semaines. J'avais assez de matière pour tenir la discussion. Elle m'informe qu'une de ses assistantes était allée voir l'expo à Beaubourg et qu'elle avait beaucoup aimé. Elle se laissera peut-être tenter si elle trouve le temps. Le dîner terminé, nous allons chacun dans notre bureau. Je ne m'assois pas de suite sur mon fauteuil, je tourne en rond, tel un lion en cage. Éléonore a-t-elle cru à mon mensonge ? Elle a une intelligence hors du commun et une grande perspicacité. Je n'avais pas mis les pieds dehors en solitaire depuis l'incident, cinq ans auparavant. Ce soir, sans la prévenir, sans même aborder le sujet, j'ai quitté notre maison pour me rendre à un rendez-vous non-professionnel et sans la présence de Patrice. À l'évidence, la méfiance a dû s'insinuer en elle tel un ver dans un fruit. Je redoublerai de vigilance pour mes sorties futures.

Je connais votre pensée, Anna et le centre Beaubourg ne sont pas une même entité. Pour l'instant, je m'en moque, j'ai menti à ma femme et le sourire d'Anna décolle les remords de ma peau. Pour retenir ces souvenirs encore un peu, j'attrape un 33 tours des Stones, éteins la lumière, m'affale sur le canapé et plonge avec lenteur vers les images de ma soirée.

***

Anna franchit la porte de sa maison, non pas avec une mais trois craintes. Elle rentre avec vingt minutes de retard par rapport à un jeudi ordinaire. Elle ne transpire pas une goutte et son visage est pâle au lieu de cramoisi. Et, si son mari, suspicieux, aborde sa sortie nocturne avec William, elle est certaine de ne pas réussir à lui mentir.

Elle ferme à double tour la porte, le bruit de la télévision dans le salon l'accueille. Ses trois hommes ont dû avaler le dîner qu'elle leur avait préparé et ses fils doivent être au lit, lumière éteinte, depuis bien longtemps. Anna se déchausse, range ses affaires, prend une profonde inspiration avant d'avancer vers Bertrand, enfoncé dans le canapé. Ses yeux ne quittent pas l'écran quand elle s'approche. D'un coup d'œil vers la télévision, elle comprend qu'elle n'existera plus. Au programme, il y a du foot et en plus, c'est un match de la France.

Tous les matchs de la France sont importants dirait son mari.

Leurs lèvres se frôlent.

— C'était bien le sport ma chérie ?

— Très bien oui. Ça a été avec les petits ?

— Oui.

— Et toi ça va ? demande Anna comme elle l'aurait fait traditionnellement.

— Dure journée alors je me détends avec le match. Allez tire bon sang ! Tocard. C'est la France.

— Je vais monter prendre ma douche.

— Oui va ma chérie après t'être bien dépensée, ça va te faire du bien.

Elle part sans savoir si elle doit être dépitée ou soulagée. Avant de quitter le salon, elle s'arrête et se retourne pour contempler son mari. Elle l'observe, assis sur le bord du canapé, en short, les jambes écartées, les pieds ancrés dans le sol, rien ne pourrait le déraciner. Son ventre tend le vieux tee-shirt qu'il a enfilé en rentrant du travail, auparavant, il y a bien des années, un petit singe dansait sur le tissu blanc, maintenant, c'est un monstre informe qui s'étale sur une toile beige. Elle prend conscience qu'à chaque kilo pris par son mari depuis leur rencontre, c'est elle qui a fondu au point de presque disparaître à ses yeux. Le ventripotent monsieur Durand pense-t-elle avant de chasser au plus vite cette idée odieuse. Elle a fauté ce soir, elle et personne d'autre, elle n'a pas à reporter son propre dégoût sur Bertrand.

Un jeudi comme un autre… ou presque.

Avant de s'éclipser, elle annonce à Bertrand lire dans le lit. Le chronomètre en haut à gauche de l'écran lui indique qu'elle a trente-cinq minutes devant elle. Elle détourne sa trajectoire par les chambres des garçons. Ils dorment bien. Emmitouflée dans ses draps, elle s'autorise à relire une à une les lettres de William. Le réveil l'informe de l'arrivée prochaine de Bertrand. D'un geste vif, tout son courrier se volatilise dans son sac. Extinction des feux. Elle s'enroule dans la couette, ferme les yeux et s'accroche aux souvenirs de sa soirée. Elle s'égaye, cette nuit, quelqu'un, quelque part, un écrivain, a une pensée pour elle.

Chapitre 10

Ce chapitre de ma vie, je le nommerais : *Ces jolies choses des filles sans voix quand on y touche on brûle ses doigts*.

Paris, le 28 mars

Bonsoir ma douce,

Mon introduction va vous sembler niais, beauf ou encore un autre adjectif péjoratif mais j'emploie souvent le mot « doux » pour vous décrire dans mes pensées alors quel meilleur surnom que celui-ci ?

Je plane à deux mille pieds d'altitude, porté par toutes les nuances colorées de votre visage, passant du pâle au flamboyant, en s'arrêtant sur cette délicieuse teinte pêche qui ne demande qu'à être croquée. Anna, vous me faites tourner la tête. À vos côtés... je me sens... moi... Sentiment, à la fois étrange et limpide, pris dans un tourbillon infernal dans lequel danse ma folie douce pour vous. Quand je vous vois, j'ai envie de donner. C'est assez drôle de comprendre ce qui m'arrive sans pour autant parvenir à y coller des mots. Ces mots existent-ils seulement ?

Près de vous, je n'avais plus de filtre, plus besoin de me cacher. Inutile de vous décalquer, comme si souvent, l'image que l'on attend de voir de l'écrivain que je suis. Je vous exposais ma véritable personnalité, sans être jugé. Vous êtes responsable de cette situation. Vous êtes venue à moi, sans masque, avec votre entièreté. J'évoque ici la robustesse de votre armure et les failles qui la fendent.

Vous m'avez fait me dévoiler ce soir et je n'ai pas honte de ce que vous avez entraperçu. Je me sens prêt à tout vous révéler. Pour vous imager mon ressenti, je suis un meuble bancal et, doucement, vous vous glissez sous mon pied atrophié pour rééquilibrer cette instabilité. Durant cette soirée, alors que nous marchions à l'abri, dans cette pénombre qui nous enveloppait, je n'avais qu'une envie... Savez-vous laquelle ?

Celle de vous serrer contre moi, vous sentir là, toute proche et si lointaine à la fois. Je n'avais pas d'arrière-pensée... Juste le désir d'exister à travers votre propre corps. Vous voyez ? Comme si le monde se résumait à cette obscurité avec le temps qui file pour mieux nous séparer, comme si le monde se résumait à mes bras vous encerclant...

Ce que j'invente ci-dessus, ne le prenez pas comme une grande déclaration d'intention même si elle l'est un peu. Voyez-le comme un rêve qui ne se réalisera jamais car je respecterai notre souhait de platonisme. L'écrire sur cette page blanche permet de le réaliser, de le caresser de l'esprit sans briser nos promesses.

Quand je vous dis que vous m'avez rendu fou... Ô Anna, quand vous lirez cette lettre, la magie de notre promenade se sera dissipée comme un mauvais rêve s'éloigne, chassé par les rayons du soleil mais j'ai envie de partager avec vous toutes ces vives émotions. Peut-être les prendrez-vous d'une manière détournée. Peut-être aurez-vous peur face à cette passion qui s'empare de moi mais... Vous m'avez fait vivre en une semaine, plus que l'on ne peut espérer en dix ans d'un quotidien terne.

Gardons toutefois, une ligne d'horizon, notre vœu commun d'une relation purement spirituelle. Même si ce soir, nos yeux se sont menti, nos yeux se sont fuis mais nos yeux se sont unis.

Là, je m'imagine encore vous serrer tout contre moi au moment de se dire au revoir. C'est ainsi que je vais me coucher... non sans craindre votre réaction face à tous ces mots enflammés lancés à la volée...

Avec toute ma tendresse,

William

Ps : Pour enivrer ce début de nuit et alimenter cette folie, j'ai bu deux ti punch. Je n'ose imaginer les fautes.

Deux jours plus tard, je reçois la réponse d'Anna.

Deux jours peuvent représenter une éternité, je les ai perçus ainsi.

Je vous entends pester, rapportant d'un air suffisant en bon colporteur, mon exagération. *Oui, euh, deux jours, ce n'est rien, ça passe vite, quarante-huit heures.*

Facile pour vous, amis lecteurs connectés, et je ne parle pas seulement de ceux qui me lisent sur un livre numérique, d'affirmer une telle absurdité. Il vous suffit d'envoyer un SMS, un mail, un Messenger, un Facebook, un Snapchat, un Instagram, un Tinder, un Meetic, un Adopteunmec à la personne que vous aimez pour qu'elle vous réponde dans la seconde suivante. Avez-vous déjà attendu une lettre ?

Attention, n'écorchez pas ma question avec une lettre des impôts, une amende, une mise à pieds ou d'une autre nature administrative. J'évoque ici, une lettre passionnée. Si cela ne vous est jamais arrivé alors, effectivement, deux jours ne peuvent pas vous sembler une éternité. Vous ne connaissez pas, malheureusement pour vous, le frisson produit par les mots écrits de la main du bien-aimé.

Pontault-Combault, le 1er avril

Bonjour William,

Vous vous trompez.

La magie n'a pas disparu, le lendemain, ni le surlendemain, ni trois jours après. Le souvenir de notre moment volé dessine sur mes lèvres le fameux sourire niais qui va devenir emblématique de notre relation. Niais est-il le mot juste ? Peut-être « bienheureux » serait-il moins péjoratif même s'il ne sonne pas encore comme je le voudrais à mes oreilles.

Bref, cette parenthèse enchanteresse a été une vraie bouffée d'oxygène coincée entre un mauvais début et une calamiteuse fin de soirée (pas envie de détailler), et j'essaie, en me la remémorant, de prolonger son effet bénéfique.

Votre dernière lettre est teintée d'une note « rhumantique » qui me décontenance un peu dans le sens où je ne sais plus si ce que vous avez écrit est réel ou amplifié par l'effet de l'alcool.

Quoi qu'il en soit et sans avoir rien bu, j'ai été touchée par la lecture de vos mots. Moi aussi, j'aurais voulu plus que mes doigts sur les vôtres et j'adorerais me blottir contre vous. Mais j'ai aussi terriblement peur de me laisser submerger par la passion. Peur que nous soyons vus ; peur de tout ce qui pourrait briser le charme.

J'ai rendez-vous chez mon psy demain soir et j'hésite à lui parler de nous. J'ai envie de vous garder pour moi toute seule, comme un trésor dans mon cœur sur lequel je veillerai jalousement. Je me sens simple avec vous et c'est bon. Je me sens belle à travers vos yeux et c'est agréable. Je me sens vivre et vibrer à travers nos échanges et je ne veux pas que ça s'arrête.

Ma réponse est intense et j'espère qu'elle provoquera chez vous autant de palpitations que lorsque je l'ai écrite.

Vous voyez, je n'ai pas eu peur de vos mots.

N'avez-vous pas oublié de me donner la date de votre venue en dédicaces ?

Racontez-moi un peu à quoi ressemblent vos journées Monsieur l'écrivain, je n'y arrive pas avec ma petite imagination.

Je pense à vous.

Anna

La lecture de ce roman vous offre un véritable avantage temporel sur Anna et moi. Vous n'avez pas à subir les délais de la Poste, aussi rapides soient-ils. Je vous envie. Je devais effectivement patienter entre chaque réponse mais les émotions ressenties à réception valaient toute l'attente imaginable. Le tableau, *les montres dissolues*, de Dali prenait une autre dimension.

En réalité, quand je reçois les lettres d'Anna, le temps n'est pas si malléable. Certes, je me jette sur le courrier mais, lorsque je tiens une enveloppe de ma douce, je ne la déchire pas dans l'immédiat. Il y a toujours cette fraction de seconde où je m'arrête sur le rabat mal collé et abîmé avec la conviction que le courrier a été ouvert. Dans l'euphorie de la réception, je ne m'y attarde pas plus que cela et je m'efforce à mettre ce détail sur la qualité de la languette et les gestes bourrins des agents de la poste. Dans un coin, de mon crâne, enfermée, les mains sur les barreaux de sa geôle, ma paranoïa guette l'opportunité de détruire le bonheur procuré par notre correspondance. Je pourrais parler de cette inquiétude à Anna, elle risque de me prendre pour un fou et je me vois mal lui demander, *vos enveloppes là, elles sont achetées en hard discount ?* En toucher un mot à Dolorès revient à entendre une nouvelle récusation pragmatique. Non, je garde la clé de la prison de ma paranoïa bien cachée, loin de ses fourberies et de ses manigances pour me la dérober. Tout va bien.

Paris, le 3 avril

Bonjour ma douce,

Nous finirons probablement par trouver l'adjectif adéquat à ce sourire car je ne pense pas qu'il soit prêt à nous quitter ou, du moins, à me quitter de sitôt.

Le rhum n'a pas exacerbé mes mots, l'alcool désinhibe mais n'extrapole pas mon ressenti. Bien au contraire, je me contiens encore de me livrer entièrement à vous de crainte que cela soit mal perçu ou trop tôt dans cette relation qui n'en n'est qu'à son début.

Je donnerais beaucoup pour revivre la soirée sur ce sentier, marcher à vos côtés, vous écouter, vous admirer.

Rien ne vous obligera à vous laisser submerger par la passion, à vous blottir dans mes bras ou à commettre un autre acte déraisonnable. La tournure platonique que prennent nos échanges me convient, vous lire et être avec vous par voie postale me suffisent.

Si vous me donnez votre main Anna, je la prendrai et je la serrerai. Je ne viendrai en aucun cas et sous aucun prétexte la chercher.

Vous êtes si douce...

Pour votre psy, faites comme bon vous semble. Vous êtes la maîtresse de cet entretien. Vous jugerez par vous-même s'il est bon ou non de le faire et je suis certain que vous prendrez la bonne décision.

Votre dernière lettre était tout à fait délicieuse mais... Elle manque encore de légèreté pour que vous vous envoliez totalement. J'ai ce sentiment que vous n'avez pas encore enlevé cette « cloison », cette « protection » car je pressens que vous avez dans le cœur, des mots capables de briser toute froidure, des mots plus tendres, plus doux, plus vous... Libérez-vous ! Soyez-vous ! N'ayez crainte !

Pour répondre à votre question, la séance de dédicaces aura lieu le 13 avril. Je vous invite à vous rapprocher de votre libraire d'ici quelques jours, il aura plus de détails à vous donner car entre le temps où la lettre va être écrite et celui où vous la recevrez, il y aura plus d'informations.

Vous désirez donc savoir à quoi ressemble ma journée. Vous êtes bien curieuse.

Minuit est le commencement de tout, débutons à cet instant.

Je n'ai pas un très bon sommeil, souvent trop court, souvent agité, souvent haché. Je subis trop fréquemment les caprices de mes insomnies. Il peut m'arriver de me lever en pleine nuit plusieurs heures avant de me recoucher. Travailler à domicile, quand on le veut, est un avantage non négligeable lorsque l'on a un sommeil comme le mien.

Je me lève chaque jour vers cinq heures trente d'un réveil naturel. Certains diront que c'est tôt, moi je dis que mon horloge biologique est réglée ainsi. Des siestes sont parfois nécessaires pour récupérer.

Les yeux embrumés par la nuit, j'enfile un pantalon de survêtement et descends au sous-sol aménagé dans lequel je m'adonne à un footing sur un tapis de course. J'aimerais reprendre ce sport à l'extérieur dans les rues et les parcs de Paris mais je ne le peux pas et je vous en expliquerai un jour les raisons. Alors je cours sur place, fixant ce mur qui me rappelle chaque jour que je ne suis qu'un être casanier qui observe le monde par les fenêtres de sa maison. Suite à cette séance, je frappe dans un sac et répète quelques mouvements de combat. Certains jours de la semaine, dans la matinée, je prends des cours de boxe et de self-défense. Là aussi, il y a des motivations que je vous dévoilerai un jour prochain.

Je remonte préparer le petit déjeuner et, un peu avant neuf heures, je me retrouve seul à mon domicile en attendant Patrice et la femme de ménage.

Ensuite, mes journées se découpent suivant mes envies, lecture, visionnage de films, écoute musicale, discussion ou partie d'échecs avec Patrice. Uniquement des activités culturelles qui peuvent nourrir mes romans.

Et surtout, Monsieur l'écrivain, comme vous m'avez surnommé, écrit.

J'écris tous les jours, de trente minutes à sept heures selon l'inspiration, si bien que j'ai deux romans d'avance que personne n'a jamais lus. J'évite autant que possible d'écrire trop longuement sans quoi, arrivée la nuit tombante, mon cerveau ressemble a une méduse échouée sur le bord d'une plage mazoutée.

Le soir, je prépare le dîner, discute avec Éléonore.

Nous décidons à cet instant si nous regardons un film ensemble ou si chacun vit sa vie de son côté.

Voici mes journées types sauf que, dernièrement, elles ont été chamboulées.

Vous y êtes entrée pour tout dérégler.

Toutes mes pensées sont focalisées sur ce que vous faites, sur le jour où je recevrai un mot de vous, sur le moment où je recroiserai votre regard.

J'erre dans ma maison spacieuse, luxueuse et l'intérieur m'apparaît fade quand je sais que vous êtes dehors, quelque part, loin de moi.

J'aimerais tant parfois, sortir de chez moi, sans peur et m'enfoncer dans un square parisien pour y inspirer les odeurs qu'il regorge. Mieux encore, j'aimerais le faire avec vous à mon bras et m'asseoir sur un banc pour admirer la vie qui passe.

Ô ma douce, qu'écris-je là ?

William

PS : En écrivant l'avant-dernier paragraphe, je me faisais la réflexion qu'il serait bon que l'on termine nos lettres par une phrase commençant par « J'aimerais que... ». Qu'en pensez-vous ?

Je me doute bien ce que vous allez penser. *Cela ne va-t-il pas un peu trop vite entre eux ?* Comme toujours, vous avez raison. Grâce au recul avec lequel j'écris ce roman, je peux vous donner trois motivations à ma précipitation.

La première réside en ma certitude quant à l'aspect éphémère de notre relation et son incompatibilité avec mon projet initial.

La deuxième, déjà évoquée plus haut, s'explique par le désir et la passion accentués par l'attente entre chaque lettre.

La troisième ne dépend que de moi et mon passé. Mon expérience, avant la rencontre d'Anna, ne m'a offert que deux histoires passionnelles. Je suis tombé amoureux d'une fille au lycée. Celle-ci ne compte pas car l'on s'est séparé après trois mois de sentiments enfantins. Éléonore est mon unique amour, je n'ai jamais eu la chance de vivre un début de relation explosive. Nous avons toujours été cartésiens et je regrette, avec le temps, de ne pas lui avoir déclaré de magnifiques poèmes d'amour.

Avec Anna, je tente de me rattraper sur ce que je n'ai jamais pu donner. Je n'en rajoute pas pour autant dans les lettres que je lui écris, je me prête juste au jeu d'être moi-même et de lui livrer mon ressenti, sans détour. Assez ! Vous me faites trop parler de moi. Revenons à la réponse d'Anna.

Pontault-Combault, le 5 avril

Bonjour William,

Je ne passerai pas par quatre chemins, je dois vous parler mais je dois le faire de vive voix et non par écrit. J'ai trop de respect pour vous.

Si mes calculs sont bons, vous recevrez cette lettre lundi, je vous donne rendez-vous ce mercredi, dans la ville de Pontault-Combault, au pied de la mairie à 12h45.

Si vous ne pouvez pas vous y rendre pour une raison qui vous est propre, je comprendrai.

D'ici là, ne cherchez pas à me joindre d'une quelque

autre manière que ce soit.

J'aimerais que vous soyez là ce mercredi avec, je l'espère, notre sourire.

Anna.

Amis lecteurs, à l'âme sensible, tout comme moi, vous sentez l'approche d'un problème. Elle doit vouloir mettre fin à notre correspondance.

Qu'ai-je fait ?

Lui aurais-je fait peur ?

Me trouvez-vous trop entreprenant ou envahissant vous aussi ?

Chapitre 11

Ce chapitre de ma vie, je le nommerais : *Alors on escaladera des grilles, on ira dans un parc et si le gardien nous grille, on modifiera le parcours*.

Mon esprit a créé un micmac, lettre brève, sortie extérieure, sans protection, dans un lieu inconnu, après avoir eu le sentiment d'être épié en forêt. Le danger rôde. Je vous le donne en mille, Dolorès a rationalisé mes angoisses.

William, calmez-vous. Vous êtes devant moi et tout va bien. Je vous le répète, personne ne vous veut du mal. Éléonore vous aime. Patrice vous rassure. Plus personne ne vous veut de mal. Vous êtes le seul à vous en causer. Ce que vous exprimez ici n'est pas la peur de se faire agresser mais de vous confronter à un refus. Vous vous isolez depuis trop longtemps, je vous incite assez à aller à la rencontre des gens. Et c'est ce que vous êtes en train de faire à merveille. En plus de cela, d'après vos propos, vous vivez le début d'une idylle avec Anna. Tout va pour le mieux. Mais voilà que ça se gâte, vous aimez avoir le contrôle, ou plutôt, devrais-je formuler, vous aimez croire que vous avez le contrôle. Belle illusion William ! La vie est faite d'imprévus, c'est ce qui la rend si palpitante. Vous vous êtes habitué à cette routine dans votre maison, à vous payer le matériel que vous désirez quand vous le voulez sans considérer ce qu'il se passe derrière votre porte. Vous croyez que tout ira comme vous le souhaitez car Patrice vous satisfait, des personnes s'occupent de votre maison, une équipe éditoriale s'attelle à vendre vos romans. Et vous ? Que faites-vous ? Vous vivez ? Vous dormez ? Vous croyez que les personnes dehors vous attendent ? Que pensez-vous qu'il se passerait si durant cinq ans, le célèbre écrivain William James ne sortait pas de romans et ne donnait aucun signe de vie depuis son domicile clos à triple tour ? Le monde s'arrêterait ? Vous vous confrontez aujourd'hui à la non linéarité de l'existence. Ce sur quoi nous travaillons ensemble depuis plusieurs années maintenant.

Vous devez aller à ce rendez-vous. Vous devez entendre ce qu'Anna a à vous révéler. Et même si cela est un refus, un souhait de mettre un terme à votre relation, vous devez quand même y aller. Si vous refusez un échec alors vous refusez de vivre.

Après cette séance, et deux insomnies consécutives de réflexion, je me trouvais dans l'obligation de rejoindre Anna. Ce mercredi matin-là, sur les coups de dix heures, ne comptant pas sortir, je renvoie Patrice chez lui. Il rétorque être rémunéré pour rester à mes côtés. Il a raison sauf que l'on a dépassé depuis longtemps le stade de la relation employé-employeur et qu'après s'être rappelé qu'il y a une rediffusion du film *les sept samouraïs* au Mac Mahon en début d'après-midi, il a accepté ma proposition.

Je suis libre comme l'air, prêt à prendre mon envol. Dès l'instant où je descends dans le garage, jusqu'à arriver à Pontault-Combault, face à la mairie, un nœud atroce ne cesse de me broyer les boyaux. Plus j'avance et plus le nœud se resserre au point de me provoquer des crampes. Sur place, je scrute alentour qu'aucun étranger louche ne soit susceptible de m'attaquer. Je me gare, je retire mon casque et Anna est déjà là, à rayonner. Je la regarde, j'attends qu'elle me parle mais elle se contente de notre sourire et de laisser ses yeux scintiller.

— Bonjour, finit-elle par entamer.

— Bonjour. Vous m'inquiétez.

— Pourquoi ? Vous n'êtes pas heureux de me voir ?

— L'urgence de votre dernière lettre m'inquiète.

— Je m'en doute. Ce n'était pourtant pas le but.

— Que se passe-t-il ?

— N'est-ce pas vous qui vouliez vous balader dans un parc à mes côtés ?

— Si.

— Vous êtes là, je suis là, le parc est devant nous. Ce n'est pas un square parisien mais on s'en contentera.

Elle m'entraîne par le bras.

— Vous voulez que nous arrêtions notre correspondance ? expulsé-je de ma poitrine comprimée.

— Quelle idée ! Je suis collée tout contre vous, comment pourrais-je vouloir une chose pareille ?

Je me sens tel un apnéiste venant de passer deux jours sous l'eau et qui, enfin, redécouvre le plaisir de l'air pénétrant dans ses poumons. Il me faut encore plusieurs mètres pour assimiler le rouage bien huilé de la machination d'Anna.

Nous passons les grilles du parc et, je suis aspiré dans un entre-deux mondes, où, d'un côté, j'observe cet espace végétal avec quelques passants, des tas de fleurs, des bancs, banal en soit, sans rien d'extraordinaire, comme toutes les villes de banlieue parisienne en possèdent. De l'autre, mon esprit absorbe ce parc à travers mes sens, libérant une multitude de couleurs, de changements, de formes et ce nouveau lieu provoque en moi une félicité soudaine.

Je marche ici, sous le soleil à son zénith, aux côtés d'une femme remarquable, comme n'importe qui pourrait profiter de cette plénitude. Je vis et ce, grâce à Anna. Je pose ma main libre sur son avant-bras. Elle me sourit. Nous nous asseyons sur un banc. Elle se love contre moi. Par-dessus sa tête, je l'admire. Elle porte une veste en cuir marron, des bottes montantes et une jupe, ses collants, légèrement transparents, me dévoilent un soupçon de ses jambes. Je m'imagine les effleurer de mes doigts.

Sur un chemin, en contrebas, une femme passe avec une poussette, un homme court, un autre, avec casquette et lunettes de soleil, jette un coup d'œil dans notre direction, un groupe d'adolescents rit, la Terre tourne sous nos pieds.

— Vous pensez que nous allons trop loin ? me demande-t-elle.

— Nous ne dépassons pas la limite.

— Vous en êtes sur ?

— Nous voulions que ça reste platonique et hormis, ce contact aujourd'hui qui ne provoque pas de scandale, nous le respectons, non ?

— Vous ne trouvez pas que nous allons trop vite ?

— Je me suis posé la même question et je pense avoir une théorie à ce sujet.

— J'aimerais que vous me la donniez.

— Une relation entre deux amants se construit avec le désir, avec la passion et nous en avons tous deux à revendre. Ces histoires s'alimentent du temps, des moments passés ensemble, moments que nous n'avons pas mais, en revanche, nous possédons notre correspondance. Et, en cette période d'ultra-communication instantanée, ces échanges sont ce que nous avons de plus précieux. Nous avons deux, trois ou quatre jours à attendre pour avoir des nouvelles de l'autre. Si vous le vivez comme moi, vous devez trépigner d'impatience et vous sentir libérée quand le facteur vous dépose la bienheureuse. Cette attente, cette rareté augmente considérablement notre désir et notre passion et devient, pour ma part, une véritable obsession. Je ne suis pas attiré, comme n'importe quel amant, par un simple désir charnel ou passionnel mais par ces instances qui me laissent imaginer vos réponses. Réponses bien plus terre à terre que mon imaginaire mais qui, du coup, me surprennent et m'émerveillent à chaque fois. Ces lettres entrecoupées de silence lèvent, au compte-goutte, le voile mystérieux qui plane au-dessus de votre tête. Nos perceptions sont ensuite décuplées par les rares instants volés qui nous réunissent et intensifient nos émois. Regardez-nous, nous nous voyons pour la deuxième fois, et nous sommes enlacés, sans arrière-pensée, avec le même intérêt de savourer cette union. Avez-vous conscience comme moi de vivre une histoire merveilleuse qui, peu importe la fin, ne s'offrira pas à nous une seconde fois et non parce que, c'est vous et moi, mais parce que le contexte global représente une bulle enchantée, s'envolant à une incroyable lenteur, dans un monde tournant de plus en plus vite, dans lequel l'homme ne profite plus à cause du numérique. Nous sommes obnubilés par dix mille images à la seconde provenant de publicités diverses et variées et ne savons plus nous arrêter pour admirer une toile de maître.

Elle m'a souri longuement avant de remettre sa tête sur mon épaule.

— Je suis désolée si je vous ai inquiété avec ma dernière lettre.

— Ce n'est rien. J'ai juste failli ne pas venir.

— C'est vrai ?

— Oui. Ma psy m'a convaincu du contraire. Je ne vous en veux pas, cela partait d'une bonne intention. Merci pour cette surprise.

— Je voulais vous faire plaisir.

— Vous avez réussi.

Nous sommes restés silencieux, jouissant de la mélodie de la nature. Sans l'évoquer, tous les deux, nous pensons à nos derniers échanges par lettres, et à ces lignes, où nous étions dans les bras l'un de l'autre. Nous y sommes. Si on m'avait dit deux mois auparavant que je serai dehors, terrassant mes névroses, à me délecter d'une exquise balade avec une belle femme, qui n'est pas la mienne, je ne l'aurais pas cru. L'horloge d'une église sonne quatorze heures, Anna se redresse et d'un soupir met un terme à cette pause.

En empruntant le chemin de la sortie, d'un geste instinctif, je regarde derrière nous et, à presque deux cents mètres, sur un autre banc, un homme, à casquette et lunettes de soleil, se lève aussi et part dans l'autre direction.

— C'était trop court, murmure Anna en me sortant de mes pensées.

— Je suis d'accord.

Elle va être en retard pour reprendre son poste et nous accélérons le pas. Je la remercie encore pour cette surprise.

— Il faut que je vous demande un service Anna mais surtout, il ne faut pas me poser de question.

— Oui ?

— Pourrions-nous trouver un endroit secret où déposer les lettres sans passer par la Poste.

Elle me scrute.

— Votre femme a des soupçons ?

— Non mais je ne tiens pas à ce qu'elle en ait.

— Oui, nous pouvons. Spontanément, je pense au parking où nous nous sommes vus la première fois, en face du cours de tennis. Devant le complexe, il y a des bacs à fleurs et à arbustes. Qu'en pensez-vous ?

— Ce serait parfait.

— Disons celui le plus à gauche quand on se trouve face à l'entrée.

— Parfait.

— En parlant de lettre, c'est celle-ci que vous auriez dû recevoir, et non la dernière qui vous a inquiété, annonce-t-elle en la sortant de son sac.

— J'y répondrai le plus vite possible, lui dis-je.

— J'y compte bien.

— Dans trois jours dans le bac à fleurs. Ça vous convient de mettre un intervalle de trois jours entre chaque dépôt ?

— Deux jours ?

— Parfait sauf les week-ends où ce sera le lundi. Passons après quatorze heures pour être certain que le courrier soit déposé par l'autre.

— D'accord. Je passe vendredi prendre votre réponse et je vous dis à samedi pour la séance de dédicaces, conclut-elle en déposant un bref baiser sur ma joue avant de partir.

À l'autre bout de la place, un homme, portant casquette et lunettes de soleil observe dans ma direction. Ce même individu que nous avons croisé lors de notre arrêt sur le banc et au moment de notre départ. De ma moto, je plisse les yeux pour repérer un signe distinctif. Impossible, il est beaucoup trop loin. À n'en pas douter, il me regarde, moi, précisément. Il porte un pantalon, peut-être un jean, une veste et des baskets, une tenue d'une unique couleur, noire. Je tétanise. Un camion passe devant lui et l'inconnu marche vers l'angle de la rue. Il disparaît.

Pour moi, tout s'accélère, en temps normal, la curiosité m'aurait poussé à lire le mot d'Anna. Tout de suite, je n'ai qu'une idée, être loin d'ici et être protégé entre les murs de ma maison. J'avais déjà eu l'impression d'être épié lors de notre balade nocturne et maintenant, avec la présence de l'homme à la casquette, c'est une certitude, quelqu'un me suit…

Chapitre 12

Ce chapitre de ma vie, je le nommerais : *Ami, regarde-moi, j'ai le cœur qui renverse, la mémoire de ses yeux qui me colle à la peau.*

Chez moi, après avoir patienté, malgré les détecteurs de sécurité, que la porte du garage était bien close, je me suis enfermé dans mon bureau pour lire la lettre d'Anna.

Pontault-Combault, le 10 avril

Bonjour William,

J'espère que ma petite surprise de ce midi vous aura fait plaisir.

À l'heure où je vous écris, je ne peux affirmer que ce rendez-vous se soit bien passé mais il a le mérite d'avoir existé.

Voici comment je l'imagine.

Vous débarquez comme le prince charmant de Cendrillon sur son cheval blanc sauf que vous, vous avez une moto noire. Vous retirez votre casque et la première chose qui vous saute aux yeux, c'est notre sourire sur mon visage et vous l'imitez instantanément. Je vous prends par le bras et nous nous enfonçons dans le parc. Nous trouvons un banc où nous asseoir, je me blottis contre vous et, comme vous le soulignez dans votre précédente lettre, nous regardons la vie passer. C'est notre moment, juste à nous, à personne d'autre. Vous ne me partagez pas, je ne vous partage pas. Nous nous appartenons. J'aimerais écouter les bruits de la vie et à la fois vous entendre me murmurer des mots passionnés.

Vous lisez mes mots à présent, ce qui signifie que je suis loin de vous mais je vous promets, je n'ai qu'un désir, celui de me trouver tout contre vous comme je l'étais probablement plus tôt dans la journée.

Que me faites-vous Monsieur l'écrivain ?

Comment se fait-il que toutes mes pensées soient pour vous ? Comment se fait-il que le temps s'arrête et ne reprenne qu'à la lecture de vos mots ou lorsque nos regards se croisent ? Comment se fait-il que je renverse les céréales de Lucas le matin, que je renverse mon verre d'eau le midi et que je renverse le paquet de lentilles le soir ? Serais-je en train de tomber à la renverse ? Serais-je distraite par l'effet que vous me procurez ? Comment se fait-il que je lise toutes vos lettres au moins une fois par jour ? Comment se fait-il que mon esprit retombe en adolescence ? Seriez-vous une cure de jouvence ? Comment se fait-il que, quand je pense à notre soirée sur le chemin, des papillons dansent dans mon ventre ?

Ne prenez pas toutes ces questions pour de véritables questions, je vous ai juste noté tout ce que j'avais en tête. Et, il y en a bien d'autres.

Je ne me lasse pas de parcourir vos lignes et de ressentir tout ce qu'elles me transmettent. D'autant plus qu'elles font écho à ce que je ressens moi-même

Vous êtes si présent que, pendant mon rendez-vous chez mon psy, je n'ai pas pu résister à parler de vous. Je voulais vous garder pour moi mais, alors que je lui racontais mon quotidien, je me suis aperçue que tout tournait autour de vous et que, toute la journée, j'avais envie de crier au monde entier tout le bonheur qui m'inonde.

Je vais m'arrêter ici.

Je vous remercie d'avoir raconté votre quotidien d'auteur, j'en sais un peu plus. Il paraît bien rempli et vous semblez bien seul. Dans des moments de solitude, dites-vous que je pense à vous.

Je me demandais, avec le temps que vous consacrez à l'écriture, vous êtes sur un nouveau projet ?

Pourquoi personne n'a-t-il lu vos deux romans déjà écrits ?

C'est de l'égoïsme Monsieur l'écrivain, pensez à vos lecteurs.

Hier, par la fenêtre de la cuisine, en faisant un brin de vaisselle, j'apercevais les branches d'un arbre, éclairées par un lampadaire, qui s'agitaient doucement dans le vent. J'ai fermé les yeux et j'ai presque senti votre souffle dans mon cou, la caresse de vos doigts sur ma peau. Ma respiration s'est accélérée et, interrompue dans ma rêverie par le bip du micro-ondes, j'ai terminé de préparer le dîner.

Vous me faites chavirer à chaque seconde. J'appréhende le temps de votre réponse parce que j'ai besoin de vous. J'attends vos lettres comme une droguée attend sa dose. C'est à la fois délicieux, envoûtant et terrifiant. Parce que vous me manquez et que je ne sais pas dans quel état vous allez me laisser.

Je vous envoie un baiser épistolaire... comme celui que j'ai déposé sur votre joue tout à l'heure.

Anna

J'aimerais que l'on trouve une faille spatio-temporelle dans laquelle nous n'existerions que tous les deux, dans laquelle je pourrais me donner à vous corps et âme, sans aucune retenue.

Quelques jours plus tôt, à situation similaire, un vent de panique se serait emparé de moi et m'aurait contraint à me focaliser sur Dolorès. La passion a cette note, parfois insoupçonnée, capable de monter haut vers le sommet de l'oubli. Mon moi s'efface face à Anna.

Après cette première lecture, ma psy ne m'a même pas effleuré l'esprit. Comment aurait-ce été possible ? Vous avez lu comme moi la lettre d'Anna ? A-t-on déjà écrit à votre propos en des termes si élogieux ? J'ai donc relu ses mots trois fois avant de me saisir de mon stylo et de lui répondre, sans plus réfléchir. J'ai écrit, beaucoup, sans me relire, pour qu'Anna reçoive la quintessence de mes sentiments. La lettre terminée, l'homme à la casquette a fait son grand retour sur le devant de la scène, figeant le temps et mes espoirs.

Le soir, Éléonore a bien senti mon malaise. Je n'ai pu lui révéler la nature de mon angoisse. J'ai simulé un mal de tête pour botter en touche. Comment pourrais-je lui raconter ? Il aurait fallu aborder ma sortie avec Anna. Je n'avais d'autre solution que de patienter jusqu'à m'entretenir avec Dolorès.

La nuit fut longue, trop longue.

Le lendemain, sans me faire prier, je me suis confessé à Dolorès, avec l'intention de tout lui déballer, la mettre face à ses responsabilités, elle aura tous les détails, la balade nocturne, les lettres lues avant moi, le démon à la casquette.

William, je suis vraiment heureuse d'apprendre la belle surprise orchestrée par Anna. Vous rendez-vous compte ? Cela fait cinq ans que nous travaillons à recouvrer votre liberté d'avant l'incident et voilà qu'en jouant avec ce ticket dans votre dernier livre, vous abondez en ce sens. Anna débarque et en quelques semaines, elle débloque des heures de thérapie. Il ne pouvait rien vous arriver de mieux. Maintenant, n'oubliez pas que vous avez entrepris cette correspondance avec une idée derrière la tête. Elle n'est pas au courant et quelque part, vous la trompez. Ce n'est pas le but de notre conversation aujourd'hui mais il faudra y revenir, c'est important.

Pour ce qui est de l'inconnu qui vous épie, remettez-vous dans un contexte global.

Vous me parlez d'une personne le soir de votre balade, d'une personne qui ouvre votre courrier avant que vous ne le lisiez et maintenant, d'une autre qui vous espionne.

Comment pouvez-vous affirmer que ces trois personnes ne soit qu'une même entité ? L'avez-vous vérifié ? Cela est-il probable ?

La balade, votre boîte aux lettres et le parc sont trois lieux bien distincts, à des moments de la journée différents, matin, midi et soir, alors comment une personne pourrait vous suivre dans ces conditions ? Il me semble en plus que c'est Patrice qui récupère le courrier tous les matins à la Poste, il n'y a que lui qui a vos lettres entre les mains avant vous ? C'est donc soit lui, soit un agent de la Poste. Patrice est votre seul ami, il vous a sauvé la vie, enfin... William ouvrez les yeux. Vous l'avez reconnu dans le parc ? Après tout, vous m'avez bien dit que l'homme à la casquette vous avez fixé. Était-ce Patrice ? Avez-vous seulement remarqué un trait de son physique ? Non car ce n'était qu'un passant qui prenait un peu de temps sur sa pause déjeuner pour profiter du soleil ou peut-être était-ce un lecteur qui vous a reconnu et qui n'a pas osé vous approcher. Vous êtes une personnalité publique, invitée des plateaux de télévision dont le visage est vu par des milliers de personnes.

Autre point, vos déplacements se font en moto pour rencontrer Anna ?

Comment quelqu'un pourrait vous suivre sans que vous vous en aperceviez ? Vu la circulation sur le périphérique, il faudrait que lui aussi soit en moto pour réussir cette prouesse. Sinon, il devrait avoir connaissance de votre destination et votre heure d'arrivée pour vous filer.

William, plus personne ne vous veut du mal à part vous. Vous êtes submergé par une vague de bien-être et de bonheur. Et cette passion, cet amour naissant vous fait peur. Alors votre esprit vous joue des tours et vous fabrique des mirages. Le seul risque à être heureux, c'est qu'ensuite, on peut être malheureux.

Soyez tranquille, vivez cette idylle pleinement. Faites le honnêtement, sans quoi, tôt ou tard, vous paierez le retour de bâton. Anna est sincère avec vous, ne l'oubliez pas.

Voilà, voilà, comment vous dire, ce n'est pas pour rien que Dolorès est la psy la plus chère de Paris.

Avez-vous déjà fui le bonheur comme je le fais là ?

Quelle bêtise ! Vous avez le droit d'être heureux. J'ai le droit d'être heureux. Il y a assez de bonheur sur cette terre pour en prendre sa part.

Et puis merde, oui je suis vulgaire mais j'en ai marre d'être esseulé, marre de me terrer dans ma maison, marre d'obéir au doigt et à l'œil à mes angoisses, marre d'être incompris, marre de subir.

Vous savez quoi ?

Soyez heureux parce que moi, je vais enfin l'être.

Chapitre 13

Ce chapitre de ma vie, je le nommerais : *C'est comme un trésor et ça, ça vaut de l'or.*

Anna a attendu deux jours son courrier, deux jours pendant lesquels sa balade dans le parc l'a tenu éveillée. Pas facile de vivre un rêve et de revenir ensuite à une fade réalité. Les habitudes ont cette capacité à broyer le plus résistant des espoirs sauf quand, le dit-espoir se niche dans le cœur d'une femme.

Sur le chemin la menant au parking du complexe de tennis, elle s'interroge sur cette boîte aux lettres cachée près de chez elle. Elle n'y trouve pas d'explication rationnelle mais elle ne veut pas mettre en péril le mariage de William. Elle n'a pas pu attendre jusqu'à sa pause déjeuner pour vérifier si William a déposé son enveloppe. Elle décide d'y passer de bon matin, au pire, elle y retournera plus tard. Elle avance vers le bac à fleurs. Entre deux buissons, enroulée dans une pochette en plastique se dissimule son précieux présent.

Paris, le 11 avril

Ô ma douce,

Entre la balade dans le parc et les mots de cette dernière lettre, je suis comme ébloui par les lumières vives et nettes d'un feu d'artifice. Face à tant de beauté, je cherche dans quelle direction admirer. Ma pensée est déstructurée au point que même un expert en Rubik's Cube, dans la cour de récré, ne pourrait la remettre en ordre.

Vous me faites plaisir car vous m'avez enfin offert cette lettre tant attendue, celle dans laquelle vous dévoilez allégrement vos sentiments.

Ne me parlez plus de cette faille spatio-temporelle, elle me fait rêver. Nous ne devons pas nous lamenter sur cet imaginaire mais nous réjouir de ce que nous avons. La simple idée de vous avoir uniquement pour moi m'électrise mais ces instants à marcher à vos côtés, ne valent-ils pas plus qu'une faille spatio-temporelle ? Le contact de nos doigts ou de ce baiser sur ma joue ne valent-ils pas plus qu'un geste fictif ?

Là là là là...

Des yeux qui font baisser les miens, un rire qui se perd sur sa bouche, voilà le portrait sans retouche...

Je viens de lancer sur ma platine vinyle un best of d'Edith Piaf.

Vous m'avez tant fait vivre en si peu de temps. Je suis léger, léger, léger. Je monte si haut que tout semble petit à côté de mes émotions.

Whaou ! ! La vie en rose *se termine et* Non je ne regrette rien *démarre. Trompette. Je monte encore.*

Ayez conscience de la sincérité de mes propos car n'est-ce pas là le plus important ? La sincérité ? C'est une règle à laquelle je ne veux déroger, on ne joue pas avec la passion. On se doit d'aimer chaque jour, on se doit de chercher le bonheur mais jamais le bafouer. Ce que je vis avec vous, je veux que ce soit magnifique, que dans des années, une simple chanson, une simple phrase, un simple mot, un souffle, une saison, me rappelle votre doux souvenir.

Ô Anna, vous entrez au panthéon de mes plus beaux

moments.

À présent, nous savons où nous allons... dans les recoins où il est bon de s'égarer. Désormais, vous ne me quitterez plus jamais. La trace que vous dessinez en moi, sera indélébile.

Je repense à aujourd'hui, à notre première rencontre, à notre balade. Vous m'émerveillez. Vous m'obsédez.

Vous partirez un jour mais, comme écrit plus haut, j'aimerais que vous gardiez un souvenir impérissable de nous, comme un souvenir sur lequel vous n'auriez aucune emprise, un souvenir capable d'exploser à chaque seconde et qu'en cet instant, notre sourire se dessine sur votre visage. Je veux que vous soyez ma reine. Je veux que vous soyez ma douce. Je veux que vous soyez mon indomptable. Je veux être pour vous, une note de piano. Je veux être pour vous, le chant du printemps. Je veux être pour vous, le papier rêche d'un vieux livre. Je veux être pour vous, une balade nocturne en forêt. Je veux être pour vous, une escapade dans un parc. Je veux être pour vous, l'aube et le crépuscule.

Votre rêverie me donne envie de vous admirer frottant la vaisselle pour m'approcher derrière vous. Dans mon esprit, une autre image se profile. Nous, dans la pénombre, moi, posant mes mains sur vos hanches, sur cet endroit intime mais pas tant que cela, cet endroit qui provoque un frisson lorsqu'un amant y pose ses paumes... Une fois mes mains ici, je vous tirerais vers moi et vous, vous glisseriez votre visage dans mon cou.

Je l'ai évoqué dans le parc, le temps entre nos réponses ne fera que nous rapprocher et intensifier ce que nous ressentons déjà. Je ne suis jamais très loin, mes pen-

sées vous sont destinées.

Dans toute cette effervescence, n'oublions pas un point, le plus important de tous. Nos quotidiens respectifs sont ce qu'ils sont et notre relation secrète vient d'autant plus les embellir. Nous sommes le rêve et l'impossible. Nous nous rendrons heureux mutuellement le temps que nous le pourrons et ce sera déjà exceptionnel. Cette histoire marquera nos cœurs pour toujours. La vérité finira par nous rattraper, avec son lot de violences, nous ne nous lamenterons pas, nous nous imprégnerons de cette mélancolie. Savez-vous ce qu'a écrit Victor Hugo à ce sujet ?

« La mélancolie, c'est le bonheur d'être triste ».

J'ignore comment vous percevez cette phrase, ni cette parenthèse empreinte d'un certain fatalisme mais, je suis persuadé qu'un jour, cette citation vous paraîtra limpide.

Je vais m'accorder une bagatelle, assez rare, me couler un bain, me servir un verre de vin, diffuser de la musique et penser à vous. Une ultime note de musique s'envole... « Non rien de rien, non, je ne regrette rien ».

Nous serons plus grands ensemble.

Vous me manquez.

À samedi pour la dédicace.

William

J'aimerais que mes lèvres se posent au creux de votre cou.

Anna inspire pour remplir ses poumons d'air, d'un air pur, d'un air frais, d'un air chargé d'amour. Une perle se brise sur la page laissant, au passage, le sceau de cet émoi. Elle contemple le cratère dessiné par l'encre effacée et réalise que cette goutte s'est échappée de ses yeux. Cette larme, cette unique larme, marquera à tout jamais ce qui est écrit, ce qu'elle a lu, ce qu'elle vit.

Une larme de joie.

Chapitre 14

Ce chapitre de ma vie, je le nommerais : *Il y a des jours que l'on attend plus que d'autres, comme ce jour, où l'on marche vers le trône.*

Aujourd'hui, c'est le D-Day.

Dédicace Day, ne vous méprenez pas.

Je n'écrirai pas me glisser dans la peau d'un américain voguant sur la Manche pour atteindre une plage normande loin de son pays car ce serait insultant pour la mémoire de ces hommes libres. Pourtant, je navigue à vue, dans l'attente de cette rencontre. Le soldat enfilait son treillis, moi, mes vêtements préférés pour plaire à Anna. Le soldat emporte son fusil, moi, mon stylo.

Cette sortie pour la promotion de mon roman est loin d'être la première, plus d'une fois, je suis monté au front. Aujourd'hui est différent car aujourd'hui, Anna se cache dans la file d'une librairie.

C'est un samedi, un jour de choix pour le libraire.

En organisant cette rencontre moi-même, Sophie, stagiaire au poste des relations avec les points de vente, m'a informé qu'à cette date, le créneau de l'après-midi était déjà réservé à la formidable équipe d'experts de Cultura Claye-Souilly. Si je tenais à me rendre à Brie-Comte-Robert ce même jour, je devais y aller le matin de 10h30 à 12h30.

Neuf heures à l'horloge de mon bureau, Patrice et moi partons dans quinze minutes. J'en profite pour relire la surprise pour Anna, surprise que je lui glisserai dans son livre lors de la dédicace. Tout dans mon bureau est opérationnel, à sa place, le ménage a été fait par mes propres soins plus tôt dans la matinée, chaque objet respecte son périmètre dédié, tout est sous contrôle. Je descends saluer Éléonore que je ne reverrai que le soir.

En arrivant dans le salon, je suis surpris d'y trouver ma femme en train de lire des manuscrits d'éventuels futurs romanciers de la maison d'édition. Je m'exprime mal. Je ne suis pas surpris de voir ma femme dans notre canapé un samedi matin à neuf heures. Non, mon étonnement vient de sa tenue. Elle est habillée, maquillée et apprêtée un samedi matin si tôt alors qu'à son habitude, le weekend, elle flâne jusqu'à onze heures.

— Ça y est, te voilà, lance-t-elle en me voyant débouler des escaliers.

— J'écrivais là-haut.

— Tu travailles trop. Je suis pas mal à la maison d'édition en ce moment avec toutes les sorties à venir et on se voit assez peu. J'ai pensé t'accompagner sur cette journée. Il y a longtemps que je ne l'ai pas fait et ça nous permettra de déjeuner dans un restaurant sympa durant ta pause du midi. Tu es content ?

Arrêt sur image. Pause dans le texte. Comment vous décrire cette kyrielle de sentiments qui s'abat sur moi ? J'ai l'impression d'avoir fait un puzzle de dix mille pièces et je constate en posant la neuf mille neuf cent quatre-vingt-dix-neuvième qu'il m'en manque une. J'ai l'impression d'avoir entamé un marathon et de tomber au dernier mètre du quarante-deuxième kilomètre. J'ai l'impression d'avoir oublié de jouer au loto le jour où tous mes numéros sont sortis. J'ai l'impression d'être le con d'un dîner de cons. J'ai l'impression d'avoir écrit un roman complet à l'ordinateur, de mettre le point final à ma plus grande histoire, fermer le document et réaliser que je n'ai pas sauvegardé.

J'ai l'impression d'entendre Denis Brogniart me hurler : « la sentence est irrévocable ».

Ma femme ne m'a pas escorté en dédicaces depuis mon sixième roman et encore, elle l'avait fait en soutien moral car l'incident avait eu lieu à la dernière parution. Aujourd'hui, alors que j'organise une séance pour ma maîtresse, Éléonore décide d'être nostalgique. Je réfléchis à une solution pour m'extraire de cette mauvaise passe sans éveiller de soupçon.

— Tu es content ? répète-t-elle pour mettre fin à l'arrêt sur image.

Je la regarde, droit dans les yeux, ses pupilles me transpercent. Je suis comme une souris dans le coin d'une pièce, sans sortie, sans échappatoire, face à un gros matou, griffes acérées, babine retroussée.

— Rien ne pourrait me faire plus plaisir ma chérie, conclué-je.

Chapitre 15

Ce chapitre de ma vie, je le nommerais : *Ne me regarde pas comme ça, non, ne me regarde pas comme ça.*

Patrice longe la librairie, une file de lecteurs s'étend depuis l'entrée jusqu'à la boutique voisine. À vue d'œil, une centaine de personnes patiente. Ce sera une dédicace de taille moyenne. Dans la foule, je cherche Anna.

— Tu as l'air agité William, ça va ? me demande Éléonore.

Ma chérie, j'étais plus angoissé que l'angoisse lors de mes sorties clandestines avec Anna alors comment veux-tu que je sois serein avec ta présence pendant cette rencontre secrète ?

— Je le suis toujours quand je vais signer et tu en connais les raisons, je suppose.

— C'était il y a cinq ans, c'est derrière toi.

— On voit que ce n'est pas toi qui l'as vécu.

— Ce n'est pas ce que je voulais dire. Dolorès ne t'aide pas à gérer ça ?

— Si.

— Tu es bien sorti seul à l'exposition il y a quelques jours.

— Oui mais ce n'est pas comme là, en signature.

— Je comprends.

Je n'ajoute rien. Il n'y a rien à ajouter. Parfois, il vaut mieux se taire. Surtout quand l'incident me rappelle à son bon souvenir.

Patrice m'ouvre la portière. Pour les prochaines

heures, il ne me quittera pas d'une semelle. Une personne s'approchant trop brusquement recevra un mawashi-geri en pleine face. Il est plus réconfortant qu'un préservatif. La comparaison est graveleuse, cependant, elle souligne l'impact sécuritaire de mon garde du corps.

Tout de suite, ma sécurité est le cadet de mes soucis. Depuis notre départ de Paris, la peur ne me quitte pas. Je devrais écrire, les peurs ne me quittent pas. Elle m'oppresse sous deux formes, celle de voir Anna en public, et celle qu'Éléonore découvre mon adultère platonique. Nommons un chat, un chat, pas de baiser, pas de dérapage mais adultère quand même. Il est comme le vote blanc, il ne compte pas mais existe bien. Si Éléonore apprend les moments volés et les mots doux, je finirai mes jours accroché dans la cave, la tête en bas. Par chance, nous n'avons pas de cave. Elle se contentera du garage.

Nous remontons la file, le corps de Patrice me sépare des lecteurs. Vers le milieu, je croise Anna et, malgré mon stress, je lui envoie notre sourire, rendu avec générosité. Le libraire nous accueille. Éléonore, avec sa personnalité écrasante, prend la parole et remercie le travail de cet artisan résistant. D'un coup d'œil circulaire, elle repère chaque ouvrage de la maison d'édition Paroxysme, principalement les nouveautés manquantes, histoire d'avoir un prétexte pour toper le directeur commercial dans la minute, même un samedi. Elle ne s'attache pas aux conventions collectives et encore moins au code du travail.

Le libraire m'invite à prendre place et me demande si je désire une boisson ou autre chose. J'opte pour un café. Patrice se met à ma gauche et Éléonore visite la boutique avant d'accaparer le libraire pour lui vanter les mérites de son catalogue de romans.

Le défilé des lecteurs démarre.

Dans mon cercle de collègues auteurs, quelques-uns, pour ne pas les nommer, ne sont pas friands de cet exercice. Moi je l'aime bien même si sa pratique est plus difficile depuis l'incident. Je suis touché par tous ces gens qui se déplacent, parfois de loin, pour me rencontrer et me louanger. Après plusieurs mois d'hibernation à écrire, les séances de dédicaces deviennent une excellente méthode de se reconnecter au monde. J'aime entendre des gentillesses et recevoir des présents : chocolats, livres, lettres, fromages, bonbons, bières, vins, fleurs et je passe les cadeaux les plus farfelus et improbables.

En règle générale, les lecteurs présents pour les auteurs, sont ceux qui ont apprécié leur texte. Vous imaginez, une personne debout, à piétiner une heure ou plus pour délivrer à l'écrivain : « Monsieur, je ne veux pas de signature sur mon livre, je voulais juste vous dire que ce que vous avez écrit, c'est de la merde. L'intrigue est brinquebalante, les personnages n'ont pas d'épaisseur, vous êtes un raté ». Non, ces gens-là imposent leur avis entre amis ou sur Internet.

Il y a longtemps, alors que je concluais mon unique trilogie, des lecteurs sont venus faire dédicacer le dernier tome en susurrant leur déception quant au dénouement. Ils étaient peu nombreux à avoir le courage de me l'annoncer en face, sans animosité toutefois. J'ai recroisé certains d'entre eux, pas rancuniers, lors de la sortie des romans suivants.

Le libraire discute avec ses clients, Éléonore s'est installée derrière moi sur une chaise et lit des manuscrits. Anna grignote du terrain. Entre chaque signature, je la regarde et, comme un adolescent devant la plus belle fille de la classe, mon cœur bat plus fort. Plus elle s'approche et plus je transpire, désagrément inhabituel. J'observe le plus furtivement possible ma femme dont le nez se lève de ses copies de temps en temps pour m'envoyer son approbation.

Je dois prévenir Anna que nous ne serons pas seuls, qu'il faut qu'elle fasse attention, que la femme juste à côté de moi n'est autre que mon épouse. Elle est devant moi et je ne peux l'avertir. J'ai bien réfléchi à lui passer un message mais comment sans se faire remarquer ?

Langage des signes ? Je ne le connais pas.

Morse ? Trop bruyant.

Mimes ? Trop visible.

Mimiques ? Trop ridicule.

Signal de fumée ? Trop risqué dans une librairie.

Non, à l'évidence, pas de solution. Trois lecteurs encore à passer et ce sera son tour, je croise les doigts pour ne pas subir une catastrophe.

— Bonjour, me dit Anna.

La sécheresse dans ma bouche me fait déglutir.

— Bonjour.

Elle me lance notre sourire, je ne peux faire autrement que de lui renvoyer.

— Je suis contente de venir à ma première dédicace et que ce soit pour vous. J'aime vraiment ce que vous écrivez.

Durant quelques secondes, je perds toute notion du temps et de l'espace, mon ancrage étant Anna. Nos yeux se murmurent notre passion.

— Je vous ai ramené un petit quelque chose. Elle me tend un sac dans lequel je vois un boîtier en plastique et un paquet. Ne perdez pas votre temps à l'ouvrir maintenant, il y a du monde qui attend. C'est un paris-brest, j'espère que vous aimez ça.

Elle se souvient du portrait chinois. Je mets son sac avec les autres présents que l'on m'a déjà apportés. Elle me tend son livre. Je m'apprête à le dédicacer quand elle me dit : « Je m'appelle Anna ».

— Pardon ?

— Mon prénom pour la dédicace.

Elle feint de ne pas me connaître, soit parce qu'elle a compris que ma femme est à côté de nous, soit parce qu'elle joue à l'inconnue, dans les deux cas, sa réaction me convient. Je le signe.

Le 13 avril

Pour Anna,
La mélancolie, c'est le bonheur d'être triste.
Avec toute mon affection.

William James.

Ps : j'aimerais que ce livre vous transporte aussi loin que la déraison vous le permette.

J'avais préparé sa dédicace, un message subliminal, juste pour elle. Avant de lui rendre, je glisse une lettre à l'intérieur, elle est la seule à me voir faire. Comme pour tous les lecteurs, je me lève, en signe de respect, pour la remercier. Je lui tends son roman et, quand elle s'en saisit, je lui effleure le doigt, subtile caresse qu'elle imite aussi rapidement. Un fugace tressaillement la parcourt et notre sourire se dessine sur son visage.

— Je vous remercie, dit-elle les joues roses.

— C'est moi.

Une autre personne la remplace et Anna disparaît de la librairie. D'ores et déjà, j'affirme ma médiocrité. J'ai perdu tous mes moyens mais je m'en moque, j'ai vu, j'ai entendu, j'ai admiré ma douce.

Je ne me risque pas à vérifier si Éléonore a remarqué notre manège, je fais comme si de rien n'était. Et, aussi, je savoure cet instant, je savoure ce contact improbable de nos doigts, empreint d'un érotisme intense.

Je continue d'exercer mon métier avec tout le professionnalisme dû alors que tout m'emmène loin d'ici. Ma curiosité brûle du désir de déballer le sac apporté par Anna. Je ne peux la satisfaire dans l'immédiat, étant dans la ligne de mire d'Éléonore. Pas facile de porter un masque d'écrivain devant son public quand son âme ne demande qu'à enfiler celui d'honnête homme. Bon d'accord amis lecteurs, pas d'honnête homme… juste d'homme.

Permettez-moi d'ajouter heureux, d'homme heureux.

Chapitre 16

Ce chapitre de nos vies, je le nommerais : *Je vous livrerai [...]tout ce que je pense, de mes coups de colère à mes coups de romance.*

Être à l'intérieur de ma voiture, conduite par Patrice, après une séance de dédicaces, m'apaise autant que d'être emmitouflé dans une grosse couette un soir d'hiver. Nous roulons sur les routes de France, le paysage se transforme en une fresque infinie, oscillant au gré des reliefs. Harassé d'avoir passé ma journée à signer, ce déroulé hypnotique me berce. Lors des trajets de retour, je pense à vous, venus à ma rencontre et, silencieusement, je vous remercie de nous faire vivre ce rêve. De me faire vivre ce rêve, pardon.

À mon retour de Claye-Souilly, j'ai bien les yeux rivés par la fenêtre de mon véhicule mais mes pensées ne vous sont pas dédiées. Vous devinez déjà pour qui elles le sont. Anna. Le sac, déposé par ses soins lors de notre rencontre matinale, attend toujours d'être ouvert. Éléonore, sur son téléphone, à envoyer un mail ou je ne sais quoi d'autre, m'empêche de le déballer. Ma femme demande à Patrice de s'arrêter chez notre traiteur japonais pour se sustenter. Sans appétit, je refuse d'en prendre pour moi.

Dans la maison, je pose toutes mes lettres et mes présents dans un coin, simulant une indifférence quelconque. Je reste avec Éléonore pendant son dîner. Nous discutons de banalités quand elle décide d'aller lire des manuscrits de jeunes auteurs puisque nous ne sommes pas de sortie ce samedi.

Elle disparaît dans l'escalier, je me rue sur mes cadeaux et m'enferme dans mon bureau. Je déballe les objets d'Anna, son paris-brest et un boîtier de CD. Je m'empresse d'ouvrir ce dernier. Une feuille s'en échappe. Sur le disque, Goldman me lance un regard à la fois triste et compréhensif. Je ramasse la lettre pliée sur laquelle est inscrit : *Mettez la chanson numéro 2 et lisez.*

J'exécute sa recommandation sans broncher.

La musique démarre sur des notes de maracas et de guitare.

Brie-Comte-Robert, le 13 avril

William,

Je tiens à vous remercier d'être venu en dédicaces. C'était pour moi une première. Je ne peux vous donner mon ressenti car ces lignes ont été écrites avant la rencontre.

Ce mot sera bref.

Je vous imagine en train d'écouter la chanson de Goldman Sache que je, *peut-être en dégustant le paris-brest.*

Je vous confie cet album, il est un de mes préférés. Je vous dédie ce morceau car il m'a toujours beaucoup plu. Depuis ce ticket trouvé dans votre dernier roman, les paroles de cette chanson prennent une autre tournure. Vous déchiffrerez entre les lignes de ce texte.

Je veux vous confier un secret à présent.

Je n'ai pas osé vous en parler avant car je craignais que vous me preniez pour une lectrice un peu cruche. Savez-vous ce qui m'a fait succomber lors de notre dîner au restaurant ? Vous êtes bel homme mais ce n'est pas cela. À la fin du repas, nous avons échangé un regard. Cela peut vous sembler anodin mais ça ne l'est pas pour moi. Je n'avais jamais été regardée de la sorte.

Je n'en dis pas plus pour ne pas être prise pour une folle.

Avec toute ma tendresse,

Anna

J'aimerais que toute ma vie, tous les jours, on me regarde comme vous le faites.

J'expire longuement, jusqu'à vider entièrement mes poumons. C'est con mais je le vis comme un soulagement. Nous avons donc vécu ce même regard. Je souris de notre sourire.

Mon attention est distraite par un détail. En face de moi, sur mes étagères, reposent plusieurs objets de collection dont un réveil JAZ ayant appartenu à ma grand-mère. Je me lève et m'avance vers lui pour ne pas le sortir de son sommeil. Cette antiquité ne quittait pas mon aïeule, il l'a même accompagnée à l'hôpital, sur son lit de mort et, jusqu'au bout, elle l'a remonté. Depuis son décès, ses aiguilles n'ont pas bougé d'un iota. Onze heures et douze minutes. Avant cette heure-ci, elle était encore en vie. Aujourd'hui, le cadran affiche douze heures vingt-quatre minutes, déréglé alors qu'il ne l'avait jamais été. Je m'en saisis et le remets en position initiale.

Parfois, on aimerait que le temps reste figé à tout jamais. Perplexe, dubitatif, je pense au temps passé, au temps filant, au temps futur, au temps relatif, au temps menteur, au temps trompeur. Avant de répondre à Anna, je m'imprègne du chant de Goldman.

Il y a je ne vois plus que toi
Mourir au monde, à ses poèmes
Ne plus lire que ses à soi
Un malhonnête stratagème

***

— Ces trois mots-là n'affirment pas. Il y a une question dans « je t'aime ». Qui demande « et m'aimes-tu, toi ? ».

Depuis qu'elle a quitté la librairie, Anna chantonne avec allégresse ces paroles. En lui prêtant cet album, elle se livre à William, chaque mot prononcé par Goldman, elle se les accapare, comme si l'artiste avait su lire en elle.

En fin de journée, elle a préparé le dîner pour recevoir correctement leurs amis, à elle et Bertrand. Son mari s'est gentiment moqué d'elle quand elle a annoncé se rendre à une séance de dédicaces.

— Serais-tu devenue une midinette ma chérie ? lui a-t-il demandé.

— J'aime cet artiste et son œuvre, je vais aller le féliciter. Tu es vraiment inculte. Tu n'as jamais apprécié l'art sauf quand Zidane marque un but, a-t-elle rétorqué sèchement.

— Calme-toi ma chérie, je te taquine. Fais-toi plaisir.

Ni son mari, ni personne ne pouvait la comprendre, elle était seule avec cette passion.

Les enfants jouent, Bertrand navigue sur sa tablette et une tarte cuit dans le four. Elle profite de ce flottement pour s'exiler à l'étage et s'enfermer dans les toilettes de sa chambre. Elle relit la lettre de William pour la quatrième fois de la journée.

Paris, le 12 avril

Ma douce,

Vous me parliez d'une faille spatio-temporelle dans laquelle nous serions libres de tous nos mouvements.

Je profite d'une lettre, un peu à part, pour revenir à cet espace temps.

Dans cette autre vie, nous habitons dans la ville de votre choix. Pour ma part, je choisis Paris avec une vue sur le Sacré Cœur, Montmartre. Nous logeons dans un appartement, un bel et grand appartement, à la luminosité éblouissante en toute heure de la journée.

L'intérieur est épuré, peu de mobilier, exclusivement blanc pour mieux refléter les rayons du soleil. Notre cœur ne s'alourdit jamais devant tant de clarté. Un parquet massif recouvre le sol et, c'est un bonheur d'y poser le pied nu. C'est d'ailleurs notre soulier, rien, juste notre peau au contact du bois. J'aime vous voir marcher ainsi.

Vous êtes installée dans le canapé, un livre dans une main, une tasse de thé dans l'autre, plongée dans un roman, à me lancer des regards furtifs entre deux chapitres avec notre sourire.

Ce jour-là, l'hiver enveloppe notre cocon. Vous portez un gros pull en laine, blanc, vos cheveux sont attachés. Il ne fait pas froid mais vous sentez le besoin de vous réchauffer. Vous vous lovez contre moi. De dos, vous tournez la tête pour m'embrasser, un premier baiser qui en appelle un autre. Je glisse ma main sur votre pull et vous caresse, juste là, sur cet endroit intime et doux, vos hanches.

... la faille spatio-temporelle se referme ici pour aujourd'hui.

S'il vous prend l'envie de poursuivre notre vie dans cet appartement fictif, ne vous en gênez surtout pas. Je lirai avec plaisir cette sensualité irréelle de votre main.

Plus terre à terre, j'aimerais vous inviter à déjeuner. Donnez-moi une date et un lieu. Vous n'avez pas le droit de refuser, j'en serai offensé.

Je passerai chercher votre réponse lundi.

Avec toute mon affection,

William

J'aimerais que cet appartement fictif ne soit pas fictif.

***

Le vendredi matin suivant, Patrice arrive à la maison avec le courrier. Il a sa tête des mauvais jours, la dernière fois cela remonte à un mois, il n'avait jamais porté la maussaderie de manière si rapprochée, à peine un mois. J'imagine difficilement qu'il ait déjà reçu un deuxième appel de son fils. Son visage translucide m'interpelle et m'inquiète.

— Comment vas-tu Patrice ?

— Très bien merci et toi ?

— Nous savons tous les deux que tu ne vas pas bien. N'importe qui verrait que tu n'es pas dans ton assiette avec une tête pareille.

Ma dernière phrase tend à pénétrer dans son intimité, il ne laisse personne l'approcher de si près sans son accord préalable.

— Ne reste pas dans le silence cette fois-ci, tu peux me parler.

Ses lèvres pincées en une ligne blanche ne bouge pas, plus infranchissable que la frontière d'une dictature. J'utilise ma dernière carte, mon joker le plus vicieux, pour le forcer à se confier et se soulager, pour son bien.

— Ton fils t'a téléphoné ?

Ses yeux se plissent et deviennent deux lames de rasoir, aiguisées pour me trancher la langue. J'abdique. Il me parlera quand il l'aura décidé.

Dans ce contexte, un peu tendu, je dois, pour la troisième fois, lui demander de prendre sa journée. En six ans, Patrice ne m'a quitté qu'à de rares occasions, il se tient même à l'entrée des toilettes lorsque j'ai besoin de me retrouver dans un lieu public. J'avais bien ressenti sa surprise à vouloir aussi fréquemment rester sans protection mais il a accepté sans poser de question. Son professionnalisme me surprendra toujours.

Depuis quelques semaines, je ressens un malaise indéfinissable à son égard, malaise mis sur le coup de mes mensonges à répétition à lui et à ma femme. Comment l'inviter à partir sans éveiller de soupçon. Je peux avoir confiance en lui, il ne dira rien si je lui demande. La requête reste délicate.

Patrice, je vais à la rencontre de ma maîtresse aujourd'hui, tu peux rentrer chez toi. Je n'ai pas besoin de tes services, tu t'en doutes. Ah oui, j'allais oublier, ne dis rien à Éléonore, elle n'est pas au courant et il se pourrait qu'elle prenne assez mal la nouvelle. Merci.

— William, si tu veux me dire quelque chose, ne tourne pas autour du pot, dit Patrice, me sortant de mes pensées.

— Oui… euh… c'est que… tu voudrais prendre ta journée ?

Il ne bouge pas, ne cille pas, je sens l'analyse poussée dans son regard.

— Tu ne m'as jamais autant donné de RTT.

— Après toutes ces années, le danger est loin derrière nous. Tu mérites bien un peu de repos.

— Je peux tout entendre mais pas le mensonge, tu le sais bien, répond-il paternellement.

— Je le pense vraiment, tu mérites bien du repos.

Il me toise avec une telle intensité qu'il m'oblige à baisser les yeux.

— Pas à moi, William. Je veux la vérité.

— C'est la vérité.

— Puisque tu ne l'as plus abordé depuis la sortie de ton dernier livre, je vais le faire pour toi. Cette nouvelle lubie de me donner des jours de congés ne viendrait-elle pas de ce projet que tu voulais mettre en place avec ce ticket gagnant ?

Le problème avec Patrice est de ne rien pouvoir lui cacher. Son intelligence, son esprit de déduction et son pragmatisme m'ont toujours dépassé. Nous sommes toujours le petit de quelqu'un.

— S'il te plaît Patrice, n'en parle pas à Éléonore.

Je n'ai rien trouvé de mieux à lui répondre.

Chapitre 17

Ce chapitre de ma vie, je le nommerais : *Les mots restent bien coincés devant cette fille qui ne demande pas mieux que de se faire aimer*.

Anna nous conduit dans une ville éloignée de Brie-Comte-Robert et Pontault-Combault, pour ne pas être repérés par un voisin, un collègue ou un ami susceptible de la croiser. Nous pénétrons dans une brasserie.

Je passerai ici le déjeuner car il n'a pas grand intérêt pour le reste de l'histoire. Nous avons parlé de notre premier regard en des adjectifs similaires et les conversations ont tourné autour de nous et de nos vies de famille. Anna a insisté lourdement pour savoir comment je gère notre relation au quotidien par rapport à Éléonore. J'ai bien tenté de la rassurer sans réussite apparente. Son comportement était hésitant, notre sourire s'est bien moins souvent dessiné sur son visage.

Nous quittons le restaurant, Anna jette un coup d'œil à sa montre, nous avons encore quarante-cinq minutes devant nous. Avant de me déposer à ma moto, nous faisons une halte de l'autre côté de la forêt qui borde le complexe sportif. Elle emprunte un chemin cahoteux et s'arrête à l'orée du bois, à l'abri des passants. Elle coupe le moteur.

Isolés, bordés par la végétation et les champs, Anna se met de côté et appuie sa tête contre son siège. Tout son être se détend. Nous nous regardons. Le temps se cale sur ce calme moment. Nos corps, nos yeux, notre paix, notre passion deviennent l'univers. Je m'approche d'elle. Elle avance vers moi. Le bruit de friction de nos vêtements dans l'habitacle silencieux nous propulse dans le présent. Je l'encercle de mes bras. Elle m'enlace de ses mains. Nous nous serrons. J'inspire les délicieuses fragrances de son parfum. Mes sens gravent dans l'immortalité chaque détail, chaque mouvement. Joue contre joue, nous resserrons l'étreinte. Je glisse ma main dans son cou, mon pouce frôle l'éclat de sa peau. Ses doigts, plantés dans mon dos, m'agrippent avec ferveur. Sa respiration saccadée s'accélère. Nos bouches se rapprochent l'une de l'autre pour qu'enfin nos lèvres se caressent. Celles-ci restent muettes, pas d'élan fougueux, pas de baiser, un simple contact peau contre peau, une danse buccale, un tango frontal, au rythme infernal d'un carnaval sentimental.

Le mot platonique me transperce l'esprit. Ne pas transgresser notre promesse. Je meurs de désir de l'embrasser. Je réalise, dès l'instant, l'extrême sensualité de notre accolade. Tout mon moi, jusqu'au plus profond de mon âme, s'enflamme d'émoi. Je ne veux plus qu'elle, n'imagine l'avenir qu'à ses côtés. Une aura mystique m'envoie un message, j'ai pour devoir d'aimer Anna, envers et contre tout.

Après plusieurs secondes, minutes, heures, vies, nous nous séparons, happés par l'intangibilité de notre secret. À quelques centimètres l'un de l'autre, elle m'offre notre sourire, le plus beau de tous ceux déjà exprimés. Nous n'engageons guère plus la parole jusqu'à notre retour sur le parking. Ce mutisme convient parfaitement, cette scène s'étale à travers l'insonorité. Anna se gare. La tête penchée, elle me caresse la joue.

— C'était très bien. Merci, murmure-t-elle.

— Merci à vous pour tout ce bonheur.

Ses yeux scintillent, s'embrument, Anna n'est pas loin de pleurer.

— Quelque chose ne va pas ? J'ai fait quelque chose de mal ? m'inquiété-je.

— Non, vous êtes parfait. Vous êtes ce qu'il m'est arrivé de mieux dans ma vie. Tout à l'heure, durant le déjeuner, je vous demandais comment vous gérez à la maison avec votre femme. J'avais besoin de savoir car de mon côté je n'y arrive plus.

— Anna, calmez-vous. Dans nos premières lettres, nous étions bien d'accord sur le fait de ne pas oublier que nous ne sommes pas la réalité, nos proches le sont.

— Je le sais. Je vous ai écrit une lettre. Prenez-là. Sortez de la voiture William, s'il vous plaît. Je ne veux pas que vous me voyiez pleurer.

— Anna, je ne peux pas vous laisser ainsi.

— Sortez, s'il vous plaît. Lisez et vous comprendrez.

J'ai respecté sa requête. Avant de claquer la porte, je l'ai contemplée. Elle a tourné la tête. Elle est partie. Déboussolé, je me suis laissé tomber sur un banc proche de ma moto. J'ai lu.

Brie-Comte-Robert, le 19 avril

William,

En fin de journée, les enfants seront en vacances scolaires. Ce soir, avec eux et mon mari, nous partons en Ardèche, dans ma famille, pour célébrer le mariage de mon frère. Je sais déjà que vous ne quitterez pas mes pensées. J'ai peur William, peur de ce que je ressens pour vous, peur de ces sentiments qui grandissent jour après jour.

J'avoue que je n'ai pas toujours la tête assez froide pour voir notre quotidien familial comme une richesse. Il me paraît bien terne à côtés de nos échanges. Je suis horrible d'écrire de telles choses. J'aime ma famille, mon mari et mes enfants de tout mon cœur mais je suis enfermée dans un carcan dont notre relation me libère. J'ai l'illusion de redevenir femme dans vos yeux, j'ai le plaisir de pouvoir écrire (même si ce n'est pas un livre) en jouant avec les mots à loisir. J'ai le sentiment d'exister pour moi et pour vous et cela suffit à me combler.

Demain, pour son mariage, mon frère a demandé à mon mari de lire un texte à l'église que je trouve magnifique et que vous connaissez peut-être.

Morceaux choisis de la première lettre de Saint Paul :

« J'aurais beau parler toutes les langues de la terre et du ciel,

Si je n'ai pas la charité, s'il me manque l'amour,
Je ne suis qu'un cuivre qui résonne,
Une cymbale retentissante.
J'aurais beau être prophète,
Avoir toute la science des mystères
Et toute la connaissance de Dieu,
Et toute la foi jusqu'à transporter les montagnes,
S'il me manque l'amour, je ne suis rien.
J'aurais beau distribuer toute ma fortune aux affamés,
J'aurais beau me faire brûler vif,
S'il me manque l'amour, cela ne sert à rien.
L'amour prend patience ; l'amour rend service ;
L'amour ne jalouse pas ;
Il ne se vante pas, ne se gonfle pas d'orgueil ;

Il ne fait rien de malhonnête ; il ne cherche pas son intérêt ;
Il ne s'emporte pas ; il n'entretient pas de rancune ;
Il ne se réjouit pas de ce qui est mal ,
Mais il trouve sa joie dans ce qui est vrai ;
Il supporte tout, il fait confiance en tout,
Il espère tout, il endure tout.
L'amour ne passera jamais. »

Je l'avais choisi aussi pour mon mariage et en en reparlant avec mon mari, hier, ça n'a éveillé aucun écho en lui.

Pour un tas de choses, c'est comme ça. Je me sens sur la même longueur d'onde que vous et à des kilomètres de lui. Et c'est difficile d'accepter que cette complicité, je la partage avec mon amant et plus avec mon mari. Je me dis très égoïstement que je suis heureuse de la retrouver plutôt que de ne plus l'avoir du tout. Et le problème est là. Je ne vois plus que par vous. Cette distance avec mon mari, j'en suis aussi responsable. Je vais lui faire du mal et j'en serai la seule fautive.

Je ne crois pas être prête à cela. Il faut que je réfléchisse, que je prenne du recul par rapport à nous, à notre histoire et tout le mal que l'on pourrait causer. Je vais passer une semaine en Ardèche, loin de vous, ce qui me laissera le temps de réfléchir. Je ne suis pas certaine de pouvoir poursuivre notre relation. Mais peu importe ma décision, je vous la donnerai pour ne pas vous faire attendre ou espérer plus longtemps. Mardi 30 avril, vous recevrez une lettre dans laquelle vous saurez.

Je ne veux pas vous offenser ou vous faire de mal, vraiment pas. Si c'est le cas, pardonnez-moi. Croyez-moi quand je vous dis que je ne souhaite que votre bonheur.

Avec toute mon affection,

Anna

Que j'aimerais vous avoir rencontré bien des années plus tôt.

Quel désarroi ! Ne pouvoir lui répondre, la convaincre, lui expliquer, me frustre. Je n'ai de toute façon pas à lui répondre, à la rassurer ou à lui expliquer mais juste à accepter sa décision.

Et ce, même si elle décide de mettre un terme à notre belle histoire.

Chapitre 18

Ce chapitre de ma vie, je le nommerais : *Être patient, ce n'est pas attendre, pour moi, c'est agir en attendant.*

Qu'y a-t-il de pire que d'attendre la réponse d'Anna ? Rien, nous sommes bien d'accord.

Dix jours. Deux cent quarante heures. Quatorze mille quatre cents minutes. Huit cent soixante-quatre mille secondes. Soit l'équivalent de cent soixante matchs de foot, pour les sportifs, de deux mille neuf cent vingt-neuf écoutes de *Billie Jean*, pour les fans de Michael Jackson, de quatre mille huit cents œufs à la coque cuits successivement, pour les cuistots, de quinze allers-retours Paris-New-York sans descendre de l'avion, pour les voyageurs.

Au-delà de réécrire en lettres des chiffres, l'anaphore précédente et la recherche qui en découle vous décrivent l'état dans lequel je me morfonds. Je ne pouvais rester ainsi aussi longtemps, je devais m'occuper pour ne être rongé par le désespoir. Dégoter des activités, quand on est enfermé chez soi à l'heure où les actifs travaillent, s'avère être une tâche compliquée. J'ai tout de même pu me trouver trois sorties : un week-end avec Éléonore, un déjeuner avec mon ami et écrivain Adam Rasselot, une partie de tennis avec Valentin.

Le voyage avec ma femme a eu un effet salvateur pour notre couple. Avant de partir en Italie, je me suis promis de lui être dévoué. Le samedi soir, suite à une journée de balades dans les rues de Florence et une visite de la galeria dell'Academia, installés à la terrasse d'un restaurant, réchauffés par les derniers rayons du soleil, Éléonore a prononcé cette phrase magique : « Ça fait du bien d'être ici, avec toi et pour une fois depuis longtemps, de sentir ton esprit présent. » Je suis fautif de l'avoir délaissée, j'en assume l'entière responsabilité.

Oui, c'est vrai, j'ai d'abord organisé ce voyage pour ne pas penser à Anna mais j'en profite pour retrouver Éléonore. Un jour, Anna ne sera certainement plus là et ma femme oui. J'ai besoin d'elle.

J'imagine que ma dernière phrase peut vous sembler surprenante à la vue des sentiments étalés dans les lettres à destination de ma maîtresse et de l'ampleur émotionnel que prennent nos rencontres en tête-à-tête. Vous pensez certainement que la passion est en train de me submerger et qu'elle va détruire toutes mes promesses et mon existence sur son passage. Je ne renie pas l'allégresse avec laquelle je me vautre dans cette effusion sentimentale, je n'oublie pas avoir un anneau autour de l'index de la main gauche, symbole d'une union éternelle. Ne soyez pas septiques, je tiens plus à Éléonore que ce que j'ai pu laisser entendre jusqu'ici. Au-delà d'être mon épouse, elle est un pilier de ma vie, pour vous le prouver, nous devons remonter le temps, à l'époque où je n'étais qu'un écrivaillon à peine sorti de l'adolescence.

Après des mois d'une étroite collaboration et la sortie prochaine de mon deuxième roman, Éléonore s'est rapprochée de moi au-delà de rapports professionnels. Du haut de mes vingt ans, je ne réalisais qu'à demi son attirance pour moi. Mon inexpérience sentimentale et mon célibat ne m'aidaient pas à capter les signaux de séduction de cette femme qui avait une décennie d'avance sur moi. De mon point de vue, elle faisait partie d'une élite intellectuelle et sensuelle à laquelle je n'avais pas accès. Je considérais ne pas avoir le droit à une femme comme elle, je m'autorisais tout juste à la contempler à la dérobée. Je fus surpris lorsqu'elle m'invita à boire un verre, hors du cadre éditorial. Elle m'étonna d'autant plus quand elle me proposa un dîner. De cordialités à badinages, nous atterrîmes dans mon lit. À cette époque, je louais un appartement dans la capitale, mes droits d'auteur ne me permettaient pas d'acheter et j'aimais me rendre, quand bon me semblait, chez ma grand-mère. Ce logement me servait de pied à terre pour être au plus près des obligations liées à mon récent métier.

Je me souviendrai pour l'éternité de cette soirée. Éléonore, fidèle à elle-même, prit les choses en main, si je peux me permettre de m'exprimer ainsi. Ses gestes assurés, la certitude de ses expressions, la détermination de son regard m'intimidaient. Le début de nos ébats l'emportait vers un lâcher-prise tout à fait surprenant et enivrant. Dans cet étalage de gémissements plaintifs et de contacts explosifs, je ne parvenais pas, gêné par la nudité, à chasser de ma tête la sensation désagréable d'être un patient nu devant son médecin ayant conscience de la nécessité d'être là. C'était ma première fois. Cela peut paraître surprenant vu mon âge et mon début de célébrité, pourtant, les circonstances de la vie m'ont porté à Éléonore encore habillé de ma virginité. Sur le coup, elle ignorait cette défloraison, même si je la soupçonne de l'avoir devinée sans l'évoquer pour ne pas me mettre mal à l'aise. Sa gentillesse et son indulgence face à mes maladresses me l'ont laissé croire. Nous avons fait deux fois l'amour. C'était délicieux, je n'avais jamais goûté à un plaisir si doux, si tiède, si réconfortant, si humide. J'avais envie de parler. J'avais besoin de parler. Éléonore s'était endormie. Je ne dormis pas, trop excité par cette découverte extraordinaire, à zieuter ce corps nu allongé à mes côtés, résolu à en enregistrer chaque parcelle. Ne trouvant pas le sommeil, j'étais resté sur le dos à fixer le plafond, en attente d'explications ou de révélations. Le temps passa, cinq heures s'afficha sur mon réveil, je décidai de me lever pour faire le ménage dans l'appartement. Cela peut paraître absurde. Je ressentais le besoin de maîtriser mon environnement, de réaliser des tâches mécaniques, à défaut de mettre des mots sur les derniers chamboulements de ma vie.

À quatre pattes dans la cuisine, brosse à la main, seau à proximité, je m'obstinais à récurer le sol. Dans cette position désavantageuse, Éléonore a fait irruption devant moi, en petite tenue, ses longues et fines jambes juste sous mes yeux. Mes joues se fardèrent instantanément, plus brûlantes encore que l'eau javellisée et mousseuse dégoulinant entre mes doigts.

— Qu'est-ce que tu fais ? m'interroge-t-elle.

— Je… euh… j'ai renversé du soda, mentis-je en balbutiant.

— Il te faut de l'aide ?

— Non, ça va aller, merci.

— Ok. Je prends un verre d'eau et retourne au lit. Ne tarde pas trop, conclut-elle d'un sourire coquin.

Je ne me fis pas prier, pour ne pas être pris pour un fou, j'ai cessé toute activité de nettoyage et l'ai accompagnée dans la chambre. Bien m'en avait pris, elle a tenu à remettre le couvert avant de replonger dans son sommeil. Toujours éveillé, je ne pensais plus à nos ébats. Le ménage me tourmentait, je devais le poursuivre. Pour ne pas alerter Éléonore, je pris la décision d'achever ma tâche dès son départ pour la maison d'édition.

La scène de ménage, sans mauvais jeu de mot, aurait pu en rester là. C'était sans compter sur l'envie d'Éléonore de passer du bon temps en ma compagnie. Je ne résistais pas à ses atouts et ses arguments, l'appel de sa chair secouait l'ignorance de ma jeunesse encore aux balbutiements de ses explorations sexuelles. Nous sommes retournés chez moi, nous avons profité du corps de l'autre toute une partie de la nuit. À l'aube, rongé par l'insomnie, le clairon des corvées sonnait plus fort que le murmure de la léthargie. Le risque était qu'Éléonore découvre ma névrose et ne veuille plus jamais me revoir. Ayant conscience du danger engendré par une maison sale, je me levai plutôt que de subir, d'ici peu, les sanctions de la passivité. Je balayais la cuisine, pièce la plus éloignée de la chambre, quand elle fit son entrée, les cheveux en bataille, les paupières embrumées.

— Qu'est-ce que tu fais ?

— Je balaie.

— Je vois bien, mais pourquoi maintenant ?

— J'ai renversé des céréales alors je ramasse.

— Où sont-elles ? insista-t-elle.

— De quoi ?

— Les céréales.

— Ah ! euh… je les ai rangées.

— Je t'apprécie vraiment, William, et pas seulement en tant qu'auteur. On commence à peine à être… intimes, mais je te le dis tout de suite, j'ai le mensonge en horreur, et là, je constate que tu me mens.

— Non, pas du tout.

— La nuit d'avant, c'était le soda, ce matin, ce sont les céréales, ça fait beaucoup de coïncidences.

— Je préparais juste le petit déjeuner.

— Tu as gagné. Je rentre chez moi, annonce-t-elle en tournant les talons.

Je suis resté coi quelques instants avant de la rejoindre dans la chambre. Elle se rhabillait. J'ai pris une grande inspiration avant de me lancer.

— Je vais te dire la vérité.

Je lui ai raconté, peu ou prou, les raisons de ce nettoyage matinal, elle n'a pas dit un mot tout le long de mon histoire. Elle m'a laissé terminer avant de prendre la parole.

— Il est tard, je dois partir travailler.

Elle a quitté mon appartement sans exprimer le fond de sa pensée à propos de mes révélations. Déstabilisé par ce silence, j'ai erré chez moi, à multiplier les hypothèses sur l'impression laissée à Éléonore. J'étais certain de ne plus jamais la côtoyer en tant qu'amante et pire, j'étais certain de la revoir en tant qu'éditrice avec le poids de son jugement sur mon aliénation. Je craignais aussi qu'elle ne dévoile mes problèmes à ses collègues, m'assurant de devenir la risée des éditions Paroxysme. À quinze heures, mon téléphone a sonné.

— Allô ? fis-je.

— William, c'est Éléonore, tu peux me rejoindre au bureau à dix-huit heures trente ?

— Pour quoi faire ?

— Je dois te montrer quelque chose.

— Euh… d'accord, hésité-je.

— Parfait, à tout à l'heure.

L'attente entre son appel et notre rendez-vous fut un véritable supplice, une torture psychologique. J'imaginais franchir les portes de la maison d'édition, tous les collaborateurs, debout en arc de cercle, attendant mon entrée, le doigt pointé dans ma direction à se gausser à gorge déployée, tels les êtres infâmes que l'on retrouve dans ce cauchemar où nous gambadons nus sur notre lieu de travail. À l'heure convenue, stressé, fiévreux, tremblant, je me rendis à son bureau. Personne dans les locaux ne me fit de réflexion ou posa des yeux condescendants sur moi. Ils n'avaient pas l'air au courant des derniers événements ménagers. Je montais au bureau d'Éléonore. Elle m'invita à m'asseoir.

— William, j'ai beaucoup réfléchi à ce que tu m'as dit ce matin. Pour tout te dire, je n'ai pensé qu'à ça. Je suis touchée que tu te sois confié et attristée par le calvaire que tu vis au quotidien.

— Je te remercie de ta compassion. Tu n'aurais jamais dû me voir faire ça.

— Pardon ?

— Ce que tu as vu ce matin, tu n'aurais pas dû le voir.

— C'est fait. Je t'apprécie vraiment et tes tourments ne m'enchantent pas, tu ne les mérites pas. J'ai eu une idée. Ah ! Justement voilà notre rendez-vous, lance-t-elle en scrutant par-dessus mon épaule.

Une femme, de taille moyenne, aux cheveux bruns, coupés en carré plongeant, entra dans le bureau.

— Bonjour, entonna-t-elle avec gaieté.

— Je t'attendais, lui répond Éléonore. William, je te présente une amie, Dolorès. Dolorès, je te présente l'un des écrivains les plus prometteurs de sa génération, William.

— William, dit Dolorès, je suis enchantée de faire votre connaissance.

Des années plus tard, je l'affirme, la rencontre avec Dolorès a été charnière pour ma stabilité. Elle a contribué, avec difficulté à cause de mes altérations répétitives, à me remettre partiellement sur le droit chemin. Je ne remercierai jamais assez Éléonore de me l'avoir présentée. Ces deux-là n'étaient pas amies comme Patrice et moi pouvons l'être, elles fréquentaient le même cercle et se croisaient à l'occasion de dîners, sans se voir en dehors de ces réunions. Pour autant, quand Éléonore avait su pour mes problèmes, elle avait instantanément pensé à elle pour me venir en aide. À partir de cet instant, ma future épouse s'est acharnée à améliorer mon épanouissement et, plus elle prenait soin de moi, plus notre relation se consolidait. Dolorès est un exemple, me pousser à embaucher une société de nettoyage en est un autre. M'orienter dans ma carrière d'écrivain, me rassurer dans mes tourments, m'encourager dans mes écrits, me grandir, peuvent allonger la longue liste de son altruisme. Une femme dure, une femme rude, digne représentante de la droiture avec, sous sa cape, de la délicatesse et de l'attention, était la partenaire qu'il me fallait. Un événement a scellé à jamais mon attachement à Éléonore.

Le temps a joué en notre faveur pour éterniser notre amour par le biais d'un mariage. Pour ne rien vous cacher, c'est elle qui a fait la demande. Non pas que je me refusais à lui proposer, j'étais trop gauche ou peut-être pas assez téméraire pour me lancer dans un tel engagement, par peur du refus ou un autre motif qui m'échappait. Elle n'a pas abordé le sujet au travers d'une mise en scène romantique, j'entends par là, devant un coucher de soleil, sur le bout d'une jetée avec un genou à terre, encerclée par l'éclat des vagues sur des rochers. Ce n'est pas le genre d'Éléonore. Nous étions au restaurant et elle a amené le sujet entre l'entrée et le plat. Je ne m'en plains pas, c'était naturel, à l'image de notre histoire, au même titre que l'on a, une autre fois, entre le fromage et le dessert, discuté de l'achat de notre maison. L'idée du mariage ne m'a pas paru folle, extraordinaire ou extravagante, elle coulait de source, nous étions ensemble, à nous aider, à nous soutenir, elle plus que moi, officialiser notre relation paraissait évident.

Ce fut une jolie journée, calquée sur notre couple. Il n'y avait pas dix mille convives, nous étions une vingtaine à tout casser : nous deux, sa famille, quelques amis et collègues, Adam Rasselot, sa femme et ma grand-mère. Nous l'avons célébré dans un restaurant parisien, un samedi midi ; pas de fiesta interminable, très peu d'alcool, juste l'essentiel. Dans toute cette simplicité, le moment inoubliable, au-delà du « oui » solennel, fut une discussion fortuite sur le coup, marquante de réalisme avec le recul. Les paroles de ma grand-mère, lâchées sur le trottoir devant le restaurant avant de monter dans un taxi pour rentrer chez elle, jaillissent des yeux de ma femme quand elle les pose sur moi.

— Je suis vraiment contente pour toi, ce mariage est ce qu'il te fallait. Tu as trouvé la perle rare qui te correspond parfaitement. Un jour, je ne serai plus là et avec mon départ, je crois que l'on peut le dire, c'est le dernier membre de ta famille qui partira. Tu devais fonder la tienne, pour ne pas rester seul. Depuis que tu es avec Éléonore, tu as changé, en bien, en mieux, je suis vraiment satisfaite de te voir épanoui dans l'écriture et dans ta vie. Je te sens apaisé par rapport aux tracas et aux peines que nous avons traversés. Déguste ce bonheur et prends soin de ta femme pour ne pas la perdre, ne jamais la perdre car elle est exactement celle qui te convient. Quand on trouve chaussure à son pied, il faut apprécier la pointure car à vouloir en essayer d'autres, on finit comme le cordonnier, le plus mal chaussé. Il serait dramatique que tu sois seul. C'est important de partager au quotidien, tu sais de quoi je parle. Rends-la heureuse et sois heureux en retour, sans jamais te détourner d'elle.

Ma grand-mère est partie dans son taxi, j'ai contemplé le véhicule s'éloigner en songeant à ce qu'elle venait de me dire. Pourquoi m'a-t-elle dit tout ceci à cet instant ? Je n'avais pas de réponse à cette question, le destin a un chemin tout tracé pour chacun, et il venait de mettre sur le mien, entre les mains de mon aïeule, un panneau « à suivre », celui de rester proche d'Éléonore pour ne pas m'égarer, pour qu'elle continue à m'éclairer la voie comme elle le faisait depuis le début de notre relation et que je ne trébuche pas sur un sentier sinueux. Peu importent les sentiments que m'inspire Anna, je ne dois pas oublier et délaisser l'essentiel, ma femme, Éléonore.

***

Revenons en Italie, à cette terrasse florentine. Éléonore et moi avons bu, rigolé, dansé comme deux vieux amants, satisfaits de se retrouver avec bienveillance et respect après une longue séparation. Nous avons clôturé cette escapade par une soirée à l'opéra. La nuit, nous avons fait deux fois l'amour ; une première avant le coucher et une seconde lorsque nous nous sommes réveillés. Je mentirais, si je disais que, pendant cet acte délicieux, je n'ai pas pensé à Anna. Je n'entre pas dans les détails, gêné par cet aveu honteux. J'étais parvenu à la sortir de ma tête tout l'après-midi. Ce barrage psychique n'a pas résisté dans mon intimité conjugale. J'entends vos remontrances : « William, si tu penses à ta maîtresse, en pleins ébats avec ta femme, c'est le début de la fin. »

Ce petit écart de pensée n'est rien. J'aime Éléonore. Mon cœur bat à présent pour deux femmes, l'amour va à mon épouse et la passion à Anna. Si vous avez déjà été confrontés à cette situation, vous en connaissez la complexité intellectuelle et sentimentale.

Ce week-end à Florence a été bénéfique pour nous et, *in fine*, c'est tout ce qui compte. Il aurait pu être plus romantique sans la présence de Patrice, mais, que voulez-vous, on ne se refait pas à mon âge.

Le lundi, Éléonore partie au travail, je vais chez Adam. Nous passons notre journée à parler de son futur roman, de nos lectures, de l'écriture, de nos projets, de la vie. Nos paroles coulent au gré du somptueux vin qu'il a sorti de sa cave. Il me parle de sa nouvelle femme, Violette, j'écoute avec attention quand il exprime ses sentiments pour elle, leur rencontre, leurs points communs.

Je brûle d'envie de lui parler d'Anna.

Il n'irait pas rapporter mon adultère à Éléonore, j'en suis persuadé. Ce n'est pas ce point qui m'empêche de lui partager mon bonheur. Je crains son jugement devant mon infidélité. Je ne ressentirais pas cet embarras s'il ne connaissait pas ma femme. Lui, peut s'autoriser la confidence librement, il est veuf. Je vous rapporte une phrase anodine qu'il a prononcée en évoquant sa relation.

En définitive, la vie, c'est l'amour, et rien d'autre.

Le mien, celui d'Anna, n'existera peut-être bientôt plus. Encore huit jours à attendre sa réponse.

Le lundi soir, éméché par le vin, j'ai dormi d'un sommeil lourd, profond, sans rêve. Au réveil, je m'en veux d'avoir bu autant. La partie de tennis avec Valentin, va être compliquée, je risque de perdre pour la sixième fois consécutive et ça aura le don de m'exaspérer.

Nous nous sommes donné rendez-vous sur le cours à dix-huit heures. Pour ne pas déroger à ses retards, il est arrivé trente minutes après l'horaire fixé, sourire en coin, lourd du sous-entendu : *cool, moi je ne travaille pas à la maison*. Je n'aime pas attendre mais ne lui en veux pas. Je l'apprécie vraiment

Athlétique, belle mâchoire carrée, extraverti, drôle, il me rappelle un proche. Dans une autre vie, être un Valentin m'aurait plu, ne pas me poser de question, foncer. Comme je vous l'ai raconté lors de son passage à la maison pour me déposer le prototype du stylo à mon nom, passer plus de temps avec lui ne me déplairait pas sauf que ce type est insaisissable, toujours en sortie. Pour le voir, il faut prendre rendez-vous plusieurs semaines à l'avance ou avoir la chance de tomber sur un trou dans son emploi du temps. Nous sommes copains, amis peut-être même mais ne partageons pas l'amitié.

Résultat du match, Valentin vainqueur. Comme à chaque victoire, il se vante, il aime gagner. Perdre ne fait pas partie de son vocabulaire. J'apprécie moins ses allusions à mes défaites devant des collaborateurs de la maison d'édition. Je ne lui en tiens pas rigueur, il fait bien son boulot, il est serviable et m'aide lors de mes interviews.

Nous dînons ensemble. On balaie un tas de thèmes : sports, politique, musique, cinéma sans jamais entrer dans le fond des sujets, à l'image de notre amitié, peut-être un peu superficielle. Et pourtant, même avec lui, tout me ramène à Anna. Je l'observe, sûr de lui, sans faille apparente, certain que rien ne pourra jamais l'atteindre. Je parviens subtilement à parler de ses conquêtes.

— Qu'est-ce que tu penses de l'amour ? lui demandé-je.

— C'est une vraie question que tu me poses là ?

— Oui.

Il prend quelques secondes pour réfléchir, sans jamais

me quitter du regard.

— Pour moi, l'amour te fait miroiter ce que tu veux être ou aimerais être dans les yeux d'un autre. C'est un sentiment inventé par les livres pour t'aider à te raccrocher à un espoir alors qu'on devrait prendre chaque moment comme il vient.

— Tu as déjà été amoureux Valentin ?

— Je le suis toujours, conclut-il d'un clin d'œil.

Première règle à respecter quand tu es en panne d'amour, ne pas chercher réparation auprès d'un Dom Juan.

Plus que sept jours avant la réponse d'Anna.

Mes activités pour meubler le vide se sont vite taries. La solitude de ma maison me tend les bras. J'imagine Anna, quelque part en Ardèche, dans une longère en pierre de taille, au milieu des champs à jouer à la bonne fermière, éreintée par les basses besognes. Elle a dû se rendre au mariage de son frère, dans une robe époustouflante, plus radieuse encore que la mariée. Peut-être a-t-elle dansé de tout son saoul durant la soirée ou peut-être est-elle restée dans un coin, à se morfondre de notre future séparation. Elle est si loin de moi. Je ne peux rester les six derniers jours à ruminer des pensées à son égard, je dois me ressaisir.

Pour me changer les idées, j'ai relu ses lettres, toutes ses lettres, plusieurs fois. Oui, j'aurais pu trouver mieux pour panser ma déprime. Bouleversé par ses mots, mon esprit dérive sur notre boîte aux lettres secrète proche du complexe sportif. Mon regard se lève du papier et tombe sur le réveil JAZ de ma grand-mère. Des aiguilles figées, le temps arrêté, des instants trompeurs. De vieux souvenirs me turlupinent. Je me remémore toutes ces fois où j'ai cru ne pas être le premier à lire les courriers à cause des languettes décollées. Cette étrange sensation ne me quitte pas. Dolorès me l'a expliqué, je suis paranoïaque, je fuis le bonheur, je manque de confiance en moi et cetera et cetera.

Conneries !

J'admets volontiers avoir une perception tronquée sous le joug de mes névroses. Mes yeux, eux, ne me trahissent pas, ils ne mentent pas. La dernière fois, il y a une semaine pour être plus précis, quand je suis allé à la boîte aux lettres pour connaître à quelle date Anna acceptait de déjeuner avec moi, il ne faisait pas de doute que l'enveloppe avait été ouverte avant mon passage. Au dos, le rabat froissé, était gondolé. Il manquait de la colle pour le maintenir fermé. Après cela, allez me dire que je suis paranoïaque. Quelqu'un pourrait très bien passer avant moi ramasser ces lettres.

Ma psy soulignait fort justement à ce sujet :

Il me semble, en plus, que Patrice récupère le courrier tous les matins à la Poste, il n'y a que lui qui a le courrier entre les mains avant vous ? C'est donc lui ou un agent de la Poste. Patrice est votre seul ami, il vous a sauvé la vie, enfin... William ouvrez les yeux.

Oui, Patrice a toujours été le seul à se rendre à la boîte postale chercher mon courrier de fan. Il n'y a que lui qui aurait pu le lire avant moi. Comment expliquer qu'il ait pu aussi fouiller dans notre boîte secrète connue que d'Anna et moi, me demandez-vous ? Je n'ai pas d'explication mais reconnaissez que ce n'est pas impossible. Le moment est enfin venu, de vous parler de Patrice et, par la même occasion, de l'incident.

Patrice est un type cool.

Cool, pas sous la forme où vous l'entendez. Si vous cherchez un mec de confiance, fiable, ponctuel, à l'écoute, intelligent, pragmatique, altruiste, serviable, patient, arrangeant, ne cherchez plus, Patrice est le gars qu'il vous faut. Notre rencontre ne démarre pourtant pas sur de bonnes bases.

Comme effleuré plus tôt dans ce roman, il y a six ans, j'ai écrit une trilogie sur un secret de famille allant de la seconde guerre mondiale à nos jours. Cette histoire reste mon plus gros succès. Dans ce livre, j'avais involontairement réuni les ingrédients pour écrire un best-seller, les américains avaient acheté les droits pour le cinéma.

Les trames de mes romans sont toutes écrites depuis bien longtemps et j'ai une règle à laquelle je ne déroge pas, je ne quitte jamais les rails de ces scénarios. Cette histoire avait été travaillée pour tenir en trois tomes et elle ne dépasserait pas ce chiffre, même sous la pression d'Éléonore à vouloir en faire une saga de quatre, cinq, six voire sept volumes.

À la fin du cycle, mon personnage principal, Gustave, héros ordinaire, mourait, pas question de le sauver ou le ressusciter. Game Over. Clap de fin. Basta. À la revoyure. Le décès tragique du protagoniste a causé pas mal de déception. Mon but n'était pas de plaire au plus grand nombre de lecteurs, seulement d'écrire avec honnêteté. Je ne soupçonnais pas qu'un fou en avait décidé autrement.

Au dernier tome, j'ai commencé à recevoir des lettres de menaces parmi mon courrier de lecteurs. De nature inquiète, j'étais terrorisé. Éléonore et Dolorès tentaient de me rassurer. Les courriers devenaient de plus en plus virulents et la police ne trouvait pas l'expéditeur. Grâce à des contacts d'Éléonore, j'ai rencontré Patrice.

J'eus une excellente première impression, du fait qu'il me prenait au sérieux. Il a accepté de travailler pour moi et de me protéger. Les menaces se sont ralenties un temps mais ont repris de plus belle à l'approche de la parution de mon roman suivant.

Deux semaines après la sortie de celui-ci, je me rendais en signatures en Bretagne accompagné de Patrice. Comme toujours, beaucoup de monde attendait dans la file de la librairie. Avec mon garde du corps à mes côtés, les menaces ne me semblaient pas une alerte, j'étais en sécurité. Après deux heures d'autographes, un homme du gabarit de Patrice, la quarantaine, cheveux courts, bien rasé, m'a tendu le dernier tome de ma trilogie.

— Pourquoi ne pas avoir continué cette histoire ? m'avait-il demandé.

— Elle est définitivement terminée, répondis-je lassé de répéter ces justifications.

— Pourquoi avez-vous tué Gustave ? insiste-t-il.

— C'est comme ça.

D'un bond, il est passé par-dessus la table sur laquelle je signais. J'eus à peine le temps de voir son couteau. De façon inexplicable, ma chaise a basculé, emportant mon corps dans sa chute. J'ai senti un pic s'enfoncer dans mon ventre. Le fou a volé au-dessus de ma tête, balancé par Patrice comme une vulgaire poupée de chiffon. Je me rappelle avoir vu mon sauveur plaquer mon agresseur au sol et l'entendre hurler d'appeler une ambulance. J'ai contemplé le sang sur ma chemise avant de perdre connaissance, persuadé que la foudre tant redoutée, s'abattait sur moi.

Je suis resté une semaine hospitalisé, lui est parti illico presto en prison. Il avait tenté de me tuer car ma trilogie racontait exactement son passé et celui de sa défunte mère. De son avis, mon roman ne pouvait se terminer sur la mort du personnage principal. Patrice s'en est voulu de n'avoir pu éviter le coup de couteau. Moi, je lui suis reconnaissant de l'avoir maîtrisé. Cet incident aurait pu avoir une fin bien plus tragique.

Bref, tout ceci est de l'histoire ancienne. Cet incident a surtout permis à Patrice de signer un CDI, de me protéger lors de mes sorties, de récupérer mon courrier, de partager des activités avec moi telles que l'apprentissage du self-défense, des parties d'échecs, des déjeuners. Après tant d'années, je le considère comme un ami, comme un frère, comme un père, il est précieux à mes yeux.

Ceci étant, je peux lui faire tous les compliments du monde, j'ignore ce qu'il se passe dans sa tête et quelles sont ses intentions. Je ne prétends rien à son sujet, je n'affirme pas qu'il ait lu les lettres d'Anna avant moi, je ne l'en crois pas capable, pas après tout ce que nous avons vécu. Je peux me tromper, on a déjà vu dans la grande histoire, des parricides et des infanticides. En y réfléchissant de plus près, Patrice a eu des comportements suspects depuis plusieurs semaines. Par deux fois, il a eu son rictus dépité, visage qu'il n'a qu'après un appel de son fils. Inquiet pour lui, je l'ai interrogé, il m'a envoyé sur les roses. Quand il a décidé de ne pas parler, il n'en démord pas, c'est donc qu'il veut garder une information pour lui, qu'il la cache. Là, j'affabule très certainement. La seule façon de le certifier, c'est encore de vérifier.

À l'aube, cinq jours avant la réponse d'Anna, suite à une nuit sans sommeil, je me suis rendu à pied jusqu'au bureau de Poste où Patrice va venir récupérer le courrier de mes lecteurs à ma boîte postale. Depuis le coin de la rue opposée, je l'observe entrer dans le bâtiment dont il ressort moins de cinq minutes plus tard avec plusieurs enveloppes sous le bras. Je le file à distance raisonnable pour ne pas être repéré.

Il pénètre dans un square. Ce chemin le rallonge pour se rendre à ma maison, gâcher du temps n'est pas son genre. Je m'y engouffre à mon tour en prenant soin de me camoufler derrière des buissons. Il s'installe sur un banc et se met à scruter enveloppe après enveloppe, avec beaucoup d'attention. Il les tourne en tout sens. Patrice en met une à part des autres et, à l'aide d'un coupe papier et beaucoup de minutie, décolle la languette. Je ne bouge pas. Je ne réagis pas, médusé par une image irréelle. Cette trahison est impossible. Pincez-moi, je suis dans un rêve. Que dis-je ? Un cauchemar ! Je suis César. Il est Brutus. Il me poignarde. Dans le dos.

L'air de rien, il extirpe la lettre, y jette un coup d'œil rapide avant de la remettre dans l'enveloppe. L'impression de ne pas être le premier à lire les lettres d'Anna n'en était pas une, preuve formelle à l'appui. J'avais le doute depuis le commencement de notre correspondance, je m'obstinais à mettre ce désagréable sentiment sous le coup de l'angoisse. Pourtant, les yeux d'une personne passaient bien avant les miens sur les mots de ma douce, j'aurais pu accuser la terre entière de cette abomination, sans suspecter Patrice. Il incarne la loyauté et la fidélité, il est incapable de fomenter une telle perfidie.

Il se relève du banc, réajuste sa veste pour être présentable. Le sang bouillonnant, je fonce dans sa direction. À mon approche, ses yeux s'écarquillent.

— Que fais-tu là ? ose-t-il s'exclamer.

— C'est à toi que je devrais le demander ? Tu te fais plaisir à lire mon courrier ?

— Tu m'espionnes ? surenchérit-il.

— Non Patrice, pas aujourd'hui, tu ne joueras pas au jeu d'une question par une autre. Lisais-tu mon courrier ?

— Tu as bien vu.

— Pourquoi ?

— Je n'ai pas à me justifier, coupe-t-il.

Je vais exploser. Je lui tourne le dos deux secondes, inspire et retourne à la charge. Il doit se justifier, c'est une obligation.

— Tu ne t'en tireras pas comme ça. Tu me dois des explications, insisté-je.

Il me fixe, le vide apparaît dans ses yeux, signe qu'il ne dira pas un mot de plus.

— Putain Patrice, je te fais confiance depuis des années, je te livre tout, je me confie à toi, et toi, tout ce que tu trouves à faire, c'est piétiner mon intimité.

— Ne m'accuse pas à tort, me surprend-il à se défendre.

Un rire sarcastique s'échappe de ma bouche.

— Ne pas t'accuser à tort ? Je t'ai pris sur le fait, alors je ne t'accuse pas à tort mais à raison.

— J'ai toujours tout fait pour ton bien.

— Mon bien, hurlé-je sans prêter attention aux passants autour de nous. Je te parle de mon projet avec Anna, de ce que je vis avec elle et toi, tu lis notre correspondance.

— Ne m'insulte pas, impose-t-il de son calme légendaire.

— Tu te moques de moi ? C'est tout ce que tu trouves à me dire ? Tu vas me rendre mon courrier et tu vas rentrer chez toi. Je ne veux plus te jamais te revoir.

— Et comment feras-tu sans protection ?

— Je me débrouillerai.

Il m'a tendu le tas d'enveloppes et, muet, sans me regarder, sans se retourner, il est parti vers la bouche de métro. Je suis resté sur place, hébété, immobile, le cerveau déconnecté de mes membres. J'attends plusieurs secondes, encore quelques minutes, persuadé qu'il va revenir s'excuser, clarifier les motifs de son geste obscur. Rien. Il ne réapparaîtra pas. Je suis seul, définitivement seul, sans protection, sans ami, sans frère d'armes.

Dans cinq jours j'aurai la réponse d'Anna.

Chapitre 19

Ce chapitre de ma vie, je le nommerais : *Je ne veux pas me faire doubler, tu comprends, je ne veux pas de quiproquo.*

Les jours suivants furent compliqués, très compliqués. Ma rationalisation et ma relativisation n'y changeaient rien, la perte de Patrice m'attristait. Il m'avait trahi.

Patrice, à nous deux, nous étions une famille. Lui n'en avait pas, ou peu et moi, je n'avais plus qu'Éléonore et lui.

Je pensais qu'il m'aurait téléphoné dans la foulée pour me demander pardon. Avec son caractère, sa fierté et sa tête dure comme du béton armé, je pouvais attendre bien longtemps. Pour le voir revenir, je devais faire le premier pas. Comment pourrais-je après une telle ignominie ? Qu'auriez-vous fait à ma place ? Seriez-vous passés à autre chose ? N'en n'auriez-vous pas tenu rigueur à Patrice ? En d'autres circonstances, moi non plus, je ne suis pas quelqu'un de rancunier. J'accepte facilement les erreurs des autres étant moi-même adepte des fautes à répétition. Le cas de Patrice est différent, il viole mon intimité, connaît mon implication sentimentale avec Anna et découvre mon adultère. Le plus difficile allait être de camoufler ce licenciement à Éléonore.

Ce soir-là, le hasard, le destin, l'oracle ou tout autre art divinatoire malveillant, a commandité un retour avancé d'Éléonore.

— Tiens, Patrice n'est pas là ? m'a-t-elle demandé après m'avoir embrassé.

— Non, il voulait sortir ce soir, voir un spectacle alors je l'ai laissé partir, inventé-je.

Ma charmante et précautionneuse épouse a remarqué mon désarroi. Je peux lui cacher bien des choses mais pas mon état moral. J'ai prétexté un coup de blues sans entrer dans les détails. Elle n'a pas insisté.

Le vendredi, je n'ai eu d'autre choix que d'aller voir Dolorès pour entendre des mots rassurants.

William, vous voilà confronté à une situation qui, me semble-t-il, était inévitable. Votre relation avec Anna est salvatrice, elle est exactement ce dont vous aviez besoin. Gardez cet aspect positif à l'esprit.

Maintenant, n'oubliez pas, les circonstances de cette rencontre. Elle démarre par un mensonge. Vous ne m'avez que trop bien expliqué l'objectif premier de cette manigance. Personnellement, je ne m'y suis pas opposée car, l'idée venait de vous et vous permettait enfin, de sortir sans protection de votre maison. Mais bâtir une histoire avec des fondations aussi fragiles, implique une précarité lors de sa construction.

Ce choix, de cacher la vérité, vous l'avez pris au commencement, à présent, vous devez regarder vers l'avenir et composer avec les pertes et fracas engendrés. Patrice en est un dommage collatéral. Votre amitié n'est pas terminée. Ce n'est qu'une pause. Elle renaîtra parce que votre dispute vient d'un quiproquo, vous n'avez pas communiqué. Vous l'avez insulté quand lui est resté muet. Vous aurez des explications et tout redeviendra comme avant.

Il faudra attendre William, attendre qu'il veuille bien vous parler et que vous ayez digéré son geste.

Dolorès avait raison, la seule solution est de patienter.

Patience est mère de toutes les vertus.

J'ai réussi à garder le départ de Patrice secret jusqu'au samedi. Le week-end, l'absence de mon garde du corps a généré un véritable interrogatoire de la part d'Éléonore. Le *Patrice est en vacances* ne l'a pas convaincue, elle a senti que je lui mentais et est entrée dans une rage dont elle a le secret.

— Ne t'avise pas de te moquer de moi.

Je lui ai tout dit. Non, je n'ai pas parlé d'Anna. Vu sous cet angle, je ne lui ai pas tout dit. J'ai improvisé une engueulade, une dispute, un ton qui est monté entre nous, très haut, très loin. J'ai brodé des méchancetés que l'on s'est balancées mutuellement avant de lui ordonner de déguerpir et de ne plus revenir. Éléonore, maline, a cherché à connaître le sujet de notre discorde. J'ai préféré taire les raisons. C'était entre lui et moi lors d'une séance de dédicaces. Elle a insisté et, j'ai stipulé que je ne relaterai pas les propos injurieux tenus par Patrice envers elle. Elle a été choquée.

Oui, j'ai menti, encore.

Ne croyez pas que je sois un menteur invétéré. Comme l'a souligné Dolorès, mon histoire avec Anna a commencé par une imposture et de fil en aiguille, je tricote des mailles de baratin. L'éventuelle fin de mon adultère devrait me motiver à tout dévoiler à Éléonore, qu'elle me pardonne et que l'on passe à autre chose.

Bon, ma chérie, je dois t'avouer un petit quelque chose de rien du tout. Je fréquente une femme, une lectrice, je la vois en cachette mais ne t'en fais pas, il ne s'est rien passé de sexuel entre nous. Je vais t'exposer mes motivations à cet écart de conduite et tu verras, je suis certain que tu seras contente.

Inventer une insulte de Patrice sur Éléonore résultait de la facilité. Et ma femme, aimante et conciliante, a accepté de ne pas entendre les mauvais mots de mon garde du corps. J'avais désamorcé un sacré conflit.

Plus que trois jours avant la réponse d'Anna.

Jusqu'au lundi quatorze heures, je me suis métamorphosé en un hérisson recroquevillé, en mode défense, ne laissant personne m'approcher. J'avais provoqué ma solitude et comptais bien en assumer les errements. Anna ne quitte toujours pas mes pensées sauf que, Patrice, par ci, par là, s'invite parmi mes souvenirs sentimentaux.

Je me demande ce qu'il fait, ce qu'il pense de moi, de notre dispute et dès que je m'apprête à décrocher le téléphone, l'image de lui, ouvrant mon courrier, refait son apparition et, je l'imagine, devant la voiture d'Anna, en train de nous épier pendant notre accolade à l'orée de la forêt. Son voyeurisme me débecte.

Mardi.

Je suis épuisé. Je n'ai pas fermé l'œil depuis deux nuits à cause de cette question obsédante. Et si Anna mettait fin à notre histoire ? Quelle torture ! Quel supplice ! J'ai besoin d'elle.

Ma montre m'indique treize heures trente minutes, l'heure de me confronter à son choix. Ma moto passe sous le porche du garage et j'angoisse à l'idée de sortir sans Patrice. Je roule à faible allure jusque la boîte aux lettres pour repousser l'instant fatidique où je vais perdre ou gagner.

En franchissant l'entrée de Brie-Comte-Robert, il est quatorze heures. Tout paraît calme, absolument rien ne laisse présager que je suis aux portes d'un début de fin ou d'une fin de début. Je tourne au coin de la rue adjacente au complexe sportif. Sur le parking, la voiture d'Anna est la seule stationnée. Je manque de déglutir.

Je me gare. Je retire mon casque. Je descends de ma moto. Sa vitre de voiture descend. Son regard est sévère.

— Montez, me dit-elle.

Je parviens à mettre un pied devant l'autre, sans tomber. Mes mains tremblent. Je me glisse dans l'habitacle et referme la portière derrière moi. Le claquement l'apaise. À l'intérieur, Goldman chante « Sache que je ». Elle me sourit. De notre sourire.

— Je nous choisis nous, siffle-t-elle.

D'un geste d'allégresse, je tire son bras et la serre contre moi.

— Merci, soufflé-je à son oreille, je ne peux plus vivre sans vous.

Elle m'étreint plus fort.

— Je rêve depuis trop longtemps de ce moment ma douce.

— Je suis désolée pour ce que j'ai dû vous faire subir durant mon absence.

— Ce n'est pas grave, vous avez le droit d'avoir des doutes.

— Je dois retourner au travail. Je vous ai écrit une lettre.

— Merci, dis-je. Vous saviez que je serai là à cette heure-là ?

— Non mais je l'ai espéré très fort.

J'embrasse la douceur de sa main, j'observe ses doigts incroyablement jolis et sensuels.

— Je passe dans deux jours, jeudi, récupérer votre réponse ? conclut-elle.

— Elle sera là demain, j'ai trop à vous écrire.

Je l'ai regardé partir, avant de m'asseoir sur mon banc fétiche pour lire ses mots.

Pontault-Combault, le 29 avril

Mon amour,

J'ai longuement hésité à commencer cette lettre comme j'ai longtemps cherché un équivalent pour vous à « ma douce » jusqu'à aujourd'hui où cela me semble une évidence puisque vous êtes celui que j'ai choisi.

Je tiens vraiment à m'excuser pour l'état dans lequel vous m'avez vue avant mon départ et l'incertitude dans laquelle je vous ai laissé. Si vos sentiments pour moi sont aussi puissants que les miens pour vous, l'attente de ma réponse a dû paraître interminable. Pardon.

Vous êtes intelligent et vous aurez compris mon besoin de recul et de réfléchir.

Ce n'était pas simple, le mariage de mon frère n'a pas été en notre faveur. J'ai entendu les mêmes serments prononcés bien des années plus tôt par mon mari et j'ai réalisé, avec nous, comme je m'en suis éloignée. Chaque seconde est un mensonge que je duplique à l'infini.

Un soir de la semaine, alors que toute ma famille était présente, j'ai prétexté la fatigue pour aller me coucher à vingt-deux heures. Nous dormions dans ma chambre d'enfant. Romain n'arrivait pas à dormir, il est venu avec moi pour trouver le sommeil alors que je ne voulais qu'une chose : être seule et pouvoir laisser ma peine s'exprimer. Une fois endormi, je l'ai porté dans son lit et suis retournée dans le mien. J'ai éteint la lumière, me suis repliée en position fœtale avec au creux de moi cette immense tristesse.

J'ai libéré mes larmes. J'ai serré l'oreiller pour étouffer mes sanglots, prié pour que le ciel me vienne en aide.

2h31 : premier réveil, insomnie.

3h10 : toujours pas rendormie.

5h20 : nouveau réveil et sommeil haché jusqu'à 6h.

Mon mari a commencé à s'agiter et est venu se blottir contre moi. Il a bien senti que je n'allais pas bien. J'ai fondu en larmes. Il m'a demandé de lui parler et j'ai répondu que je ne pouvais pas. Que lui dire ? Il s'est montré très inquiet devant ce refus de communiquer alors j'ai dit que je me sentais seule, que notre quotidien ne me faisait plus rêver, que la passion des premiers temps avait laissé la place à quelque chose de plus calme et que j'avais du mal à faire le deuil de mes rêves de petite fille.

Lui est toujours aussi amoureux et il faut que je réapprenne à apprécier ça. Il m'a dit qu'il ne voulait que mon bonheur et impossible de lui avouer que ce bonheur passait par vous.

Alors, j'en ai conclu que je devais retourner à cette belle vie bien rangée, être ce que l'on attend de moi : la bonne épouse, la bonne mère, la bonne amante, la bonne maîtresse de maison. Et faire une croix sur cette femme exceptionnelle que vous avez appréciée et que je n'ai pas le droit d'être. Et ça me brise le cœur.

En faisant le choix de partir, j'avais l'impression de devoir m'amputer d'une partie de moi et je me demandais comment j'allais faire pour réapprendre à vivre sans cette part que vous avez créée et qui donnait un sens à mon existence. Je me demandais si la douleur s'estomperait, si j'arriverais à continuer comme ça. Je sais que je ne vous oublierai jamais. Vous êtes gravé au plus profond de moi et j'espérais juste qu'avec le temps, la blessure serait moins douloureuse.

Mon véritable choix s'est profilé deux jours plus tard, j'ai profité de mon passage chez mes parents pour revoir ma meilleure amie d'adolescence. Nous avions prévu de boire un café à une terrasse de la ville et nous avons passé toute notre journée ensemble tant nous avions à rattraper.

Elle et moi, avons à peu près le même parcours, on s'est marié respectivement à deux ans d'intervalle, elle a trois enfants et moi deux. Nous avons parlé du bon vieux temps, de nos familles. Elle rayonnait, une mine radieuse alors que moi, j'étais encore cernée par mes courtes nuits et mes pleurs. Au détour d'une conversation, elle m'annonce avoir un amant. Elle me raconte toute son histoire avec simplicité, sincérité, avec toute la chaleur que mérite le sujet. Son mari n'était pas au courant et ne devait pas l'être. Pour elle, il ne pouvait pas capter son besoin de s'étaler dans la passion. Moi si, je ne le comprenais que trop bien. Alors, à mon tour, je lui ai parlé de vous. Et plus je lui racontais, plus elle souriait et elle a ponctué mon récit par : « tu as une meilleure tête que quand tu es arrivée ».

C'est à cet instant que j'ai su que je ne pouvais pas vous laisser partir, que j'avais aussi le droit au bonheur.

Vous êtes le cristal de sel dans le beurre salé, celui qui fond sur la langue et réveille les papilles, celui qui croque sous la dent et donne une autre saveur à ce que l'on mange, un goût bien meilleur.

Je ne veux pas vous perdre mon amour, j'ai besoin de vous pour être épanouie. Un jour, vous partirez, j'en ai bien conscience mais pas tout de suite, pas après cet extraordinaire moment vécu dans ma voiture.

Je vous embrasse.

Anna

J'aimerais vous rejoindre dans notre appartement fictif pour me laisser aller à votre réconfort.

Bon, amis lecteurs, on prend les mêmes et on recommence.

Bis repetita placent.

Chapitre 20

Ce chapitre de sa vie, je le nommerais : *Et son sourire ne ment pas quand il vient me chercher.*

Soulagée qu'il ne lui tienne pas rigueur de ses hésitations, Anna a passé une nuit merveilleuse, d'un sommeil réparateur. Elle devait savoir William proche géographiquement et leur relation toujours debout pour retrouver sa sérénité. William a toujours les réactions qu'elle souhaite. Il ne peut pas la décevoir. Leur aventure en est encore à son balbutiement mais elle pressent déjà qu'il la comblera de sa bienveillance.

Sa journée de travail lui a semblé incroyablement longue et ennuyeuse. Elle devait boucler des dossiers restés en attente avant son départ en vacances. Sa concentration n'y était pas. Avant de récupérer les enfants au centre aéré, elle passe à leur boîte aux lettres.

Anna roule vite, un peu trop vite. Ses roues crissent sur le parking. Elle saute de sa voiture. Elle avance vers le pot de fleurs d'un pas proche du footing. Elle se saisit du papier, sourit, le caresse.

Paris, le 30 avril

Ma douce,

Vous avez vu juste, ces dix jours sans vous furent une véritable torture. Le pire, n'étant pas votre absence mais votre retour avec, en sa compagnie, votre choix. Ne pas connaître votre décision lors de mon départ ce mardi m'a plongé dans une profonde tristesse, les pires scénarios me rongeaient. Ceci est le passé, aussi mauvais soit-il, je ne veux pas y revenir. Vous êtes là à présent.

Peu importe la difficulté à supporter ces mensonges, nous vivons des moments extraordinaires, inconnus de nos semblables. Réjouissons-nous en. Prenons, par exemple, ce contact dans votre voiture après notre déjeuner. Nous aurons d'autres moments ensemble, ceci est une évidence, mais voyez-vous, nos lèvres ne danseront plus jamais sans s'embrasser et, savez-vous pourquoi ? Parce que lorsque cela s'est produit, ce midi-là, c'était unique et cette unique fois doit marquer l'unicité. C'est une chance inouïe et inespérée. Pensez à tous ces pauvres gens qui ne connaîtront jamais cette sensualité. Réalisez ma douce, réalisez avant qu'il ne soit tard. Il ne faudra pas pleurer. Il faudra remercier. Vous avez déjà changé l'homme que je suis. Vos mots, vos regards, vos actes me façonnent et me rendent meilleur.

N'omettez pas un point important, notre histoire aura une fin mais elle ne viendra pas de moi. Je prendrai ce que vous avez à me donner et le conserverai de tout mon amour. Quand viendra le moment pour vous de partir, je vous regarderai vous éloigner avec notre sourire et toute ma gratitude. Je ne vais pas trop m'attarder, je veux aller à l'essentiel.

J'ai une requête à vous adresser.

Lors de notre prochain rendez-vous, m'accorderiez-vous la grâce de vous embrasser ? Je n'oublie pas notre pacte platonique mais vos lèvres m'obsèdent. Je veux les goûter. Je ne peux pas le faire sans votre permission.

Avec toute ma passion,

William

J'aimerais que mes lèvres soient posées sur vos mains comme elles l'ont déjà été.

Anna se mord les lèvres.
Comment refuser ce baiser ?

Chapitre 21

Ce chapitre de ma vie, je le nommerais : *La journée s'annonce claire et limpide mais dans la tête, je dois faire le vide.*

La chance sourit aux audacieux.

Sans passer par quatre chemins, j'ai proposé ce baiser à Anna. Je ne capte que trop bien votre pensée. *William, que faites-vous du platonisme ?* Stop à la bêtise, on sait tous où l'on peut se le carrer le platonisme. De toute façon, Platon est un con. Je plaisante, j'ai toujours trouvé cet homme sympathique.

Plus sérieusement, j'ai conscience de fauter et d'aller à l'encontre de ma promesse. J'en peux plus, je brûle de désir tout entier pour Anna. Un seul tout petit baiser de rien du tout, ce n'est pas la mort, si ?

Promettre est quelque chose, mais tenir est encore mieux. Au diable, l'expression. Soyons fous. Soyons vivants.

Anna n'acceptera peut-être pas. Elle pourrait très bien refuser et je me plierai à sa décision. Je reste sincère quand j'affirme ne pas vouloir nuire à son couple. Il y a ses enfants et ils ne doivent pas payer nos errements d'adultes. Cela pourrait briser ses fils. Je suis bien placé pour le savoir. *William, ne vous verriez-vous pas beau-père ?* On doit être sur la même longueur d'onde vous et moi car je reçois vos idées.

Ce serait vous mentir, de vous écrire que je n'y ai pas songé. Dans une autre vie, j'aurais aimé faire partie de leur famille, venir me greffer à leur cocon. Mais ces enfants ont un père et je n'ai en aucun cas le droit de prendre sa place. Moi-même, dans un monde parallèle, si je n'avais pas connu tous mes problèmes, j'aurais apprécié la paternité. Dès le début de notre relation, Éléonore m'a fait comprendre qu'elle ne souhaitait pas devenir maman. Très égoïstement, elle préférait profiter pleinement de son passage sur Terre plutôt que de s'occuper d'un enfant. Je n'ai jamais remis le sujet sur le tapis, je n'en ai jamais ressenti le besoin… si, j'ai ressenti le besoin, sentiment jamais confié à ma femme. Je manquais de conviction, probablement.

Casser le couple d'Anna m'apparaît comme un acte odieux. Profiter de cette passion qui nous anime, sans détruire son équilibre familial est tolérable, y compris si dans cet équilibre, je peux l'embrasser. Ses lèvres charnues…

Je quitte ma maison pour aller chercher le courrier, avec la boule au ventre causée par ma paranoïa légendaire. Je suis déjà sorti plusieurs fois sans Patrice, grâce à Anna mais ne pouvoir le joindre ne m'enchante pas. La fluidité du trafic routier me permet d'atteindre rapidement le parking. Je m'avance vers les bacs à fleurs en vérifiant que personne ne m'espionne. Les alentours sont déserts. La lettre m'attend. Je m'installe sur mon banc.

Pontault-Combault, le 2 mai

Mon amour,

Plus le temps passe et plus la sensation de manque grandit quand vous n'êtes pas là. Vous êtes le coup de foudre que je n'ai pas eu plus jeune, celui qui fait battre mon cœur et naître mes sourires. Je confiais hier à mon psy que je vis cette relation pleinement, sans filtre et par conséquent, sans protection. Ce qui induit beaucoup de bonheur... et aussi beaucoup de souffrance. Je suis redevenue l'ado qui rencontre son premier amour comme Sophie Marceau dans la Boum, au risque de passer pour la dernière des cruches. Pour le coup, tout est décuplé. La force des sentiments que vous m'inspirez emporte tout sur son passage et, à l'idée de vous perdre, je marche au bord d'un précipice d'une profondeur abyssale. Tout devient vide de sens et c'est complètement absurde, démesuré, irrationnel mais c'est là.

Oui, il faudrait que je me raisonne et, d'un autre côté, du raisonnable, j'en ai plus qu'il n'en faut dans mon quotidien alors ce n'est clairement pas ce que je recherche avec vous. J'en ai ma claque de la demi-mesure, de la tiédeur, de la moyenne.

Ce que j'aime en nous, ce sont ces détails qui déclenchent des explosions, ces flambées de désir qui me font défaillir, ces lettres cachées soigneusement que je chéris comme le plus précieux des trésors. Parce que tout cela correspond à ma vision de la passion. J'ai mal d'être loin de vous et je hais toutes les contraintes que nous impose la situation. Vous êtes dans chacune de mes pensées. Je dois absolument dissocier notre histoire et le quotidien, c'est si difficile. Et je ne veux pas de cette rupture qu'on envisage à demi-mot. Je n'ai pas de solution miracle. Je redoute l'état dans lequel vous allez me laisser. Et même si à la fin je souffre, je veux continuer et je veux ce baiser.

Il me fait peur, pas tant pour le symbole qu'il représente ou pour le risque qu'il nous fait courir (d'être pris en flagrant délit, d'ouvrir la porte à tout le reste...) mais parce que je me demande simplement s'il vous plaira, si je saurai vous embrasser comme j'en ai envie, si j'arriverai à le rendre encore plus stratosphérique que l'ébauche dans ma voiture. Si nos lèvres se reconnaîtront. Une peur toute bête, presque de débutante, en tous les cas d'une femme mariée qui embrasse le même homme depuis 18 ans...

Grâce à mes heures supplémentaires au travail, j'ai de quoi prendre une demi-journée sans que mon mari ne s'en aperçoive. Je peux être à vous tout le mardi après-midi, ça vous va ?

Je vous embrasse.

Anna.

J'aimerais que tout soit plus simple.

Un après-midi entier, rien qu'Anna, moi et notre baiser.

Réveillez-moi, je suis en plein dans un rêve… un rêve, pas tant que ça car dans cette immensité de bonheur, un détail vient écorcher ce tableau. Je suis formel et n'ai aucun doute sur ce que j'avance, pour la énième fois, la languette de l'enveloppe est décollée, quelqu'un a lu le message avant moi.

Patrice n'en a pas terminé.

Chapitre 22

Ce chapitre de ma vie, je le nommerais : *Putain c'est compliqué quand on s'implique.*

Voici ma réponse laissée dans le bac à fleurs pour Anna, écrite à même mon banc.

Brie-Comte-Robert, le 3 mai

Ma douce,

Ne songez pas à la fin, nous n'en sommes qu'au début ou peut-être au milieu. Savourez, dégustez, appréciez chaque instant sans penser ni à celui d'avant, ni à celui d'après. Ne vous échappez pas de ce divin présent.

Je comprends vos craintes pour le baiser, je les comprends et tiens à vous rassurer. En aucun cas, il n'a pour but de participer à un concours ou de finir sur une liste puérile de l'amante au meilleur baiser. Il doit être dans la continuité de notre relation, tendre, passionné, éternel.

Nous aurions pu tout prévoir lors de notre dernier déjeuner dans cette brasserie et pourtant, je suis certain qu'aucun de nous ne soupçonnait cette accolade sensuelle dans votre voiture.

J'aime notre sincérité, notre authenticité et notre simplicité. Préservons-les.

Avant de clore cette lettre, je vais vous kidnapper

pour notre faille spatio-temporelle. Vous souvenez-vous de notre appartement fictif ? De son parquet massif ? De sa clarté ?

À cet instant précis, je sors de la douche avec pour seul vêtement, ma serviette de bain autour de la taille, mon corps encore tout trempé. Vous posez votre livre sur la table basse pour me rejoindre. Vous retirez votre chemisier pour vous lover contre moi. Je vous étreins de toute mon âme. J'inspire votre doux parfum avant de vous embrasser, vous embrasser d'un baiser semblable à celui de mardi prochain, d'un baiser céleste.

Revenons à la réalité, je serai bien là mardi à midi et demi.

Je vous serai entièrement dévoué.

Avec toute mon affection.

William

J'aimerais que l'on danse ensemble.

Chez moi, dans une rage folle, je m'empare du téléphone pour joindre Patrice. Des dizaines de noms d'oiseaux se tiennent sur le bout de ma langue, prêts à le fustiger. Cinq sonneries plus tard, je tombe sur sa messagerie.

— Patrice, c'est moi, William. Rappelle-moi dès que tu as ce message. Merci.

Je tourne en rond, réfléchissant à quelle serait la meilleure approche pour régler ce problème au plus vite. Il ne peut décemment pas fouiner dans mon intimité. D'habitude, d'un naturel calme et réfléchi, j'aurais patienté jusqu'à ce qu'il me contacte. Ces intrusions doivent stopper net.

Je saisis mes clés de moto et me rends illico presto à

son appartement, de l'autre côté de Paris, aux buttes Chaumont, son quartier préféré. Je me stationne à la va-vite sur un trottoir et fonce vers son interphone. J'appuie dessus tel un damné. Il ne répond pas. Je sonne à la loge, le gardien de l'immeuble me connaît bien et m'accorde le droit d'entrer. Au deuxième étage, je tambourine à sa porte.

— Ouvre Patrice, c'est moi, ton petit jeu doit s'arrêter. Il faut que l'on parle, crié-je.

Je hurle ainsi jusqu'à ce qu'un voisin ouvre sa porte et me demande de me calmer. Très légitimiste et respectueux de la liberté de chacun, je lui présente mes plus plates excuses avant de redescendre, le sang toujours en ébullition. Ce nouvel échec, après la messagerie, m'oblige à rebrousser chemin. En montant, sur ma moto, je réalise être à la merci du premier détraqué de passage. Je déguerpis.

Les pneus couinent sur le sol du garage. Je grimpe les escaliers quatre à quatre. Et là, les grands esprits, sain et malsain, se rencontrent. Devinez qui se tient au milieu du salon ? Oui ! Patrice ! Visage impassible, les traits fermés, il avance un sac à la main.

— Qu'est-ce que tu fais là ? lui demandé-je.

— Je viens récupérer des affaires, rétorque-t-il du tac au tac.

— Et tu rentres dans la maison sans qu'il n'y ait personne ? Es-tu au courant que ça s'appelle une effraction ?

— J'ai déjeuné avec Éléonore ce midi, elle m'en a donné l'autorisation.

Suite à cette réponse, je reste la bouche ouverte, comme deux ronds de flan. Je perds tous mes moyens.

— Même si Éléonore t'en a donné l'autorisation, tu n'as pas à rentrer quand il n'y a personne.

— Je sais. J'ai sonné, tu n'as pas répondu. J'en ai déduit que tu n'étais pas là et, vu le contexte actuel, j'ai trouvé judicieux d'entrer sans ta permission pour que tu n'aies pas à me croiser.

— Facile comme réponse. Sais-tu où j'étais ?

— Comment veux-tu que je le sache ?

— Tu es bien au courant puisque tu as encore lu mon courrier caché dans le bac à fleurs.

— Ne recommence pas à me titiller avec ton amourette.

— Mon amourette ? m'interloqué-je. Tu ne respectes vraiment rien. Tu es abject. Sors de chez moi. Et n'y remets jamais les pieds. Et si tu t'avises d'ouvrir encore mon courrier, je porte plainte.

— Fais donc ça, conclut-il, sans me regarder, avant de claquer la porte.

Sans réfléchir, sans prendre de recul, je me rue sur le téléphone et compose le numéro du bureau de ma femme.

— Allô ? décroche-t-elle.

— Alors comme ça, tu déjeunes avec Patrice dans mon dos ? Tu lui parles et tu l'autorises à venir chez nous ?

— Calme-toi William. Que se passe-t-il ?

— Il se passe que Patrice a débarqué chez nous alors que je l'avais mis dehors.

— Ah… euh… bafouille-t-elle. Ce n'est pas un criminel.

— Pourquoi avez-vous déjeuné ensemble ?

— Il m'a appelée ce matin pour que l'on se voie. Il est venu ce midi. Il désirait me parler, je n'allais pas refuser.

À confondre vitesse et précipitation, je réalise que Patrice a peut-être voulu rencontrer Éléonore pour lui dévoiler ma relation avec Anna.

— Que t'a-t-il dit ?

— Rien, il ne m'a pas donné les raisons de son départ. Il m'a juste dit que, suite à un différend avec toi, il ne travaillerait plus pour nous. Il faudra que tu me dises quand même ce qu'il a dit à mon sujet.

— Peut-être un jour. Pourquoi l'avoir autorisé à venir chez nous ? Je ne voulais pas le voir.

— Il voulait juste récupérer ses affaires. Je suis attendue pour une réunion. On en reparle ce soir ?

— Tout a été dit il me semble. Je veux juste que nous changions tous les codes de sécurité de la maison. Il n'a plus à les avoir.

— Comme tu veux, on en reparle. Je t'embrasse.

Le week-end a vite montré le bout de son nez et, pour ne pas changer, je n'étais présent que physiquement. Éléonore avait pas mal de travail en retard et n'a pas remarqué mes tourments. Mes pensées se partageaient entre le futur baiser et une solution pour neutraliser Patrice. Pour mon garde du corps, je n'ai comme seule idée intéressante, que changer notre boîte aux lettres d'endroit. Le connaissant, ce n'est que déplacer le problème. Je me devais d'élaborer un stratagème plus probant. Je me suis résigné, si son voyeurisme se cantonnait à lire mon courrier, je le tolérerais.

Le samedi passe trop lentement à mon goût. Éléonore prépare le départ pour un salon à l'étranger et lit des manuscrits de futurs auteurs potentiels. Le matin, après ses lectures nocturnes, je me rends dans son bureau pour constater l'état de son avancement. Nous n'avons rien partagé ensemble sauf le dimanche soir où nous avons regardé un film. Dans la pénombre, elle n'a pas vu ma détresse.

Le lundi, je suis dans une maison vide. Le temps me paraît encore plus ralentir. L'attente en vaut la peine, à notre prochaine rencontre, Anna et moi nous embrasserons. Je me revois, bien des années en arrière, encore adolescent, lorsque j'allais embrasser une fille pour la première fois. Elle s'appelait Alice. Nous sortions officiellement ensemble mais nous nous évitions dans les couloirs du lycée pour ne pas avoir à nous… à nous… nous saluer peut-être. Le déblocage est survenu grâce à une copine à elle qui m'a remis un billet écrit par Alice, dans lequel elle me donnait rendez-vous derrière le stade, après les cours, pour que l'on se bécote.

Je redécouvre cet état de stress d'avant galoche, mains moites, rythme cardiaque soutenu, transpiration, cheveux gras… je plaisante pour les cheveux gras. J'utilise du *Head & shoulders*, pour une chevelure soyeuse.

Qu'il est bon de se sentir jeune, fort, vigoureux, beau, insubmersible. La victoire est proche et, c'est quand on la sent à portée de main, que l'on baisse sa garde. Je n'avais pas anticipé une chose, un imprévu capable de gâcher la fête et de, peut-être, mettre à mal ma relation avec Anna.

Mettre à mal notre relation, au point de provoquer notre rupture.

Chapitre 23

Ce chapitre de ma vie, je le nommerais : *Menn si an fé on ti solo ou sav ké sé toujou vou ka kontrol.*

Mardi matin, l'empereur, sa femme et le petit prince sont venus chez moi, pour me serrer la pince… Je blague, amis lecteurs, ce n'est qu'une comptine pour enfants, je le précise, au cas où vous ne la reconnaîtriez pas. Je la chantonne parce que rien ne peut ébranler mon enthousiasme.

À l'aube, je ne change pas mes habitudes. Passage par le bureau d'Éléonore, pour constater son avancée, séance de sport et lavage. Avant de me jeter sous la douche, dégoulinant de sueur, je m'attarde devant le miroir. Une barbe de plusieurs jours masque la partie basse de mon visage, une grande question s'impose d'elle-même, que dois-je faire de cette pilosité ?

La laisser complète, elle m'offre maturité et sagesse, un atout pour contrer mon manque de confiance en moi lorsque je me retrouverai face à Anna.

Un bouc, pourquoi pas, ça me donne un côté baroudeur, en marche sur le monde.

Des rouflaquettes, trop Wolverine ou policier afro-américain des années quatre-vingts.

D'Artagnan, Anna n'aime peut-être pas Dumas.

Une moustache, fine et bien taillée, elle me plaît bien celle-ci. Appelez-moi Clark Gable.

Ou alors, à blanc, avec une peau douce pour ma douce, pour qu'elle puisse la caresser de son pouce.

J'opte pour la dernière solution, la plus évidente.

Cette coquetterie soudaine me surprend.

Je remonte à l'étage et prépare le petit déjeuner pour Éléonore. En sa présence, je tente, tant bien que mal, de cacher mon impatience, mon excitation et mon appréhension. Ma femme, plongée dans ses journaux quotidiens numériques, ne remarque rien de mes troubles. Quand elle s'enferme dans les nouvelles fraîches médiatiques, rien ne peut l'en extirper. Je picore pour sortir avec le maximum de forces, d'énergie et de concentration. Je m'apprête à vivre un instant de grâce, pas le droit de le manquer.

Éléonore part pour la maison d'édition, j'en profite pour monter à l'étage, dans mon dressing. Je reste dubitatif plusieurs minutes devant tous ces vêtements choisis avec goût par ma femme afin de me rendre le plus séduisant possible. Je pourrais mettre sa tenue préférée mais j'aurais l'impression de la tromper encore plus et de leurrer Anna. Je retiens une chemise couleur azurin, un jean plus foncé et des richelieus marron.

Je me surprends à vouloir être sapé comme jamais, sapé comme jamais.

Ce matin, je suis d'humeur chantante, avec de grands classiques du répertoire français.

De toute façon, la vie c'est plus marrant, c'est moins désespérant en chantant.

Moins de trois heures à patienter pour que la pendule de l'entrée s'arrête sur midi et à ce moment très précis où vous m'avez dit, tu vas partir alors, je suis parti.

Neuf heures et trente-cinq minutes à ma montre, une heure normale en apparence. Pour vous, peut-être, mais pour moi, ça veut dire beaucoup, ma femme de ménage devrait être là depuis cinq minutes. Elle connaît mon attachement à la ponctualité. Le mardi, c'est le jour de Françoise, elle n'a jamais été en retard. Alors, oui, quelques minutes après des années de bons et loyaux services, ce n'est rien et ça peut arriver. Je suis d'accord mais je ne plaisante pas avec le ménage, la maison doit être propre chaque jour et à chaque fois que je sors.

À quarante-cinq, j'appelle Éléonore. Elle est surprise par cette absence et me propose d'attendre encore un quart d'heure avant de téléphoner à Françoise. J'obtempère, non sans réticence.

À dix heures, toujours pas venue, je compose son numéro. Messagerie. Une angoisse, bien plus féroce que celle causée par ma paranoïa à cause de l'incident, se réveille dans les profondeurs de mon esprit. J'appelle la société de nettoyage.

— Propre et net, bonjour.

— Bonjour madame, William James à l'appareil. Je suis client chez vous. Françoise, une de vos collaboratrices devrait être chez moi depuis neuf heures trente et il est dix heures. J'ai tenté de l'appeler mais je suis tombé sur son répondeur.

— Oui, monsieur James, Françoise vient de nous prévenir, il y a quelques minutes, elle est souffrante et ne pourra pas travailler aujourd'hui.

— D'habitude, quand ce genre de cas arrive, vous m'envoyez quelqu'un en remplacement dans la foulée.

— Tout à fait, seulement, elle nous a prévenus tard et je n'ai pas encore eu le temps de trouver une alternative. Si vous voulez bien patienter, je vais regarder comment arranger ce désagrément, merci.

— Merci.

Les quatre saisons de Vivaldi s'échappent du combiné en sonnerie monophonique. Y'a pas de saison pour que vive la musique.

— Merci d'avoir patienté monsieur James. Je suis un peu embêtée, toutes nos équipes sont déjà en poste. Je peux éventuellement avoir un collaborateur de disponible, sans certitude. Je ne pourrais vous le confirmer qu'en fin de matinée.

— Qu'entendez-vous par fin de matinée ?

— Vers midi.

— Ça fait tard. Il faut une solution et vite.

— Je suis sincèrement désolée, je n'en ai pas.

— Écoutez, ça fait huit ans que je travaille avec vous, j'ai déjà rencontré ce problème une fois et votre patron m'avait assuré qu'il ne se reproduirait jamais. Il faut impérativement qu'une personne vienne faire le travail de Françoise.

— Je comprends mais je n'ai personne de disponible. Peut-être en début d'après-midi.

— Ce sera trop tard, il faut quelqu'un ce matin, en urgence.

— Monsieur James, croyez-moi, toute l'équipe de Propre et Net fait son possible pour satisfaire votre demande. Toutefois, nous sommes dans l'incapacité de vous envoyer quelqu'un ce matin et, ce n'est même pas certain pour cet après-midi.

— C'est une blague ?

— Je ne me le permettrais pas monsieur.

— Passez-moi votre directeur, s'il vous plaît.

— Il n'est pas là aujourd'hui.

— Ça devient grotesque. J'exige d'avoir une personne chez moi d'ici trente minutes pour réaliser le service que je paye sans écart depuis huit ans.

— Monsieur James, veuillez vraiment accepter nos

plus sincères excuses. Si aucun collaborateur ne peut venir chez vous aujourd'hui, cette journée ne vous sera évidemment pas facturée.

— Mais je m'en fous de l'argent, vous ne comprenez pas, je veux que ma maison soit propre.

— Monsieur James…

— Laissez tomber. Vous entendrez parler de moi.

J'ai raccroché, les mains tremblantes. Il y a quatre ans de cela, la société Propre et Net m'avait déjà fait le coup. Christine, la femme de ménage du lundi et du jeudi était malade et aucun remplaçant pour la substituer. J'avais passé ma journée à nettoyer toute la maison, huit heures de perdues, retour au point de départ pour ma thérapie.

Je rappelle Éléonore. Elle tente de me calmer. Elle me conseille de laver moi-même et de téléphoner à Dolorès. Elle part en réunion et raccroche. Ma psy, à l'instar de ma femme, tente de me rassurer. Elle sent, à la détresse de ma voix, qu'elle ne m'apaisera pas et accepte de me recevoir en début de soirée. Dolorès et Éléonore ont raison, je pourrais nettoyer la maison, dans tous ses recoins, je l'ai déjà fait. Pour réaliser cette tâche titanesque, il me faudrait au minimum cinq heures, et j'appuie bien sur le minimum. Je serai donc disponible à seize heures, cela implique d'annuler le rendez-vous avec Anna.

D'un pas rapide, je déambule dans la maison, je cherche une solution miracle, en sachant, par avance, qu'il n'y en a pas. Je ne peux pas quitter mon domicile si ce n'est pas propre.

Amis lecteurs, ne vous moquez pas de ma dernière phrase. Je suis au bord de la crise de nerfs. Je retiens mes larmes parce que… parce que je suis une pauvre merde.

Je compose le numéro des services de renseignements

téléphoniques et obtiens le numéro de l'entreprise d'Anna. La boule au ventre, je me lance.

— Potexi, Marie-Odile, bonjour.

— Bonjour, pourrais-je parler à Anna Durand, s'il vous plaît ?

— Elle n'est pas présente aujourd'hui, je peux vous renseigner ?

Je ne révèle pas mon identité pour ne pas causer de tort à Anna.

— Non, j'étais en relation avec elle sur un dossier et je dois lui parler expressément.

— Elle sera là demain matin, je peux lui laisser un message ou vous pouvez la rappeler, si vous préférez ?

— Non, je dois m'entretenir avec elle avant midi.

— Comme je vous le disais, elle n'est pas présente mais je me ferai un plaisir de vous renseigner.

— Pourriez-vous me donner son numéro de téléphone portable personnel ?

— Je ne suis pas dans la capacité de vous révéler cette information, c'est confidentiel. Je suis désolée. Il faudra attendre demain matin.

— Madame, c'est vraiment important.

— Je ne peux répondre favorablement à votre demande. Je peux vous passer un responsable, si vous le souhaitez.

— Non, ça ira, merci madame, bonne journée.

J'inspire, l'air peine à pénétrer dans mes poumons. Je pourrais dénicher son numéro de téléphone fixe, sans pouvoir l'utiliser, son mari se trouve peut-être à leur domicile, le cas échéant, je déclencherais une catastrophe.

Abattu, dépité, je monte retirer mes vêtements pour

enfiler ma tenue de combat. Je pose ma chemise couleur azurin sur son cintre, je plie mon jean plus foncé et range mes richelieus marron. De la buanderie, je sors les produits ménagers. Aujourd'hui, plus que n'importe quel autre jour, nettoyer toute la maison me dégoûte, tous ces produits sont de l'acide brûlant entre mes doigts. Ils détruisent ma chair et mon âme. Un haut-le-cœur me surprend et m'oblige à me rendre aux toilettes pour vomir. Assis sur le carrelage, je ne respire plus, suffoque, crise d'angoisse. Je pense à Anna, au temps qu'elle va attendre seule sur le parking du complexe.

J'ai honte.

Je pleure.

Pourquoi est-ce que je gâche toujours tout ?

Et je frotte le sol, début de mon bagne, et je frotte, frotte, frotte, c'est ma façon d'aimer.

Chapitre 24

Ce chapitre de sa vie, je le nommerais : *Et lorsque tout'seule ça se retrouve, ça attend dignement qu'le firmament s'entr'ouvre.*

Mardi, midi et vingt-neuf minutes, Anna trépigne d'impatience à leur point de rendez-vous, près du bac à fleurs, sur le parking devant le complexe de tennis. Elle frétille sur son siège tel un poisson rouge échappé de son aquarium. Elle allume l'écran de son téléphone portable, l'heure n'a pas l'air de vouloir avancer.

À 12h35, elle est surprise du retard de William, lui, si ponctuel. Elle ne lui en tiendra pas à rigueur, elle vit un tel bonheur qu'attendre un peu n'a rien d'alarmant.

Quinze minutes de retard, ça, c'est alarmant, alarmant mais pas inquiétant.

Trente minutes de retard, ça, c'est inquiétant.

Une image horrible et tenace lui apparaît sporadiquement. Et si William avait eu un accident de moto. Elle chasse cette horreur.

Quarante-cinq minutes, elle s'avance vers le bac à fleurs, William avait-il connaissance de son absence et alors, aurait-il laissé une lettre d'excuse ? Rien. Pas de mot caché. Anna retourne dans sa voiture. Elle décide de ne pas partir pour l'instant. William a tout simplement eu un imprévu, il va faire son apparition d'ici peu. Elle s'alerte chaque fois qu'un moteur émet un son depuis le coin de la rue, sans jamais découvrir la moto de son amant.

Une heure, son estomac ronronne pour lui rappeler qu'il serait judicieux de le remplir. Perturbée par cette déconvenue, elle ne l'écoute pas. Elle a posé une journée pour cette escapade, William ne lui posera pas de lapin. Deux heures, la faim s'en est allée. Anna baisse son pare-soleil et se dévisage. Le maquillage rutilant, appliqué lors de sa mise en beauté, s'est transformé en traits éventés. Avec cette inquiétude et cet état de nervosité, son reflet a pris dix ans. Chaque quart d'heure, elle pense à partir et, chaque quart d'heure, elle s'accroche à ses espérances. Elle ne se résout pas à abandonner. William est un homme charmant, avec des valeurs, il ne la laissera pas ici, ils vont vivre un instant magique, aussi bref qu'intense et elle oubliera tout ce temps perdu. Elle n'est pas rancunière. Elle pardonnera.

Trois heures, Anna pense aux mensonges racontés à son mari pour cette journée. Elle songe à tout ce qu'elle a préparé en vue de ce rendez-vous. Il va débarquer. Elle en est certaine. Avec tout ce qu'il lui a écrit, tout ce qu'il lui a promis, il ne peut en être autrement. Quatre heures, elle se résigne. Elle observe sa tenue, elle se dégoûte. La voiture démarre, Anna rentre chez elle pour se changer avant d'aller récupérer les enfants à l'école. Les garçons sont heureux de la retrouver et d'aller au sport. Elle leur fait des sourires mais des sourires de façade, exactement les mêmes qu'elle offrait au monde avant de rencontrer William.

Durant le reste de la soirée et de la nuit, elle ne se sent qu'enveloppe corporelle. Son esprit ordonne machinalement de réaliser les tâches ménagères, son corps y obéit mécaniquement. Bertrand vaque à ses occupations sans constater que sa femme marche en équilibre au bord d'un gouffre.

Anna ne se sort pas William de la tête, elle prétexte une migraine pour se coucher à la même heure que ses garçons. Son mari lui exprime sa déception, ils devaient continuer ensemble la série télévisée phare de TF1. Elle le toise et s'apprête à lui hurler dessus pour qu'il se la mette où il la désire sa série mais une voix intérieure lui conseille de se taire. Sans rien répondre, elle monte dans sa chambre et s'enfonce au fond du lit, lumière éteinte.

Anna se perd dans les méandres de ses pensées tortueuses. Doit-elle en vouloir à William ? Quelque chose de grave a pu lui arriver. Si rien de tel ne s'est produit, alors, doit-elle lui en tenir rigueur ? Il l'a laissée durant quatre heures, sans nouvelle, sans la prévenir. Même s'il n'a pas de téléphone portable, il aurait pu faire l'aller-retour. Elle pouvait comprendre, elle n'est pas stupide. Aura-t-elle seulement une explication ? William voulait peut-être mettre fin à leur relation et ne sachant comment s'y prendre, s'est abstenu de se déplacer ce midi. Elle n'imagine pas qu'il soit capable d'une telle abomination. Qu'il arrête leur histoire, d'accord, mais pas de cette façon. Ou alors, sa femme est restée à la maison et il n'a pu venir. Dans ce cas, il aurait pu inventer une course urgente, pour la prévenir et repartir ensuite.

Anna n'aura pas de réponse ce soir, elle espère en avoir vite pour atténuer sa colère et soigner l'humiliation. Elle veut dormir pour oublier, pour ne plus penser. Toutes ces questions et suppositions vont la hanter toute la nuit et l'empêcher de trouver le sommeil.

Le lendemain matin, elle se lève sans avoir dormi trois heures. Une douleur violente lui martèle le crâne. Jusqu'à ce qu'elle dépose Lucas et Romain à l'école, elle avance dans un épais brouillard. Au travail, elle essaie de paraître en forme et aucun collègue n'ose émettre de remarques sur ses cernes visibles sous l'amas de fond de teint. Durant sa pause déjeuner, toujours obsédée par l'absence de William à leur rendez-vous, elle se rend au bac à fleurs, dans l'espoir d'avoir sa réponse.

À l'inverse de la veille, une enveloppe a été posée là.

Paris, le 7 mai

Ma douce,

Je ne peux imaginer dans quel état vous êtes alors que vous avez dû m'attendre hier à l'heure prévue.

Je suis sincèrement désolé d'avoir manqué ce moment.

Ne vous en faites pas, il n'y a rien de grave. J'ai juste eu un empêchement.

J'espère que très vite, vous trouverez cette lettre et que, ensemble, nous fixerons une autre date pour remettre ce baiser tant attendu.

Je passerai vendredi récupérer votre courrier.

Je vous embrasse,

William

Que j'aimerais changer le cours du temps pour vous retrouver plus facilement.

Anna relit la lettre, aucune réaction face à ces foutaises. Rien de grave ? Un empêchement ? Peut-être pense-t-il qu'elle n'est qu'un simple rendez-vous chez le coiffeur que l'on peut annuler en dernière minute. Cet outrage la renvoie à ce qu'elle est tous les jours, une femme, un objet dont on dispose en fonction de ses besoins, nettoyages, ménages, repassages, lavages, volages.

Elle arrache d'anciennes pages vierges de son agenda, choisies minutieusement, et rédige sa réponse, sans attendre, sans filtre.

Chapitre 25

Ce chapitre de ma vie, je le nommerais : *Je compte, compte et décompte les jours qui s'étirent, avant de revenir, avant de revenir.*

Amis lecteurs, ne remuez pas le couteau dans la plaie, s'il vous plaît. J'ai merdé, je suis au courant. En écrivant cette dernière lettre, que je n'avais d'autre choix de poster le mercredi matin, j'avais parfaitement conscience de son caractère léger. Je l'ai instauré délibérément, non pas pour blesser ou offenser Anna mais pour ne pas dramatiser une situation dérisoire.

Anna, ma douce, j'ai failli y rester. Je n'ai pu vous rejoindre car une affaire pressante m'a contraint à rester cloîtré chez moi. Ma femme de ménage n'est pas venue, friserait l'indécence.

Écrire ceci déclencherait sa perte. Soit, parce qu'elle aurait pensé que je me moquais d'elle, soit, parce qu'elle aurait découvert un personnage imbu de lui-même avec du personnel à sa botte, soit, parce qu'elle m'aurait pris pour un fou. Vous comprenez aisément, pourquoi je ne pouvais lui révéler la vérité et pourquoi, j'ai dû m'excuser de manière évasive. Je vous entends d'ici me poser la question. *William, l'excuse de la maison propre n'avait pas de valeur, alors pourquoi ne pas avoir simplement été au rendez-vous ?*

Est-ce que moi, je vous demande pourquoi, vous dites, « je vais faire de l'essence » plutôt que, « je vais mettre de l'essence » ?

Est-ce que moi, je vous demande pourquoi vous attendez le dernier jour pour remplir votre déclaration d'impôts alors que vous aviez deux mois pour le faire ?

Est-ce que moi, je vous demande pourquoi vous achetez vos livres sur Internet alors que c'est le même prix en librairie et que cela contribue à faire perdurer la vie locale et des lieux de rencontres auteurs-lecteurs ?

J'élude un tantinet votre question. Ne soyez pas inquiets, vous aurez la réponse.

Le vendredi matin, je poireaute, impatient de me rendre à notre bac à fleurs, plus impatient encore d'accueillir Françoise, la femme de ménage. À peine franchit-elle le pas de la porte d'entrée, la tête basse, que je lui tombe dessus à bras raccourcis.

— Comment expliquez-vous votre absence de mardi matin ? l'apostrophé-je.

— Bonjour Monsieur, répond-elle avec condescendance.

— Je vous ai posé une question.

— Vous pouvez aussi faire preuve de politesse, rétorque-t-elle avec affront.

— La politesse, c'est de téléphoner quand on est absente.

— Je n'ai aucun compte à vous rendre sur mes absences, se défend-elle avec aplomb.

— Bien évidemment que si, vous travaillez pour moi.

— Je ne travaille pas pour vous monsieur mais pour Propre et Net.

La garce, elle marque un point.

— Je mérite tout de même de savoir pourquoi vous ne vous êtes pas présentée mardi.

— Demandez à mon employeur, s'il veut vous le dire ou non. Je peux faire mon travail à présent ?

Constatant mon échec, je capitule et la laisse au récurage. Tendu comme un linge sur son séchoir, je sors de la maison pour le terrain de tennis. Comme à l'accoutumée, je vérifie avec soin que personne ne m'observe à fouiller dans les arbustes. La languette de l'enveloppe est mal collée ou recollée, ce qui ne me surprend plus. J'en sors plusieurs pages déchirées d'un agenda.

Brie-Comte-Robert, le 9 mai

William,

Vous ne soupçonnez pas ce que j'ai subi par votre faute ce mardi. Je vous ai dit que je vous offrais mon mardi après-midi. J'ai utilisé les heures supplémentaires que me devait mon entreprise pour prendre ma journée et me préparer à ce rendez-vous important à mes yeux.

J'ai utilisé ce crédit pour prendre mon temps le matin afin de m'apprêter pour vous. Je suis allée chez mon coiffeur pour un brushing. Je me suis épilée. J'ai passé une heure à choisir la tenue susceptible de vous plaire. Je voyais ce moment comme notre premier rendez-vous « amoureux ». J'ai pris des risques, des risques volontaires, des risques inconsidérés, pour vous, pour nous.

Je vous ai attendu, ça oui. Lorsque j'étais sur le départ, je le repoussais, persuadée que vous ne feriez pas de cet instant, un acte manqué. Ce n'est tellement pas l'image que j'ai de vous. Alors j'ai patienté, quatre heures, dans ma voiture, à vous guetter. J'ai fini par rentrer chez moi pour me changer, récupérer mes enfants et m'occuper de la maison en bonne ménagère que je suis. C'est d'ailleurs tout ce que je suis, une ménagère bonne à tout accepter, docilement.

Mais pas là William, vous revenez avec des excuses, si l'on peut appeler ça des excuses, d'un fils à papa, à qui on cède les caprices. Sans me donner d'explication. Et, même si elle ne me regarde pas, je mérite d'en avoir.

Vous l'aurez compris, je suis en colère, pire encore, vous m'avez humiliée. Vous auriez pu faire l'aller-retour, m'avertir et repartir. Vous vous êtes contenté de deux lignes expéditrices le lendemain.

Vous m'avez blessée, et je ne veux plus vous voir.

Adieu William.

Que j'aimerais ne jamais vous avoir connu.

Je la relis, une fois, deux fois. Je constate que les pages arrachées de l'agenda correspondent aux dates de la découverte du ticket dans mon dernier roman, de notre dîner et de mon absence ce mardi.

Chapitre 26

Ce chapitre de sa vie, je le nommerais : *Tout ce qui maintenant te semble déchirant, demain, sera pour toi, un souvenir.*

Le déchirement ressenti par Anna à l'écriture de sa dernière lettre, elle n'en avait jamais ressenti de semblable. Ces mots n'étaient pas simplement sortis sous le coup de la colère, le moment était venu de se prémunir. Elle se métamorphosait en schizophrène avec cette liberté octroyée, Docteur Jekyll avec ses proches, Miss Hyde avec son amant et le monstre ne quitte jamais vraiment son hôte. Plus elle avançait dans sa relation avec William et plus, elle s'éloignait de sa famille, et à force de tirer sur cet élastique sentimental, il craquerait tôt ou tard. Mettre fin à leur relation est la décision la plus sage.

La sagesse, elle pourrait en dire un rayon sur ce sujet, écrire un mémoire ou préparer une thèse. Toute son organisation n'est que sagesse. La sagesse a toujours régi sa vie et continue à s'imposer. Elle aimait cette folie engendrée par son aventure. Son prix coûteux, en revanche, la réfrénait, poser une journée, mentir à son mari, attendre quatre heures dans une voiture. Ce n'était que le début, elle se sentait de soulever des montagnes pour William et leur histoire. Peu importe son souhait, son envie, son murmure, Anna aurait tout mis en œuvre pour le réaliser, le satisfaire, l'assouvir, servilement, sans se poser de question. Cette démesure l'inquiétait. Elle devait se ranger derrière la sagesse.

Rien ne se passe derrière la sagesse.

Les premiers jours sans lui allaient être compliqués mais le temps l'aiderait à oublier. Elle ne sera jamais totalement guérie, elle gardera une cicatrice à l'âme, capable de se rouvrir sous un choc, aussi petit soit-il.

Elle a retiré les livres de William présents dans la bibliothèque du salon vers le sous-sol pour ne plus les avoir sous les yeux. Pour se distraire, elle consacre les après-midis de son week-end à des activités avec les enfants. Le samedi soir, elle s'attelle à préparer un repas pour ses convives. Des piqûres de rappel la ramènent à William, sans répit, elle ne s'y attarde pas. Anna a même fait l'amour avec Bertrand le dimanche matin, focalisée sur son mari.

Le dimanche soir accompagné de sa mélancolie hebdomadaire, la tourne vers sa passion. Sans en définir les raisons, elle n'aime pas les dimanches soirs, ils la rendent triste et avec la tristesse s'invite le souvenir de William. Durant son week-end, elle a peu pensé à son amant, trop obnubilée à s'occuper des autres. Mais qui s'est occupé d'elle pendant ce temps ? Personne. William s'enquiert de son état moral, juste William, sur tous les milliards d'êtres humains, le ratio est faible. Elle tente de se défaire de cette idée.

Les enfants sont couchés. Elle rejoint Bertrand sur le canapé pour le film. C'est encore la publicité. Un spot vante les mérites d'une marque de montre. Un écran noir apparaît, marqué d'un slogan, « vous en avez marre des retards, soyez toujours à l'heure ». Anna repense au mardi dans sa voiture et s'esclaffe.

— J'aime t'entendre rire, lui confie son mari.

Elle ne répond pas. Il ignore que seul son amant lui procure encore cette euphorie. Le film démarre, Anna se couche sur les genoux de Bertrand. Épuisée psychiquement, l'écran se floute, elle s'endort.

Le lundi, au travail, Anna procède tâche après tâche sans réfléchir. Le passage du facteur la ramène à leurs lettres. La fuite ne l'aidera pas. Il faudra accepter de retourner par la pensée auprès de William. En si peu de temps, un ensemble de souvenirs englobe leur relation, les cours de tennis, le parking, le bac à fleurs, le chemin à l'orée de la forêt, le libraire, sa boîte aux lettres, sa voiture, le déjeuner, la balade dans le parc, autant d'endroits, d'objets, présents dans son entourage.

Sa détermination a sa propre limite. Attirée comme un aimant par son amant, sa volonté d'éloignement cède. Le mardi, Anna est revenue sur la page qu'elle est censée avoir tourné. Avant de récupérer les enfants à l'école, elle s'arrête devant le bac à fleurs, à l'opposé de son trajet habituel. Non pas qu'elle veuille ou attende une lettre, s'il y en a une, le fruit de leur ancienne passion ne doit pas moisir sur le sol d'un verger abandonné. Entre les arbustes, une enveloppe l'attend, au dos de laquelle est inscrit un numéro de téléphone portable.

Paris, le 13 mai

Ma douce,

Permettez-moi encore de vous surnommer ainsi. Sans votre permission, je le fais car vous ne lirez peut-être jamais cette lettre étant donné que vous ne voulez plus entendre parler de moi. Si vous lisez ces mots, c'est que vous avez changé d'avis et j'en suis sincèrement enchanté.

Ô ma douce, jamais, au grand jamais, personne n'a

compté autant que vous. Apprendre que ma maladresse et mon affront vous ont humiliée, m'anéantit. Je n'en dors plus. J'ai bien conscience d'avoir été lapidaire dans mes excuses, c'était volontaire de ma part. Je voulais juste aller à l'essentiel, vous demander pardon. Si je ne vous ai pas donné les raisons de ma bévue, j'avais mes motivations. Vous tenez à les connaître et vu, que je ne veux pas vous perdre, même si c'est peut-être déjà le cas, je vais vous les exposer.

Je ne suis pas venu à notre rendez-vous car ma femme de ménage était absente le mardi matin. Elle n'est pas morte. Elle était juste malade et ne pouvait assurer son service. Quel rapport avec notre rendez-vous ? Je ne peux quitter ma maison si elle n'est pas propre, si chaque pièce n'a pas eu le nettoyage qu'elle mérite. Vous allez penser que je suis fou. Je vous ai dit que je voyais une psy à cause de mes névroses, la nécessité de propreté intègre mes maux. Vous vous demandez certainement comment cela est possible ? Si je ne vous mens pas ? Si je suis sérieux ? Malheureusement, oui. Je ne suis pas l'homme ou l'écrivain que vous croyiez. Et vivre avec ce fardeau me consume.

Bien évidemment, il y a une raison à cela, je ne me suis pas levé un matin avec cette lubie. Personne n'est au courant à part trois personnes, ma femme, Dolorès et Patrice, mon garde du corps.

Si vous choisissez de continuer à correspondre avec moi, je vous raconterai les causes de cette obsession. Ne voyez pas mes dernières paroles comme du chantage, plutôt comme un acte de confiance. Je ne raconte pas cette histoire à n'importe qui. J'aurais aimé vous la conter ici mais elle est longue, elle mérite plusieurs lettres et je n'ai pas la force de me tourner vers mon passé ce soir alors que je vous ai perdue.

Je vous révèle la vérité, au risque de vous effrayer et vous éloigner définitivement. Je me suis promis d'être entier avec vous et je le ferai jusqu'au bout.

Je n'ai pas voulu vous faire souffrir mardi dernier, j'aurais préféré être avec vous à déjeuner et vous embrasser plutôt que de récurer ma maison. J'ai tenté de vous prévenir, j'ai appelé votre entreprise le matin, sur les coups de onze heures mais vous n'étiez pas là. Manifestement votre collègue ne vous l'a pas dit. En même temps, je n'ai pas laissé de message. J'ai pensé à téléphoner chez vous mais ne connaissant pas les horaires de votre mari, je n'ai pas pris le risque de tomber sur lui.

Je suis dépendant de vous, Anna.

Pardonnez-moi, s'il vous plaît.

Pour vous prouver à quel point je tiens à vous et suis prêt à faire des efforts, vous pourrez lire, au dos de cette enveloppe, un numéro de téléphone portable. Je viens de l'acheter, pour vous, pour notre histoire, pour que l'accident de mardi ne se reproduise pas. Je ne garantis pas de le laisser allumé toute la journée, pour les maux de tête que cela me provoquerait mais je l'activerai plusieurs fois par jour.

Si vous souhaitez poursuivre un bout de chemin à mes côtés, envoyez-moi un SMS. Je ne préfère pas me servir des appels sur cet appareil, à cause des ondes. J'espère réussir à répondre facilement, c'est une nouveauté pour moi.

Avec toute mon affection,

William

Que j'aimerais ne pas vous avoir blessée.

Anna sourit de leur sourire. La sagesse lui intime de résister. La passion lui ordonne de céder. Bras de fer pipé. Elle sort son téléphone portable et envoie ce SMS.

Chapitre 27

Ce chapitre de ma vie, je le nommerais : *Souvent j'ai envie de t'embrasser, c'est rare quand je souhaite que tu ne sois pas là.*

Je n'y aurai pas loupé. Je possède un téléphone portable.

Je n'en tire aucune fierté. La situation imposait d'elle-même cet achat afin de marquer le coup et convaincre Anna de revenir. Les ondes de cette technologie risquent d'endommager mon cerveau. Le danger en vaut la chandelle. Aurai-je la chance de vivre une autre histoire aussi belle et profonde ? Sans en connaître la réponse, je préfère ne pas passer à côté et tant pis pour ma santé, je mourrai bien un jour de toute façon.

J'ai demandé au vendeur de me dégoter l'appareil le plus simple d'utilisation pour ne pas me compliquer la tâche. Ce à quoi il m'a répondu : « les constructeurs font en sorte de fabriquer des téléphones ergonomiques, intuitifs et, avec le système d'Androïd, même un enfant de deux ans peut s'en servir ». Je n'ai pas tout compris à son charabia, la confiance primant sur le jargon. Après tout, je ne dois pas être plus bête qu'un gamin. L'écran déploie des couleurs vives et, si on se limite à l'envoi de SMS et d'appels, le maniement ne semble pas si difficile.

Le mardi, en fin de journée, une enveloppe est apparue dans le coin supérieur gauche. Le plus beau logo qu'il m'ait été donné d'admirer, une icône recelant mon avenir avec Anna. Un simple point d'exclamation apparaît dans le contenu. Je ne saisis pas bien. Avec une aisance déconcertante, je lui réponds.

Cette ponctuation signifie-t-elle que vous acceptez mes excuses ?

Plus tard, le téléphone émet un bip.

Évidemment que je les accepte mon amour. Je ne pourrai communiquer par ce biais à la maison. Ne prenons pas de risque. Jeudi soir, je n'irai pas au sport, vous venez me voir ?

J'ai envie d'embrasser l'écran pour exprimer ma joie. Je lui écris dans la foulée.

Vous faites de moi un homme heureux. À jeudi ma douce !

J'allume mon tourne-disque et choisis un vinyle d'Otis Redding, oui, je suis un homme amoureux. *Home in your heart.*

Je profite de ces deux jours pour rédiger deux lettres dans laquelle je débute les explications de ma mysophobie. Jusqu'à notre rendez-vous, tiraillé entre la frénésie de l'écriture et le malaise lié au futur baiser, le temps file rapidement alors que j'aimerais avoir un délai plus long pour me préparer à cet événement. Le destin se goupille bien. Le jeudi, Éléonore s'entiche d'une soirée de lancement d'un roman dans une librairie parisienne, elle rentrera tard, j'aurai tout le loisir de profiter de mon moment avec Anna, sans inquiétude.

En arrivant, sur le parking, après avoir vérifié que personne ne m'observe, je m'avance vers sa voiture. Quand nous ne sommes que tous les deux, portières closes, je prends la parole.

— Je suis content d'être avec vous ce soir. J'ai eu tellement peur de vous perdre.

— Je n'arrive pas à m'éloigner de vous, dit-elle en me caressant la joue.

Elle démarre son véhicule et nous conduit sur notre chemin, celui emprunté après le déjeuner. Le moteur coupé, nous détachons nos ceintures et plongeons dans les yeux de l'autre, en silence. Notre sourire irradie l'instant. Je la trouve si belle, si douce. Je prends conscience d'être à sa merci. Je m'approche, elle m'imite. Nos bras s'enlacent et nous nous serrons. Je recule la tête, Anna aussi. Nos lèvres s'avancent. Nous nous embrassons. Ce contact chaleureux m'apaise. Il dure quelques secondes, nous nous écartons, nous sourions, nous jaugeons.

J'observe ses lèvres charnues et dessinées. J'ai envie de les croquer. Ne pouvant me retenir, emporté par l'élan, je l'embrasse à nouveau. Plus de vigueur emporte cette accolade. Nos mains glissent sur le corps de l'autre, nous nous enlaçons plus fort. L'ardeur déploie ses ailes, nos respirations s'accélèrent, nos corps s'attirent. Ma bouche descend vers son cou. Anna plonge dans le plaisir. Je laisse s'embraser le désir. Je lève son chemisier et pose ma paume sur sa hanche. Elle gémit.

Les minutes passent, nous nous enfonçons, avec lenteur, vers une mouvance charnelle et sensuelle. Une alerte lointaine me somme d'arrêter là si on ne veut pas totalement détruire notre promesse platonique. Mon appétence surplombe cette mise en garde et nous continuons à nous étreindre de plus en plus fougueusement. Je ne contrôle plus mon attirance. Ma main passe sur ses fesses. La limite est franchie. Je retire ma bouche et retourne sur mon siège. Anna ouvre ses yeux, se mord les lèvres et me lance notre sourire. Je le lui retourne.

Un coup d'œil à ma montre, bientôt une heure que nous sommes là, à nous cajoler comme des adolescents. Le dérapage m'effraie et m'empêche d'assouvir ces convoitises ensommeillées. Elle me tient les doigts. Nous apprécions ce répit, avant qu'elle ne s'avance à nouveau. Nous replongeons dans les méandres de la concupiscence avec plus d'intention. Le temps n'a plus d'emprise sur nous, nos corps s'accrochent à une raison d'être. Nos ébats s'intensifient quand son téléphone portable sonne. J'ignore si je dois maudire véritablement cette technologie ou remercier d'être sauvé par le gong. Elle ne décroche pas. Nous constatons qu'il est l'heure de se séparer. Sur le trajet pour le parking, je laisse ma main sur sa cuisse.

— Merci pour tout ce bonheur que vous m'apportez, lui dis-je avant de descendre.

— Merci à vous de m'en donner tout autant. Après tout ce que nous avons vécu, vous ne trouvez pas que notre vouvoiement n'a plus de sens ?

— C'est ce que vous pensez ?

— Vous ne répondez pas à ma question, insiste-t-elle.

— Je l'aime notre vouvoiement. Il marque notre respect, d'un aspect révérencieux. Il a son propre charme désuet. Je l'aime vraiment. Mais s'il vous gêne, nous pouvons l'arrêter.

— Je ne l'avais pas vu sous cet angle.

— Désirez-vous que l'on se tutoie ?

— Non, finalement je préfère le vous.

Je lui lance notre sourire.

— Chose promise, chose due, voici le début de l'explication que je vous dois, annoncé-je.

Elle prend ma lettre et me sourit.

— À très vite ? lance-t-elle sur le ton de l'interrogation.

— Le plus vite possible. Je vous écris la suite dès ce

soir.

— Faites comme vous pourrez.

Aux frontières de la nuit, la pénombre laisse place à l'obscurité. Sa voiture s'éloigne. De l'autre côté du parking, à deux cents mètres, sous la lumière jaunâtre d'un réverbère, se tient un homme. Mes yeux se plissent pour s'adapter à la luminosité et à la distance. Il porte une casquette et des lunettes de soleil, l'inconnu du parc. Il ne bouge pas, il m'observe. D'ici, sa corpulence ressemble fortement à celle de Patrice. Mon pouls augmente. Ma respiration se coupe. Il s'enfuit.

Je me lance à sa poursuite.

Chapitre 28

Ce chapitre de ma vie, je le nommerais : *Noble est ton cœur, crois en toi et remonte.*

Anna se gare une rue avant celle de son domicile. Elle n'est ni en avance, ni en retard, elle s'autorise à lire la lettre de William.

Paris, le 15 mai

Ma douce,

Je n'ai pas toujours été un écrivain célèbre et riche vivant dans une immense maison au cœur de la capitale. Il y a une grande part de chance dans la réussite d'une carrière artistique. N'étant le fils de personne et vivant loin du sérail de l'édition, je remercie ce privilège.

Je peux aisément compter sur les doigts d'une main les gens qui connaissent l'histoire que je vais vous raconter. J'espère qu'elle vous éclairera sur l'homme que je suis et sur les raisons de mon absence de mardi dernier.

Après l'obtention de mon baccalauréat, sans gloire, passé à Crépy-en-Valois, commune de l'Oise, je suis venu à la ville lumière poursuivre mes études supérieures. Ma famille n'ayant pas les moyens de me payer une chambre d'étudiant dans Paris intra-muros, je subissais les allers-retours en train, soit trois heures de transport journalier. Cette durée ne me dérangeait pas car j'avais le loisir de m'avancer dans mes cours ou de m'adonner à la lecture.

À cette époque, comme beaucoup de jeunes, perdu dans la complexité de l'orientation scolaire, j'avais choisi des études littéraires. J'avais toujours aimé lire, les mots, les poètes, les aventures, c'était suffisant pour embrasser la voie des lettres classiques. Mon entourage m'avait averti des maigres débouchés de cette branche, sans véritable idée de ma carrière professionnelle, cette option ne me paraissait pas pire ou meilleure qu'une autre.

Comme m'a dit un type, choisir, ce n'est pas renoncer, choisir, c'est préférer.

J'aimais mes cours. J'étais attentif et subjugué par ce que m'apprenaient mes professeurs. Quand on lit une œuvre majeure de la littérature, on en comprend le fond sans en comprendre la forme, ou l'inverse. Avec des explications biographiques sur l'auteur ou des informations sur le contexte historique, la richesse du texte apparaît d'autant plus puissante. L'intérêt porté à mes cours n'était pas proportionnel à mes notes, mes résultats me situaient dans le milieu du classement. J'aurais pu me donner les armes pour atteindre l'excellence sauf que mon caractère m'handicapait. La procrastination et la fainéantise ne m'aidaient pas à réaliser mes devoirs avec assiduité.

Ne pensez pas que j'étais un fêtard, à sortir tous les soirs. Comme je vous l'ai notifié plus haut, je devais rentrer chez moi, je ne me rendais pas aux beuveries. Les cours finis, je me dépêchais d'enfourcher mon vélo pour arriver le plus vite possible à Gare du Nord et sauter dans le premier train. Oui, j'emmenais mon vélo avec moi. Je me déplaçais plus vite sur les deux kilomètres séparant ma maison de la gare et, je n'avais pas à utiliser le métro ou le bus. Les microbes et la crasse omniprésents dans les transports en commun, me rebutaient. Si j'emprunte le métro et agrippe la barre huileuse, ensuite, je me lave les mains au minimum dix fois, et j'utilise aussi de l'alcool pour tuer toutes bactéries.

Ne participant pas aux soirées étudiantes, je ne me suis fait aucun véritable ami à la fac. Je discutais et déjeunais avec des camarades, sans entretenir de lien en dehors de l'enceinte de l'université. Les week-ends à Crépy-en-Valois, je passais beaucoup de temps, enfermé dans ma chambre à écrire. Je n'ai pas toujours été casanier, avant, je m'amusais, moins, après l'été de l'obtention de mon bac. Je me terrais dans mon antre à noircir des pages. Si bien, qu'un peu avant Noël, je mettais le point final à mon premier texte.

J'avais dix-huit ans, un roman terminé, engoncé dans l'ignorance de l'édition. Face à cette situation extraordinaire, mon sens de la déduction s'est servi de ma logique. Où est-ce que l'on trouve des livres ? Dans les bibliothèques ou chez les libraires.

Dans une rue adjacente à la fac, il y avait une librairie. J'allais souvent dans cet endroit sombre, à cause de l'unique vitrine en façade. J'adorais y sentir l'odeur mélangée du livre neuf et de l'ancien. De partout, sur des tables brinquebalantes, sur des étagères inégales, sur des pupitres usés, dégueulaient des ouvrages, entassés les uns sur les autres, sans cohérence, pour le simple plaisir de fouiner et de dénicher une pépite inespérée. Le plus surprenant dans tout ce bric-à-brac était la faculté du libraire à retrouver n'importe quel titre cherché par un client.

Je m'y suis rendu, manuscrit sous le bras, penaud, sans plan d'action pour amener ma requête. D'un naturel discret et peu enclin à entamer une discussion, je me suis posté devant le commerçant, silencieux.

Le patron était l'archétype de ce métier, un vrai cliché,

barbe touffue et grisonnante, lunettes rondes, pull miteux, pantalon en tweed. Il m'a toisé un moment avant de me proposer de l'aide. Je lui ai tendu mon roman et la voix pleine d'hésitation, est sorti de ma bouche : « C'est moi qui l'ai écrit ».

La honte, je devais être rubicond. Manifestement ma timidité ou ma gêne l'ont attendri, il m'a répondu : « c'est bien mon garçon ! et tu veux que je le lise ? »

Je ne me souviens plus très bien ce qu'a été ma réplique. Un grognement, il me semble. Il m'a mis en garde : « je te préviens mon garçon, j'en ai vu passer des gamins comme toi qui avaient des rêves d'écriture et de grandeur. J'ai pris le temps de les lire, parfois une page, parfois deux, parfois jusqu'au bout mais peu importe l'ampleur de ma lecture, je donne toujours mon avis. S'il est positif, je le clamerai, s'il est négatif, je ne passerai pas par quatre chemins. File maintenant, repasse dans trois jours. »

Je me carapatai sans me faire prier. Il ne me restait plus qu'à attendre pour avoir un premier avis sur mes écrits. Je ne l'avais fait lire à personne, pas même à ma grand-mère, j'avais trop peur de son ressenti. Si elle n'avait pas aimé, j'aurais été déçu. Si elle avait aimé, animé par le manque de confiance en moi, je ne l'aurais pas cru. La critique professionnelle de cet homme marquerait un point de repère.

J'y suis retourné comme prévu, la boule au ventre, avec l'envie de découvrir si oui ou non, j'avais du talent. Quand je suis entré dans la boutique, le libraire a levé le nez d'un livre avant de tressaillir du sourcil. Je n'oublierai jamais ce qu'il m'a dit.

« Te revoilà mon garçon. Tiens, je te rends ton manuscrit. Je ne vais pas te faire languir plus longtemps et

te donner mon ressenti. C'est pas mal, pas mal du tout. C'est même assez bon. J'ai été agréablement surpris dès les premières lignes. Tu as quoi ? Vingt ans à tout casser ? Et pourtant, on sent une maturité dans ta manière d'écrire. Je ne dis pas que le style est parfait, loin de là, il y a des imperfections, des déséquilibres, des faiblesses mais avec le temps et du travail, tu affineras tout ça. En plus d'une plume prometteuse, il y a une histoire, une vraie histoire romanesque avec rebondissements, suspens, secrets. Il est rare de trouver une belle écriture et un bon scénario. Si tu as d'autres trames, je crois que tu as un avenir dans ce milieu. De tous les gosses qui sont passés ici, tu es celui qui me paraît être le plus doué. Attention à bien peser le poids de mes mots. Tu ne feras peut-être pas carrière dans ce domaine, il y a un facteur chance indiscutable que tous les deux, nous ne maîtrisons pas. Toutefois, tu as toutes les cartes en main pour jouer ta donne ».

Sous le coup de l'émotion, je l'ai remercié et lui ai demandé comment être édité.

« Ah l'édition mon garçon, un drôle de monde. Tu n'as que deux alternatives pour voir ton livre sortir de l'imprimerie. Passer par l'auto-édition, ce que je te déconseille fortement car tu n'auras pas accès à tous les canaux de distribution pour que ton ouvrage soit visible dans les librairies de France. Ou alors, passer par un éditeur classique, tu lui envoies ton manuscrit avec tes coordonnées et tu pries pour qu'il édite le tien. Certaines grosses maisons reçoivent cinq mille manuscrits à l'année et n'en publient qu'une dizaine. Ne te fais pas trop d'illusions. Ne sois pas trop impatient, ils prennent plusieurs semaines avant de donner une réponse »

Je lui ai posé ma dernière question, quelle est la meilleure maison d'édition et le meilleur éditeur.

« J'aime la façon dont tu prends le problème. Tu ne me demandes pas quelle maison te correspondra le mieux mais celle qui peut t'emmener le plus loin. Je te conseille les éditions du Paroxysme, elles ont un catalogue de belle qualité. À l'intérieur, essaie que ton roman arrive sur le bureau d'Éléonore Fleurot, elle est la meilleure. Dénicheuse de talent, elle a obtenu tous les prix littéraires avec ses poulains ou les a envoyés parmi les écrivains les plus prolifiques. Elle t'aidera à trouver ta voie. À mon niveau, je ne te serai plus très utile, si tu t'aventures sur cette voie, tiens-moi au courant, j'aimerais en connaître le dénouement. »

Ni une, ni deux, j'ai cherché l'adresse de la maison d'édition afin de leur envoyer mon manuscrit.

Suite à l'expédition, chaque soir, en rentrant de cours, je fonçais vers ma grand-mère pour qu'elle me donne mon courrier. Trois semaines pour réceptionner une réponse. J'ai déchiré l'enveloppe, à la fois excité et angoissé. J'ai encore en ma possession ce mot. Je vous le note ci-dessous.

Madame,

Notre comité de lecture a lu avec intérêt votre manuscrit *La tristesse du voyage retour*. Malheureusement, votre ouvrage n'a pas suscité une conviction suffisante pour être édité.

Croyez que nous resterons attentifs à ce que vous voudrez bien nous faire lire.

En vous remerciant de votre confiance, nous vous prions de croire à l'assurance de nos meilleurs sentiments.

Le service éditorial

Oui, vous avez bien lu, ils m'ont écrit en me prenant pour une femme. C'est ici qu'aurait dû s'arrêter mon destin littéraire.

J'allais apprendre que la persévérance finit par payer.

Je m'arrête pour aujourd'hui ma douce, les motifs de mon absence de mardi matin viendront dans les prochaines lettres.

Avec toute mon affection.

William

J'aimerais que vous soyez là, près de moi et que je puisse vous embrasser.

Chapitre 29

Ce chapitre de ma vie, je le nommerais : *Tu ne savais pas qu'il faut un lion, pour tuer un autre lion ?*

Je cours. Je dois régler cette affaire avec Patrice. Son comportement intolérable doit s'arrêter sur le champ.

Je m'entraîne environ cinq fois par semaine sur mon tapis de course. L'endurance, je n'en manque pas. Bien qu'il soit mon aîné de dix-sept années, Patrice pratique du sport à fréquence élevée aussi. Je gagne du terrain, rien de transcendant.

La nuit est totale. Nous courons en pleine rue à la lumière des réverbères.

Au départ, il avait sept halos de lampadaires d'avance sur moi, il n'en a plus que cinq. À plusieurs reprises, je l'ai intimé de s'arrêter en hurlant son prénom. J'ai fini par arrêter car cela gâchait mon oxygène.

Nous sommes à présent dans un quartier résidentiel. Une nouvelle ligne droite s'allonge devant nous. Il n'a plus que quatre lampadaires d'avance. J'impulse une accélération dans mes jambes. Je ne comprends pas pourquoi il court alors qu'il lui suffirait de m'affronter. Nous ne sommes pas des sauvages et nous n'allons pas en venir aux mains.

À l'angle suivant, nous déboulons sur un rond-point, il le traverse en enjambant le parterre de fleurs. Plus loin, il saute la barrière d'un pavillon et contourne la maison. Son petit manège est incompréhensible mais je l'imite. Si je renonce, ce sera une victoire pour lui et il ne me lâchera jamais. Il escalade le grillage du fond de jardin quand j'entends un aboiement surgir à ma droite.

Un chien, d'une taille impressionnante, la gueule ouverte, les muscles tendus, me fonce dessus. J'accélère encore, plus seulement avec la détermination de rattraper mon garde du corps mais avec la peur d'être mordu.

Patrice disparaît derrière la grille quand je m'engage dessus. Je grimpe aussi vite que possible. J'atteins le haut quand les crocs de la bête se plantent dans ma chaussure, me tirant vers le bas. De toutes mes forces, je m'accroche. Je contracte tous mes muscles et tente de me défaire de son emprise. J'agite mon pied en tout sens pour me libérer. Rien n'y fait, le chien ne lâche pas sa proie. Une lumière s'allume sur la terrasse. Je balance ma jambe vers le haut. Ma chaussure s'échappe et reste dans la gueule de mon assaillant.

Dans l'élan, mon corps bascule par-dessus la clôture et retombe de l'autre côté. En alerte, mon esprit vérifie la barrière de sécurité me séparant de l'animal avant de se concentrer sur Patrice. Je suis sur le sentier que nous avions emprunté lors de notre premier rendez-vous avec Anna. Notre course a dessiné une boucle du terrain de tennis en s'enfonçant dans la ville avant de revenir sur nos pas.

Face à moi se dresse l'obscure forêt. Le souffle haletant, je scrute le chemin. Patrice n'est ni sur ma droite, ni sur ma gauche. Il a dû s'enfoncer dans les bois. Impossible de deviner où il s'est engagé. Il peut être n'importe où. Les aboiements m'empêchent de me concentrer. Je fais un pas en avant, une pierre s'enfonce dans ma voûte plantaire. Une douleur irradie mon pied.

— Patrice ! Sors de là ! On doit discuter, lui ordonné-je.

Derrière moi, le chien hurle de plus belle. Je crie plus

fort.

— Qu'est-ce qui se passe ? répond une voix dans mon dos provenant de la maison du canidé. Je vais appeler la police.

L'envie de m'élancer dans la forêt en pleine nuit ne m'enchante guère. Clopin-clopant, je déguerpis d'ici pour ne pas avoir de problème avec les voisins après mon infraction. Je laisse derrière moi ma chaussure. Je marche jusqu'à ma moto. Je vérifie les coins mal éclairés dans lesquels Patrice pourrait se terrer.

Il n'est plus là.

Dépité, déçu, je retourne vers le parking. La résolution de Patrice à me pourrir la vie n'a pas de limite et ne sera pas mise à mal ce soir. L'échec cuisant de la course poursuite marque l'inégalité de notre combat, ma défaite galvanise sa force et rabaisse ma faiblesse. Jusqu'où ira-t-il ? Quand s'arrêtera-t-il ?

Je m'avance vers ma moto. Une enveloppe est posée sur le siège, une enveloppe semblable à celle que je recevais à une époque. Je l'ouvre. Des lettres découpées des pages de mes romans servent de calligraphie. Patrice n'a pas osé jouer avec ce mauvais souvenir. Il n'est pas si tordu, si fourbe, si malfaisant.

Je relis plusieurs fois cette unique phrase : Je suis de retour pour terminer le travail.

Chapitre 30

Ce chapitre de ma vie, je le nommerais : *J'ai beau tricher, fermer les yeux, dans ma tête monter des clichés, la vie que je mène est tachée.*

Sur la route, je bats des records de vitesse pour arriver avant Éléonore et prendre une longue douche. J'ai besoin de sentir l'eau brûlante sur mon corps.

L'embauche de Patrice, six ans auparavant, est liée à ces lettres de menaces que je recevais suite à la sortie du dernier tome de ma trilogie. Patrice connaît la terreur procurée par ces mots et il capitalise sur ce point pour jouer avec mes nerfs. Ses motivations sont nébuleuses, je ne les cerne pas. Il veut se venger de quelque chose, sans me faire de mal. J'espère. Je le souhaite.

La voiture d'Éléonore manque dans le garage, elle est encore à la soirée de lancement. Je jette mon unique chaussure dans la poubelle en prenant soin de la cacher sous des ordures. Toucher les déchets me dégoûte. Je me lave quatre fois les mains et saute sous la douche.

Beaucoup d'événements s'élèvent avec la vapeur d'eau, mon premier baiser avec Anna, la lettre relatant mon passé, la course poursuite de Patrice, ce message sur ma moto. Pour vous, ça peut sembler peu, dans mon monde de princesse névrosée, perchée en haut de sa tour d'ivoire avec la plus fiable des protections, cela ressemble grandement à l'apocalypse. L'image des lèvres douces de ma maîtresse subit l'assaut de mes années étudiantes, elles-mêmes terrassées par les foulées de Patrice.

Heureusement pour mes tourments, Éléonore rentre.

Je me force à palabrer, converser m'apaise. Ma femme propose de visionner un film en amoureux, je ne peux refuser. *Out of Africa*, quel choix surprenant ! Trente minutes après le début du film, pris par une envie soudaine, je l'ai caressée. Nous avons fait l'amour, sans force, avec beaucoup de tendresse.

J'entends vos allégations. Non, je n'ai pas pensé à une autre personne qu'Éléonore pendant notre moment. Et oui, il est probable que ce désir spontané vienne du moment volé quelques heures auparavant.

Prise de fatigue, Éléonore rejoint notre chambre. Bien éveillé, je préfère aller écrire la suite de mon passé. Je continue de tout dévoiler à Anna. Je le dois et en plus, je veux qu'elle me connaisse vraiment. Une heure du matin, je m'arrête et vais me coucher.

Aux aurores, je recommence mes sempiternels rituels, passage par le bureau d'Éléonore pour vérifier l'avancée de son travail, sport, douche, préparation du petit-déjeuner, séparation matinale, accueil de la femme de ménage, installation dans mon bureau.

J'écris quelques lignes de mon prochain roman et à presque dix heures, je fouille derrière un livre de ma bibliothèque pour en sortir le téléphone portable. Il s'allume. Une enveloppe apparaît dans le coin supérieur gauche. Je l'ouvre.

Est-ce vrai que vous écrivez un livre sur notre histoire ?

Cette question me fait l'effet d'une triple gifle.

Comment a-t-elle pu le savoir ?

Que dois-je lui dire ?

Comment prend-elle cette nouvelle ?

Chapitre 31

Ce chapitre de sa vie, je le nommerais : *J'avais oublié les refrains qui nous rappellent à l'ordre.*

À son bureau, Anna s'attelle à son labeur quotidien. Rien ne diffère de d'habitude, à l'exception du baiser échangé la veille avec William. Sans y poser des mots, quelque chose a changé, quelque chose d'invisible, d'imperceptible, elle se sent légère, soulagée, féminine, libre, désirable.

À son heure habituelle, le facteur pénètre dans l'entreprise et distribue le courrier du jour. Parmi cet amas d'enveloppes, une lui est destinée. Son nom et l'adresse sont notés avec des lettres découpées d'un roman. Elle déchire le rabat. À l'intérieur, un message est inscrit de manière similaire à l'enveloppe

Il se sert de vous. Il écrit un livre à partir de la relation que vous êtes en train de vivre.

D'abord, c'est le vide, le plus total. Une lumière lointaine s'allume dans son esprit, ressemblant à un feu-follet. Un moteur ronronne. Son mécanisme de réflexion se met en branle. Chaque pièce s'assemble. Anna se remémore le ticket trouvé dans le livre. C'était un pur hasard, William n'a pas pu manipuler ce point. Ce jeu était destiné à tous les lecteurs. Ensuite, il a envoyé la première lettre, cet envoi marque le début de leurs échanges. Leur passion part de là, de lui. Comment n'a-t-elle pas pu anticiper ce désastre ?

Anna envoie un SMS à William pour avoir confirmation de cette nouvelle humiliation. Sans concentration, elle zieute l'écran de son téléphone toutes les quatre secondes. Après une demi-heure, l'appareil sonne. Son amant lui explique que ce n'est pas tout à fait la vérité. Il tient à se justifier de vive voix auprès d'elle. Il peut être présent avant midi. Elle accepte de l'entendre dix minutes, pas une seconde de plus, après, elle a un déjeuner d'affaires avec son patron et des clients.

L'attente interminable l'emporte dans des hypothèses difformes. Accepter l'éventuelle véracité de cette lettre anonyme revient à balayer toute leur histoire car elle ne serait que mensonge. De son côté, personne, à part son psy, n'est au courant de sa relation secrète. Du côté de William, elle ignore quelles sont les personnes présentes dans le cercle, censé être restreint, de la confidence. Quel proche de son amant a pu envoyer ce message ? Et surtout, dans quel but ? Dans son SMS, William n'a pas nié les accusations. De toutes ses forces, elle s'oblige à entendre ses explications avant de tirer une conclusion irrévocable.

William prévient Anna qu'il se trouve à la porte de la société. Elle jette un coup d'œil à l'horloge, ponctuel. D'une démarche hésitante, elle avance vers la sortie. Elle ralentit sa respiration, elle le fait pour garder son calme, être aux aguets, prête à mettre un terme à leur aventure si elle pressent un mensonge.

Leur sourire, bien à eux, n'apparaît sur aucun de leur visage. Une tension latente les sépare. Ils se saluent et se rapprochent, pas suffisant pour briser cette glace tenace. William demande à voir la menace, Anna ne rechigne pas. L'écrivain l'examine, longtemps vu le peu de mots.

William monopolise la parole le temps d'une tirade justificative. Il commence par expliquer que, s'ils cachent leur courrier dans le bac à fleurs, c'est parce qu'il est certain que quelqu'un d'autre lit les lettres avant lui. Il affirme être épié lors de leurs rendez-vous. Il en vient à lui révéler les doutes sur l'intégrité de Patrice, son garde du corps, et la découverte en flagrant délit de lecture de son courrier. William a pris la décision, avec les conséquences qu'elle incombe, de limoger Patrice. Il ouvre une parenthèse et évoque l'incident, les lettres de menaces semblables à celle qu'Anna a reçue aujourd'hui, le coup de couteau. Hier, après leur baiser, Patrice l'espionnait, une course poursuite, à pied, a eu lieu, sans qu'il ne parvienne à le rattraper. Sur le siège de sa moto, une lettre similaire à la sienne, l'attendait. William narre la terreur générée par Patrice et sa motivation à annihiler leur relation avec ce courrier envoyé ce matin.

William avoue, il avoue avoir décidé d'écrire un roman mêlant fiction et réalité à travers la correspondance entretenue avec un lecteur. Quand Valentin, le chargé en communication de la maison d'édition a voulu glisser un ticket gagnant pour accélérer le lancement de ses ventes, il n'a pas été emballé jusqu'à ce que lui vienne l'idée d'écrire une histoire d'une rencontre hasardeuse, de voir jusqu'où cela pouvait le mener. William, compréhensif, dit que ce geste est pervers et fourbe mais qu'elle le comprendra si elle lit les futures lettres liées à son passé.

Ensuite, il revient sur cette soirée magique au restaurant, leur regard. Il a envoyé la première lettre dans l'esprit de ne pas nuire au couple d'Anna, d'écrire son nouveau roman et aussi, de découvrir ce qui se cachait derrière cette femme troublante. Avec une voix plus basse, un rythme plus lent, William susurre les bons sentiments qu'il lui porte. Il reconnaît sa bêtise de ne pas lui avoir dit la vérité. Il jure que toutes ses paroles, toutes ses émotions sont vraies. Il s'en veut de l'avoir trahie mais il ne pouvait plus reculer après tout ce temps. Patrice et sa psy sont les deux seuls membres de son entourage à être au courant de l'écriture de ce roman épistolaire imaginaire au détriment d'Anna.

Il affirme que Patrice ne fera pas de mal à sa famille. Son objectif est de le blesser lui, une sorte de vengeance personnelle. Et si, son ancien garde du corps touche à ce qu'elle a de plus précieux alors il fait la promesse de disparaître de la vie de sa maîtresse. En gage de confiance, William lui tend l'unique manuscrit en cours d'écriture relatant leur histoire depuis le ticket. Il lui propose d'en faire ce qu'elle désire, le lire, le détruire. Avec ce geste, il lui prouve l'important à ses yeux, leur liaison. En plus de l'ébauche, William lui donne une lettre, la suite de son début de carrière.

Anna, secouée par tous ces propos et ne voulant pas se précipiter, lui promet de réfléchir à leur avenir et de prendre la bonne décision car, par deux fois déjà, à espaces réduits, William l'a fait souffrir. Elle le salue de loin et tourne les talons. Elle se refuse à se retourner pour le voir, elle doit prendre du recul sur cette conversation.

Que ce soit à son déjeuner ou pour le reste de sa journée, sa conscience virevolte entre les mailles d'un filet, tel un papillon. Ce manuscrit l'obsède au point de l'avoir ouvert et caché dans le premier tiroir de son bureau. De cet angle, sa collègue Marie-Odile ne peut deviner si Anna travaille ou lit. Dès le commencement, elle plonge dans le passé, dans son passé, elle vit, revit les émotions de William et les siennes depuis le jour de son anniversaire. Des mots, des tournures de phrases la font sourire. Elle se surprend à découvrir les ressentis de son amant si loin des siens. Anna referme son tiroir. Elle ne veut pas en apprendre davantage, elle s'est forgé ses propres souvenirs de leur relation, elle ne veut pas les altérer, si elle les déforme, ils ne seront plus siens.

En sortant de l'entreprise, les enfants ne tarderont pas à quitter l'école, elle a juste le temps de se plonger dans la lettre de William.

Paris, le 16 mai

Cette réponse négative, indélicate de la maison d'édition aurait dû refroidir mes ardeurs. Normalement, mon caractère légitimiste m'intimerait d'accepter et d'aller voir ailleurs si j'y suis. J'avais fait une promesse, pas à n'importe qui et je ne baisserai pas les bras tant que je n'aurai pas tout tenté pour être édité. Et si toutes les possibilités ne fonctionnaient pas, j'en inventerai.

Ce libraire avait décelé en moi un soupçon de talent, avait orienté mon choix de maison d'édition, naturellement, il devait me conseiller pour aller plus loin dans ma démarche.

Mot de refus sous le bras, je retournai le voir. Je lui avais remis le courrier et je le revois très bien ouvrir la bouche en grand, pencher la tête en arrière et s'esclaffer.

« *Ton manuscrit est arrivé à un comité de lecture, toi comme moi ne pouvons savoir qui l'a lu. Peut-être était-ce un homme qui venait de perdre son chat. Ou une femme à peine célibataire. Ou un être hermétique à ta plume. Cet inconnu a lu quelques lignes de ton roman sans probablement le terminer. Il n'a pas jugé ton travail bon et t'a envoyé ce message type. Mon garçon, que croyais-tu ? Que les lettres françaises t'attendaient tel le messie ? Des écrivaillons comme toi, il en court à chaque coin de rue, ils veulent tous être édités et devenir des rock stars. Les seules rock stars sur cette terre, ce sont les* Stones *et personne d'autre. Oui, je t'ai dit que tu es doué et aussi que mon avis en valait un autre. Je ne suis pas éditeur mais libraire, chacun son métier. Ne désespère pas pour autant, il ne faut pas te restreindre à une seule maison d'édition, il en existe des dizaines, des centaines, tu vas finir par trouver chaussure à ton pied. Tu as peut-être visé trop haut avec celle-ci. On n'accède pas au trône si facilement. Passe par d'autres canaux, ton roman est bon, tu finiras par être publié. Sois patient ! »*

Ce jour-là, en quittant la librairie, j'ai appris deux choses.

Quand on me dit que je ne peux pas, j'ai envie de prouver que je peux.

Et, ce vieux grincheux avait raison, en ayant façonné seul ma culture, je suis passé à côté de plein de pépites et, les Stones *sont vraiment des rock stars.*

Je possédais les informations nécessaires à ma réussite, la meilleure maison d'édition, la meilleure éditrice, je devais donner un coup de pouce à la chance. Ma grand-mère vous aurait confié mon manque de témérité. Pas cette fois-ci, j'étais déterminé et ce, coûte que coûte.

Le siège de la maison d'édition Paroxysme ne se situe pas très loin de ma faculté. Tout est à proximité dans Paris lorsque l'on se déplace en vélo. Un après-midi, après les cours, j'y suis allé avec l'objectif de ne pas repartir tant que je n'aurai pas remis en main propre mon manuscrit à la grande éditrice, Éléonore Fleurot.

Une secrétaire, brune, cheveux tirés en chignon, au regard sévère s'est renseignée sur le motif de ma visite. Naïf et candide, la vérité vraie est sortie de ma bouche, aussi pure qu'une parole d'enfant. La jeune femme m'a gentiment indiqué que les éditeurs reçoivent des textes uni-

quement par voie postale ou par dépôt à leur accueil. Elle m'invite à le lui remettre et me congédie. J'ai insisté pour la rencontrer, ne serait-ce que deux minutes. Mon acharnement a duré plusieurs secondes. J'ai perdu cette bataille mais je ne comptais pas en rester là. Qui veut la paix prépare la guerre. Je l'ai prévenue que j'allais patienter sur les fauteuils jusqu'à apostropher l'éditrice à sa sortie. J'ai bien décelé une hésitation dans ses yeux noirs.

J'ignorais à quoi ressemblait Éléonore. Pour la repérer, je réveillais toute ma filouterie.

Dès qu'un membre féminin du personnel sortait de l'ascenseur, je me redressais, sur le qui-vive, prêt à bondir sur ma proie. Je guettais toute réaction suspecte de ma rivale signifiant la présence de ma future éditrice. Le défilé de départ des employés s'est étiré sur trois heures. Plus les aiguilles tournaient, plus je risquais de rater mon train. J'allais rentrer tard à Crépy-En-Valois, sans prévenir ma grand-mère qui, à coup sûr, s'inquiéterait. La délivrance survint à dix-neuf heures trente.

Une femme de taille moyenne, la trentaine, à l'allure élancée, à l'assurance sans faille, habillée au carré sans un pli, franchit les portes métalliques. Mon regard oscillait entre elle et la standardiste. Les paupières de l'hôtesse clignèrent à maintes reprises jusqu'à ce qu'elle baisse la tête. Pas de doute, Éléonore venait de passer devant moi.

Je l'ai suivie jusqu'à sa voiture garée deux rues plus loin. Je l'ai hélée par son nom et elle s'est retournée. La voix cafouillante, je lui ai expliqué les raisons de ma présence, sans omettre d'aborder l'épisode du libraire convaincu de mon talent. Avec attention, elle buvait mes paroles sans ciller, impavide. Elle m'a alors donné la démarche à suivre pour envoyer mon manuscrit au comité de lecture de la maison d'édition. En toute transparence, je lui ai raconté le refus reçu quelques jours plus tôt et mon soupçon du manque de professionnalisme de son équipe. Sa phrase suivante fut cinglante : « Seriez-vous en train de remettre en question le travail produit par la maison d'édition française la plus primée ? ». Des bafouilles et des bégaiements s'échappèrent de ma bouche. J'insistais tout de même pour avoir son avis d'experte en lui tendant mon roman. Éléonore l'a contemplé dans ses mains avec un tel dégoût que j'avais l'impression qu'elle allait vomir dessus. Elle a balancé le tas de feuilles dans la poubelle à côté de nous. J'observai ce dégueulis blanc dans la gueule de la poubelle, estomaqué, hagard. Je rassemblai mon roman pendant qu'elle disparaissait dans sa voiture. Sa portière claqua, clap de fin. Avant même qu'elle n'eut le temps de démarrer, je forçai la poignée. « Refermez cette porte de suite» m'ordonna-t-elle. Mon ultime rhétorique s'échappa, lui affirmant que je reviendrai tous les jours s'il le fallait tant qu'elle n'aurait pas lu au moins deux pages. Deux pages de lecture pour sa tranquillité. Elle se saisit du tas de feuilles et le lança au pied du siège passager. « Si vous n'avez pas de réponse de ma part, considérez que votre texte est minable. Convainquez-vous dès à présent que nous ne nous reverrons jamais ». Je me suis reculé pour ne pas qu'elle ne m'arrache un bras.

De toutes mes mésaventures professionnelles, je crois que celle-ci fut la plus violente.

Ne pensez pas ma douce que ma femme soit un être insensible capable de détruire les rêves d'un jeune homme. Son métier provoque la convoitise et elle partait du principe qu'elle devait faire confiance au comité de lecture. Comment aurais-je pu lui en vouloir ? Imaginez-vous si les cinq mille écrivaillons annuels harcelaient les éditeurs comme je l'ai fait ? Ce serait l'anarchie. Si les maisons d'édition ont instauré ce protocole, c'est pour une bonne raison.

Leur règle ne connaissait pas mon obstination.

Quatre jours plus tard, en rentrant de cours, ma grand-mère m'attendait sur le perron de la maison, un sourire jusqu'aux oreilles. Elle m'informait qu'Éléonore Fleurot avait téléphoné pour me parler de mon roman. Ma grand-mère m'avait félicité, enthousiaste d'apprendre que j'avais entamé la démarche de l'édition.

J'ai rappelé Éléonore, la discussion a duré cinq minutes. Elle me donnait rendez-vous pour fixer les termes du contrat d'édition. Le reste de l'histoire, vous la connaissez sans la connaître vraiment.

Un premier roman au succès retentissant suivi d'un deuxième, accompagné d'un mariage avec Éléonore. En cette période faste, officiellement, tout me réussissait. J'insiste sur le officiellement car en réalité j'ai beaucoup gagné mais j'ai perdu encore plus. Mon grand-père dirait qu'on n'a rien sans rien.

Ne cherchez pas de corrélation entre ces deux premières lettres sur mon passé ma douce et mon absence du mardi midi. Il n'y en a pas. Je veux que vous ayez l'explication dans son ensemble. Ici, je vous ai conté mon parcours d'écrivain, en affrontant ma timidité et mon manque de confiance en moi. Dans les prochaines, je vous raconterai tout ce que j'ai perdu et les motifs de ma motivation.

Il faudra remonter beaucoup plus loin que mes années universitaires, à une époque où j'étais encore un enfant, à une époque où les gens m'appelaient encore Jimmy. Parce que oui, ma douce, mon vrai prénom est Jimmy et je vous présenterai aussi mon frère jumeau.

J'arrête là pour aujourd'hui, fatigué par l'écriture et

terrassé par ce passé hanté.

Je vous embrasse,

William

Que j'aimerais me blottir contre votre sein.

Chapitre 32

Ce chapitre de ma vie, je le nommerais : *Mais c'est pas fini, on va continuer à voler dans les airs.*

Lundi 20 mai.

Anna a maintenant notre avenir entre ses mains. J'espère que mes excuses l'auront convaincue. Avant de rentrer chez moi, je passe par la poste récupérer le courrier de mon lectorat. Je me sens léger en franchissant les portes automatiques.

Quelle sublime sensation que la légèreté ! Aucune emprise, plus de pesanteur, vous êtes en lévitation avec les nuages. Rien, absolument rien ne peut vous atteindre, au-dessus de votre tête, l'allégresse vous protège. Si les anges existaient, ils vous auréoleraient du bout de leurs doigts. État d'esprit en contradiction avec le contexte morose, Anna ne voudra peut-être plus me parler, Patrice s'amuse à me pourrir la vie sans plus assurer ma protection. Quelques mois plus tôt, à situation similaire, j'aurai chuté vers le trente-sixième dessous.

Pour Anna, j'ai bon espoir qu'elle ne m'abandonne pas, ce que nous vivons ne peut être brisé. Pour Patrice, je l'accepte, il finira par digérer son départ et m'oublier. Quant à ma protection, elle est la véritable conséquence de ma légèreté. Le bureau de Poste est bondé et je patiente parmi la foule. Une agression pourrait survenir de n'importe quel côté mais je ne la crains pas, je ne la crains plus.

J'exagère légèrement. Tapie dans un recoin obscure de mon conscient ou de mon inconscient, ma paranoïa guette, rôde, prête à bondir si je baisse ma garde. Je jette des coups d'œil par-ci, par-là, pour vérifier qu'aucune personne suspecte ne se situe dans mon périmètre de sécurité. La guérison totale n'est pas pour tout de suite mais cette sortie en solitaire est un très grand pas en avant. Dolorès sera fière de moi.

Après des années de thérapie, je ressemble à quelqu'un de normal dans un endroit banal. On pourrait me confondre avec n'importe qui. Je réalise l'absurdité de mon comportement passé. Le coupable de l'incident étant derrière les barreaux, rien ne peut m'arriver. Comme le chante l'autre : *Il ne peut plus rien nous arriver d'affreux maintenant*. À force d'alimenter cette terreur au quotidien, j'ai fini par en devenir la victime. J'étais comme le lapin planqué au fond de son terrier, incapable d'en sortir sous la menace du fusil du chasseur pointé dans sa direction. Mais le chasseur ne peut rester nuit et jour à poursuivre sa proie, même cette ordure a besoin de repos.

La paranoïa se nourrit d'elle-même, difficile de lui faire entendre raison.

Je dois continuer à écouter Dolorès, arrêter de me lamenter sur mon passé, aller de l'avant.

Affalé sur mon bureau, j'allume quatre fois l'écran de mon téléphone. Pas de message d'Anna. Le désespoir ne me gagne pas, à cette heure, elle doit être occupée. Pour éviter l'oisiveté, je traite ma correspondance journalière. Des lecteurs espèrent recevoir ma réponse, lien unique, fébrile, prouvant que notre existence ne se résume pas seulement à des fictions. Cet exercice nécessite d'avoir du temps devant soi. Même s'il a un aspect très chronophage, j'y mets beaucoup de cœur. Dans un coin de ma tête, je n'oublie pas, amis lecteurs, que c'est vous et uniquement vous qui me faites gagner ma croûte. Ma grand-mère m'a appris à ne pas cracher dans la soupe.

Les missives s'enchaînent et ne se ressemblent pas, calligraphie fine, bavante, tordue, italique, grossière, scolaire avec des thèmes tantôt tristes, tantôt joyeux, amoureux, encourageants, familiaux. Dix ans de bons et loyaux services à vous écrire, chaque jour et vous arrivez encore à me surprendre.

La surprise, tout l'intérêt, celle qui survient quand on ne l'attend pas. Comme avec cette avant-dernière enveloppe qui me fait trembler les mains.

Mon nom et l'adresse de ma boîte postale sont notés avec des lettres découpées et collées d'un roman, probablement extirpées d'un des miens. Un bouton d'alerte s'allume, une sirène beugle, mon esprit devient le réceptacle de dispositifs d'alarme. Le procédé utilisé n'est autre que celui employé par mon agresseur avant l'incident. La différence, dans ce cas, est que le commanditaire ne se cache pas derrière l'anonymat. Patrice est l'expéditeur. Je ne peux contenir mon effroi face aux souvenirs de ces menaces.

À l'intérieur, une feuille couleur ivoire, arrachée de la fin d'un roman, toujours le mien a priori, parcourue par une unique phrase aux lettres mal alignées, à la forme d'un serpent. *Tu vas payer pour tout ce que tu m'as fait.* Cette phrase n'a pas de sens.

Ni une, ni deux, sans réfléchir, mon répertoire téléphonique atterrit sur mon bureau. Les pages tournent dans un balai colérique et s'arrêtent au S, Sonet Rémi, le policier qui s'était occupé de mon affaire des lettres de menaces en son temps.

Rémi Sonet est un type bien. Je ne me souviens plus de son grade dans la police, pas le plus haut mais loin d'être le plus bas. À l'époque, il n'avait pas quarante ans, il transpirait l'ambition et le désir de réaliser une grande carrière pour nous protéger, nous, ses concitoyens. Un type bien. Assez court sur pattes avec une allure de boxeur, on pouvait lire dans son regard qu'il ne fallait pas trop le titiller. Son sourire, à l'épreuve des balles, camouflait un tempérament hargneux. Sa chevelure assez courte, poivre et sel, racontait les tracas éprouvés par un métier sans pitié. J'ai toujours été admiratif des gens comme lui, capables de s'oublier pour se donner à l'autre. J'en suis l'opposé, plutôt à hurler « courage fuyons » que porter secours à un nécessiteux. Il faisait preuve de gentillesse et de compréhension à mon égard, peut-être parce que sa femme était l'une de mes lectrices. Un type bien. J'ai dédicacé tous mes livres à sa compagne. J'aurais pu signer n'importe quel prospectus si cela assurait ma sécurité. À chaque sortie de roman, je me fais fort d'envoyer un exemplaire dédicacé personnellement à sa charmante dame. C'est pour cette raison que j'ai directement composé son numéro.

Il décroche à la première sonnerie. Un type incontestablement bien.

Nous nous saluons brièvement, prenons des nouvelles de circonstances avant de lui exposer l'objet de mon appel. Il écoute avec attention sans me couper. Il répète mes propos afin d'en assurer leur compréhension. Il m'invite à me rendre au commissariat du onzième arrondissement pour en discuter de vive voix et prendre ma déposition. Il accepte de me recevoir dans la prochaine demi-heure.

Aucune question à se poser, le problème Patrice doit être réglé sans traîner.

Je déteste les commissariats, au même titre que les hôpitaux. La primordialité de ces lieux ne se remet pas en cause, j'émets ici une critique esthétique. Les fenêtres grisâtres, les portes ternes, les murs blancs, ocres ou taupe, le mobilier en acier n'offrent aucune chaleur aux visiteurs. Quitte à aller dans un lieu public, je préfère une église baignée dans la lumière multicolore de ses vitraux, ou une bibliothèque parfumée aux effluves de livres ou même une gare transpercée de part en part par des voyageurs en quête d'autres horizons.

Rémi Sonet vient me chercher sur ma chaise métallique bleue. Je le suis. Dans ma poche gauche, une sonnerie m'avertit de la réception d'un message sur mon téléphone portable. Anna. Mon doigt glisse sur l'écran.

Je comprends et j'accepte vos excuses. Pour vous faire pardonner, vous me devez un dîner romantique. Oui, j'ose réclamer.

Je range l'appareil de là où il vient et ne peux effacer notre sourire. L'euphorie s'empare de moi, j'ai à la fois envie de rigoler et de crier. Je rame avec Anna dans ce cycle sans fin. Tout va bien, tout va mal, tout va bien, tout va mal, désastre évité, problème relancé. Avec cette excellente nouvelle en poche, je me sens con à venir emmerder cet agent des forces de l'ordre qui doit avoir plus important à traiter. Rémi s'installe derrière son bureau. Nous allons, ensemble, mettre un terme aux agissements néfastes de Patrice. Rien ne peut plus entacher ce bonheur à ma portée. Le policier a un regard sérieux ou sévère, à définir. Il s'avance au bord de son fauteuil, pose les bras devant lui, croise les mains et prend une profonde inspiration. Un silence s'abat dans la pièce. Rémi s'apprête à s'exprimer sans quitter cette gravité incrustée dans chacun de ses pores.

— William, j'ai une mauvaise nouvelle à vous annoncer. Entre votre appel de tout à l'heure et votre venue, j'ai pris le temps de téléphoner à la maison d'arrêt de Vannes là où est incarcéré Christian Tassin, votre agresseur. Il devait y rester douze ans. Grâce à une bonne conduite et une remise de peine, il a pu sortir plus tôt. Il est en liberté depuis trois mois environ.

Chapitre 33

Ce chapitre de ma vie, je le nommerais : *On cherche la porte du nouveau monde pour pouvoir s'y fondre en grand.*

Il ne sert à rien d'écrire en ce début de chapitre une suite interminable d'adjectifs pour décrire l'effroyable stupeur de la mort qui tue, soulignez tout de même le superlatif de *effroyable stupeur de la mort qui tue*, qui s'abat sur moi. Cinq ans de thérapie, six ans sous la protection de Patrice, bientôt trois mois à revivre comme tout le monde, autant de travail sur moi-même soufflé comme un château de cartes par le grand méchant loup. Me revoilà à la merci de ce psychopathe.

Le retour à la maison a été des plus compliqués, j'imaginais ce fou furieux débouler du coin de la rue ou à chaque feu rouge pour terminer le travail commencé lors de la séance de dédicaces. Trop pressé d'atteindre sain et sauf ma maison, je n'ai pas toujours respecté le code de la route.

Avant de me poser, j'ai mis sous contrôle la sécurité des endroits stratégiques de mon domicile. Toutes les portes donnant sur l'extérieur sont verrouillées. Le système d'alarme et les caméras de surveillance sont actifs. Ma concentration fuse telle une balle rebondissante pour enfant, les idées ricochent sur des parois instables, dans des directions imprévisibles. Des images se superposent les unes sur les autres, tour à tour, des portraits se dessinent : Christian Tassin, Patrice, Rémi, Anna, Éléonore, Dolorès. Aucune hiérarchisation de ma conscience.

Le reste de ma journée ressemble à une infâme bouillie servie au fond d'un camp de prisonniers capables des pires abominations. L'incapacité à structurer choix et priorité ne me laisse aucune emprise sur les événements. Tout se mélange sans s'assembler.

Je flirte avec la mort depuis des semaines entières. Déjà lors de la sortie nocturne sur le sentier, avec Anna, il se cachait dans la forêt. Il était là, aussi, dans le parc. Il lisait mon courrier avant moi. Je lui ai couru après en pensant que c'était Patrice. Je me suis fourvoyé, j'ai accusé à tort mon seul ami. Où était-il encore sans que je ne le repère ? Que prépare ce psychopathe ?

Ma paranoïa se réveille gentiment plus affamée qu'une gangrène, irrespectueuse de mon bien-être. La voix de Dolorès, sortie de nulle part, s'élève dans la maison.

William, fermez les yeux ! Respirez à fond ! Détendez-vous ! La situation reste gérable. Priorisez ! Choisissez ! Réagissez !

J'inspire. L'air pénètre dans mes poumons par salves lentes. Un étroit couloir se dessine dans mon esprit, long, sombre, au bout duquel une porte entrouverte laisse échapper une faible lumière. Je m'y avance, sans me presser. Mes pas sont souples, réguliers. Ma main se pose sur une poignée en acier, froide. Patrice se tient debout dans l'embrasure, sûr de lui, fixant l'autre extrémité du corridor, plongée dans les ténèbres, sans s'intéresser à moi. C'est lui, la solution, la protection, le bouclier, l'armure indestructible.

Sans rancune, sans honneur, sans orgueil, je lui téléphone. Il est obligé de reprendre du service. Une vie en dépend, et pas n'importe laquelle, la mienne. Mes trois appels terminent sur son répondeur, je lui laisse un message de détresse avec l'espoir qu'il viendra au plus vite à ma rescousse.

J'enchaîne avec le numéro d'Éléonore. Mon débit de parole en cascade, mon manque d'articulation et de discernement obligent ma femme à mettre fin à la conversation en annonçant qu'elle quitte illico presto la maison d'édition. Je scrute son arrivée depuis les caméras de vidéosurveillance. Sa Mini se poste devant le portail du garage. Je descends au sous-sol. Malgré le système automatique de protection, je veille à ce que personne ne pénètre chez nous suite à son entrée.

— Que se passe-t-il ? demande-t-elle en claquant d'un mouvement sec la portière.

Je lui explique tout. Presque tout. Presque rien. Juste l'essentiel. J'évoque la lettre de menaces, le contact avec Rémi Sonet, mon passage au commissariat, la libération de Christian Tassin.

— Tu as téléphoné à Patrice ? enquête-t-elle.

— C'est la première chose que j'ai faite. Il ne décroche pas.

— Que s'est-il passé entre vous pour qu'il ne prenne même plus la peine de te parler ?

— Putain Éléonore, je te dis que ce putain de psychopathe, qui m'a déjà poignardé, est dans la nature à ma recherche et toi, tu cherches à connaître les cancans.

— Tu vas commencer par me parler sur un autre ton. Si tu te retrouves sans protection, c'est entièrement de ta faute, alors tu vas te calmer. On va trouver une solution. Je ne veux pas des cancans mais j'aimerais réparer ton erreur et faire revenir Patrice.

— Oui. Excuse-moi. Je n'arrive plus à réfléchir correctement.

— Je vois ça. On va procéder par ordre. Tu prends

rendez-vous avec Dolorès. Pendant ce temps, je vais tenter de joindre Patrice. Si je n'y parviens pas, nous contacterons la société de sécurité rapprochée avec laquelle nous avions été mis en contact avant d'avoir trouvé Patrice. Ils posteront un agent à chaque entrée de la maison. Quant à toi, jusqu'à ce que nous en sachions plus par la police, tu ne quitteras pas la maison. Ça te va ?

— Je crois oui.

— Que t'a dit la police ?

— Qu'ils me rappellent quand ils ont des nouvelles.

— Nous en saurons plus le moment venu. Fais en sorte que Dolorès passe demain chez nous. Je pars vendredi matin pour le BookExpo de New-York et je ne serai de retour que mardi prochain.

Sa dernière phrase me glace le sang. Éléonore me voit désemparé.

— Ne me dis pas que tu as oublié ? siffle-t-elle.

— Non. Enfin si.

— Peu importe, nous ferons le maximum pour que tout soit réglé d'ici là.

La capacité de ma femme à gérer est une qualité appréciable pour un homme tel que moi, vite submergé par ses émotions. Que serais-je sans elle ? Nous nous attelons à réaliser nos prérogatives. Mon rendez-vous est pris avec ma psy. Patrice ne rappelle pas. Un responsable de la société de sécurité rapprochée passe demain matin pour définir nos besoins en attendant d'en apprendre plus par la police. Éléonore m'envoie me changer les idées sous une douche chaude pendant qu'elle prépare notre dîner. Elle essaie, avec gentillesse et dévotion, de lancer des sujets de discussion pour ne pas que je me focalise sur mon agresseur. Je picore du bout de ma fourchette les légumes cuisinés à la vapeur. Un barrage anti-intrusion empêche tout aliment coupé trop gros de passer mon œsophage.

— Mange William, m'infantilise Éléonore.

— Je n'ai pas faim.

— Ne te laisse pas abattre. Je sais que c'est compliqué pour toi mais c'est agaçant d'avoir une loque en face de moi.

Elle n'a pas toujours les bons mots pour me remonter le moral.

— Je veux bien me mettre à ta place et être compréhensive mais tu me déprimes avec ta tête de chien battu. Tu veux que l'on regarde un film après le dîner ?

— C'est gentil à toi mais je vais écrire.

— Pour te morfondre, oui. Ne reste pas seul ce soir, viens dans le sofa avec moi.

— Je vais écrire pour ne pas penser.

— Comme tu voudras.

Je m'enferme dans mon bureau. Je n'écrirai pas. Je n'ai pas la tête à cela. Comment un artiste, dont la vie peut être terminée à chaque seconde, pourrait être créatif ? Le mythe de l'écrivain torturé existe, moi, je préfère être un écrivain vivant. Pour me remonter le moral, ou pour brouiller mon esprit, je me sers un premier verre de rhum.

Le mythe de l'écrivain alcoolique existe aussi.

Le liquide liquoreux se faufile dans ma gorge, laissant dans mon être une trace chaude, délicate, rassurante. Le comportement d'Éléonore me touche, après toutes ces années de mariage, elle prend encore soin de moi comme le petit garçon qu'elle n'aura jamais, comme son poulain, jeune étalon fougueux, pas totalement sevré. J'ai de la chance de l'avoir. Contre toute l'affection et la précaution dont elle fait preuve, je sors mon téléphone portable de sa cachette. Je relis le SMS d'Anna.

Je comprends et j'accepte vos excuses. Pour vous faire pardonner, vous me devez un dîner romantique. Oui, j'ose réclamer.

Un dîner romantique ? Comment faire ? Elle a sa vie de famille, je suis coincé avec Éléono… Dans mon malheur, la plus grande solitude m'attend durant quatre jours avec le départ de ma femme pour New-York. Cette malchance se transforme en aubaine. D'ici là, ma sécurité sera assurée et je n'aurai plus qu'à me soucier de ma douce. Malgré l'heure tardive, je lui réponds, non sans être parcouru d'un frisson d'excitation.

Bonsoir. Suite à quelques désagréments, je vais être contraint, pour les prochains jours, de rester cloîtré chez moi. Je vous expliquerai. Ma femme part en déplacement ce vendredi jusqu'au mardi. Vous avez libre choix du jour pour venir dîner à la maison.

Attendons de voir si le message lancé tombe entre les bonnes mains de ma pécheresse.

Chapitre 34

Ce chapitre de ma vie, je le nommerais : *Il nous faudrait juste un peu de chance, merde, j'en ai marre de la routine. La misère et la déprime me poussent au crime.*

Amis lecteurs, si, pour une occasion particulière, ou pas d'ailleurs, vous n'avez pas dans votre entourage, une personne compétente pour paramétrer, orchestrer, agencer, séquencer, ou tout autre besoin en corrélation avec un verbe du champ lexical de l'organisation, écrivez-moi. Je vous mettrai en relation avec ma femme.

Le détail le plus marquant dans ses yeux n'est pas visible à l'œil nu, c'est un compas, bien profondément enfoncé dans le fond de son orbite. J'ai pleinement réalisé l'ampleur de sa faculté de déduction lorsque j'ai récupéré quelques affaires après la mort de ma grand-mère.

Dans un placard de la maison de mes aïeuls, caché entre un chien en peluche miteux et un Walkman cassette Sony avec les écouteurs en mousse accrochés miraculeusement à une tige en fer, se cachait mon Rubik's Cube. Du temps de ma jeunesse, j'avais lu le livre des solutions de bout en bout, maintes fois, pour en retenir les rouages. J'avais appris les combinaisons par cœur car à l'époque ce jeu était à la mode et donc idéal pour se faire remarquer dans la cour de récréation.

De retour chez nous à Paris, je m'y suis adonné à nouveau. Comme le vélo, ça ne s'oublie pas, quelques mouvements s'effacent de notre mémoire quand l'essentiel reste. À la vue de mon amusement, Éléonore avait tenu à essayer. Tout en me posant des questions et en s'intéressant à l'objet, elle avait regroupé chaque couleur par face, sans aide. Elle n'en avait jamais manipulé avant. Intrigué par sa performance, je lui ai acheté d'autres modèles, triangulaire, octogonal, à quatre rangées, à cinq rangées. Elle en est venue à bout, sans exception, avec plus ou moins de temps de réflexion. Aucun ne lui a résisté. Quand je lui avais demandé quel était son secret, elle a répondu, simplement, avec une touche de désinvolture : « c'est de la logique ». Elle venait d'anéantir vingt ans de gloire dans la cour de récréation. J'étais bon pour une nouvelle thérapie.

Éléonore est brillantissime, rien ne lui échappe et rien ne peut lui échapper. Un rendez-vous impromptu d'une importance capitale s'incruste en urgence, elle vous le greffe dans son agenda sans en vérifier les pages et les plages disponibles. Une valise à boucler ? Je n'y touche pas. Elle y enfourne plus de vêtements et de nécessaires de toilette qu'elle ne peut en contenir. Appelez-la Mary Poppin's. Et, en plus, lorsque je retourne les habits pliés au carré, en quête de ma brosse à dents, depuis une autre pièce, elle m'informe l'avoir rangée dans la pochette du dessus.

Il vous faut une personne ponctuelle ? Éléonore est là. Synchronisez-vous avec ma femme et l'horloge parlante car une seconde d'avance c'est de l'impolitesse, une seconde de retard, c'est de l'irrespect. Ne cherchez plus les erreurs dans le jeu des sept différences, Éléonore a déjà trouvé la huitième. Plus ajustée qu'un métronome, plus aiguisée qu'un couteau suisse.

Éléonore souhaite partir en déplacement pour le salon, sans rien laisser dépasser du cadre. Dolorès passe vendredi, samedi et lundi pour m'aider à garder le contrôle. Une équipe de deux hommes se relaie toutes les huit heures pour que les issues de la maison ne soient jamais sans surveillance. Le réfrigérateur et le cellier dégueulent d'aliments, assez pour tenir un siège de plusieurs mois. Je ne mourrai pas de faim. Des films et des livres ont été achetés. Je ne mourrai pas d'ennui. Son téléphone portable restera joignable à n'importe quel moment de la journée. Je suis seul et elle ne s'inquiétera pas.

Depuis la dernière, je n'ai plus reçu de lettre de menaces dans le courrier récupéré par les agents de sécurité. Ils n'entrent que pour me remettre ma correspondance et encore, ils ne dépassent pas le premier sas de la maison. Je ne leur fais pas confiance pour qu'ils marchent sur les plates-bandes de mon intimité. Je m'attends à avoir des nouvelles de Christian Tassin d'un jour à l'autre. Il est comme une goutte d'eau à l'extrémité d'un robinet coupé, prête à tomber, à s'écraser dans le fond du lavabo, sans prévoir l'instant exact de la chute. Même si l'important n'est pas la chute mais l'atterrissage.

Mon état d'anxiété, lié à la présence plus ou moins proche du mécréant, connaît un calme relatif. En des temps pas si lointains, j'aurais ressemblé à une feuille morte, tremblotante, balayée par la plus infime des brises, déchirée par le moindre bruit. Aujourd'hui, de la sève coule dans mes veines, d'un liquide vigoureux et tonifié, pas assez puissant pour me donner toute confiance en moi et en la robustesse infranchissable des murs de ma maison mais suffisant pour tenir debout. Le vent ne m'a pas encore arraché de mon arbre, je m'y accroche.

Cette sève de la résistance a un nom. Anna.

Nous sommes le vendredi matin de notre ère, je patiente. D'ici une poignée d'heures, Éléonore aura atterri et mon plan pourra être mis à exécution. Je n'entame aucun loisir ou travail que je ne saurais terminer. Les aiguilles tournent à leur vitesse. Je m'y accorde. Je me plante dans le canapé, vert de ne pouvoir accélérer le temps, léthargique à rester inactif, une vraie plante de salon. Je ne lâche pas l'horloge murale, un bel objet en bois et en or, chinée par Éléonore chez un antiquaire. Notez bien que je n'ai pas écrit, *trouvé en brocante* mais *chiné chez un antiquaire*, ma femme insisterait lourdement sur la nuance de ces deux propos. On est une bourgeoise parisienne ou on ne l'est pas, parole d'une collectionneuse de petits riens. Le mouvement hypnotique du pendule m'endort. Le sommeil ne m'a pas vraiment rendu visite cette nuit. Ma tête roule avec délicatesse sur le côté sans que je ne puisse la retenir. Un coucou violent, au chant virulent, me sort de mon assoupissement.

Onze heures.

Je téléphone à ma femme. Elle est bien arrivée. Mes jambes montent l'escalier quatre à quatre. La porte de mon bureau s'ouvre à la volée. D'un saut de biche, je fonds sur mon fauteuil. À l'aide des roulettes, je glisse sur le plancher jusqu'à ma cachette. L'objet de tous les mensonges, de toutes les transgressions se cale dans le creux de ma main, plus dangereux que le premier fruit défendu. Mes doigts tapotent mon message, un SMS, signal du début des festivités.

Ma femme est partie. Je vous attends ce soir à 19h ma douce.

Chapitre 35

Ce chapitre de sa vie, je le nommerais : *Je te promets un moment de fièvre et de douceur, pas toute la nuit mais quelques heures.*

Anna a parfaitement conscience des risques encourus et elle redouble de précautions en ce sens. Ce dénommé Patrice, illustre inconnu à ses yeux, introduit par malheur dans son jardin secret, est capable d'en écraser les plus ravissantes fleurs de ses lourdes bottines. L'énergumène n'a pas hésité à envoyer une lettre sur son lieu de travail, une bienveillante mise en garde contre les agissements secrets et fourbes de son amant. Pourquoi un tel acte de charité au juste ? Elle se demande si cet homme pourrait entrer en contact avec son mari. Que se passerait-il ?

Anna s'est longuement questionnée sur les motivations de cet homme à organiser la destruction de leur relation. Tous les jours, on voit, on entend, on sent, on perçoit, on anticipe, on ressent des horreurs et des calomnies. Alors pourquoi saccager la simplicité et la félicité ? Sa relation avec William est précieuse, aussi unique et brutale qu'un lever de soleil. Anna ne comprend définitivement pas ce sabotage, cette motivation à transformer cette flamboyance en cendres. Sans prendre en considération que, dans son sillon, il brisera une famille. Sa famille. Si son cocon familial venait à imploser, Patrice n'en serait pas le seul responsable. Elle joue avec le feu depuis des semaines.

Anna en conclut que si la fin du monde devait arriver, ce serait ce jour-là. Et si ce n'est pas la fin du monde, ce sera la fin du sien. William a mis hardiesse à tenter de la convaincre qu'elle et sa famille ne craignaient rien de ce

Patrice. Elle se force à le croire.

Elle profite d'un bien-être sans précédent par pur égoïsme. À dépasser les bornes, elle s'expose à la démolition au bulldozer de ce qu'elle a bâti tout au long de sa vie. Si elle ne voulait pas se retrouver sur cet inconfortable siège éjectable, il ne fallait pas s'y asseoir. Personne ne l'a forcée à débuter cette relation épistolaire, elle ne s'est pas interdit d'aller toujours plus en amont du danger. Tout s'est déroulé dans la plus grande liberté, sans obligation. À aucun moment, William n'a guidé sa main quand elle écrivait des mots d'amour. Jamais, il n'a collé ses lèvres de force contre les siennes. Ils ont toujours été deux adultes consentants, émancipés de toute règle, affranchis de toute promesse.

Elle ment à son entourage depuis le début, à elle d'abord, en croyant maîtriser une situation à la tournure incontrôlable. On pense pouvoir arrêter la vague, on en est persuadé. On connaît déjà ce raz-de-marée, jusque dans sa puissance, sa hauteur et pourtant, la nature a le privilège d'illimité. L'inimaginable devient possible. L'écume devenue vaguelette devenue vague devenue tempête se mue encore, en tsunami cette fois. Il emporte jusqu'aux plus minimes fragments de la certitude et du contrôle. Il fracasse ce qu'on a de plus précieux.

À sa famille, aussi, elle a menti, surtout à son mari, auquel elle cache tout un pan de son existence. Elle a installé un voile dans sa vie conjugale et se rend, à sa guise, du côté le plus sombre quand bon lui chante, en s'enfonçant toujours plus loin sur ce sentier mystérieux, main dans la main avec son amant. Les remords sont partout, ils ne la quittent pas et ils mordent sa chair quand Bertrand pose les yeux sur elle. Ils sont ténus ces remords-là, pas assez pour vaincre les sentiments qu'elle porte pour William. Elle se promet, après chaque lettre, chaque sortie, chaque écart qu'elle ne trompera plus son mari. Un mensonge en rattrape un autre, ils s'accumulent les uns derrière les autres, bien sagement rangés, chapelet odieux de l'adultère.

Anna pointe avec lucidité le mal engendré par cette pluie de faussetés. Ces fautes commises flattent sa vanité. Sinon quoi d'autre ? Elle possède déjà tout, une famille, un toit, un travail, de l'amour. S'en satisfait-elle ? Son comportement lui apporte son lot de réponses négatives. Le cœur a plus de coffre que la raison. La fadeur de son quotidien ne peut plus la contenter. Renoncer à William est inenvisageable. Elle ne peut désavouer ses émotions. Sa relation secrète est le plus important. En tant que maman, sa pensée est odieuse, en tant que femme, sa pensée est merveilleuse. Elle veut profiter de cette chance. Ce dîner sera peut-être unique mais il doit impérativement avoir lieu. Et ce futur instant de bonheur l'oblige à mentir à Bertrand. Une soirée est organisée avec les copines du sport du jeudi, dîner plus théâtre à Paris, ce vendredi. Est-ce bien là une vérité ou une couverture ? La tromperie prend soin d'elle, cette tromperie pare, pouponne, travestit, masque et revêt son plus beau déguisement à la vérité, celui de la médiocrité.

Vendredi est la soirée de sa vie.

Elle se prépare. Elle s'apprête. Elle s'épile. Elle se maquille. Elle s'habille. Elle se coiffe. Elle se parfume.

Elle se veut fleur. Elle se veut belle-de-jour. Elle se veut belle-de-nuit. Elle se veut l'éphémère, reine de passage, cueillie par les doigts délicats de son amant, qu'il défasse bouton d'or et bouton d'argent, un à un, pour qu'elle transparaisse dans sa nudité voluptueuse. Elle se compare à un nénuphar, les pieds engoncés dans la terre boueuse, le corps en flottaison dans une eau stagnante et la tête dans les nuages. Anna se sent prête à être plantée, labourée, arrosée, dans le respect de sa promesse, le platonisme. Une promesse bien vaine face aux désirs croissants dans le bas de son ventre. Elle se donnera. Elle espère juste que dans cet élan fougueux, William ne franchira pas la limite interdite.

Avant de quitter son domicile, elle embrasse ses garçons et salue Bertrand, avachi dans le canapé.

— Tu es drôlement belle, la complimente-t-elle.

— Je vais au théâtre.

— Je sais. Amuse-toi bien, ça va te faire un bien fou cette sortie entre copines.

Anna dépose un baiser sur ses lèvres, non sans rougir.

Dans la voiture, son humeur s'harmonise avec l'euphorie. William l'a mise en garde, devant chez lui, il y a des agents de sécurité, il a promis de lui expliquer l'objet de leur présence. Ils sont prévenus de sa venue. Elle ne les a même pas remarqués. Elle se retient de ne pas courir pour ne pas passer pour une folle excentrique.

William lui ouvre la porte.

Rasé de frais, spécialement pour l'occasion, il est vêtu d'un jean et d'une chemise assortie à sa tenue à elle. Anna a choisi une robe blanche, proche du corps, afin de mettre ses formes en valeur et attiser le désir de son bien-aimé. Elle a opté pour cette couleur en rappel à la pureté, l'immaculé, la virginité, elle l'a pourtant perdue il y a bien des années mais cette soirée, elle la considère comme une exclusivité, comme un premier découcher. À chacun de ses pas, sa robe ondoie, une corolle originelle, symbole d'une offrande.

William invite Anna à entrer. Elle lui rend son manuscrit sur leur relation, en cours d'écriture, en l'intimant d'en faire une histoire sans fin s'il ne voulait pas de représailles. L'écrivain s'inquiète de connaître son ressenti sur son texte, elle avoue ne pas l'avoir lu, elle ne voulait pas toucher à ses propres souvenirs de leur passion. Ce récit aurait pris le dessus sur son imaginaire et elle n'aurait plus réussi à démêler sa perception de celle de William.

Ils boivent un apéritif, une coupe de champagne. William explique brièvement les raisons de la présence d'agents de sécurité autour de sa maison, sans s'épandre pour ne pas gâcher l'ambiance. Les sujets dévient, ils parlent d'eux, de leurs débuts, de l'impensable, du bonheur, de l'amour, du présent. Dans leurs yeux éclatent des milliards de bulles, reflet du précieux pétillant dans le fond de leur verre. Ils se dévorent du regard, prêt à se propulser l'un contre l'autre pour libérer cette décharge émotionnelle. Leur sourire ne les quitte pas, rictus figé, rictus éclatant, rictus étincelant.

Ils passent à table. Les amants s'y forcent. Aucun d'eux n'a d'appétit si ce n'est pour le corps de l'autre. Ils veulent prendre leur temps, s'imprégner de leurs mouvements, se les enregistrer et se les repasser lors de longues soirées d'hiver quand les saisons auront sillonné les murs. En entrée, William a préparé une salade, fraîche, légère, vivifiante. Il a débouché une bonne bouteille de vin. Il jubile en imaginant le nectar glisser dans la bouche d'Anna, sous sa langue, caressant, au passage, ses papilles avec des saveurs inconnues. À la première gorgée, les épaules d'Anna s'affaissent légèrement, William le remarque. En plat de résistance, il a mijoté des spaghettis alle vongole. Anna rougit devant cette attention particulière, il se rappelle de son portrait chinois. Elle les déguste. Elle termine son assiette, sans en laisser une miette. William ramène les desserts, sa mémoire ne lui fait pas défaut, devant elle, son péché mignon, une charlotte aux fraises provenant d'un des meilleurs pâtissiers de la capitale. Anna n'y touche pas.

— Vous n'en voulez pas ? s'interloque William.

— Je veux le manger sur votre corps. Nu.

Les joues de son amant s'empourprent, plus rubicondes et plus goûteuses que les fraises dans son assiette. Il recouvre ses esprits et lui propose une danse. Anna accepte. Avec une télécommande, William lance la musique. *Parce que je* de Goldman. Anna a envie de pleurer. Debout, ils se serrent l'un contre l'autre, ne laissant aucun espace entre eux pour que rien ne puisse jamais les séparer. Ils tournent. Avec lenteur. Les fragrances de leur parfum se mélangent, s'harmonisent, s'accouplent, le jasmin se fond dans le musc. Les paroles de la chanson les avalent, les mots leur font écho. Leurs bouches se rapprochent. Elles ne font plus qu'une.

Anna se recule. Elle lui tourne le dos. D'un geste souple, elle remonte ses cheveux en chignon. Sa nuque gracile se dévoile. Elle ne bouge plus. Elle attend. William comprend qu'elle souhaite le sentir défaire sa robe. La fermeture descend jusqu'au creux de ses reins. Sa tenue tombe doucement, découvrant son corps petit à petit. Anna se retourne à moitié nue. Elle déboutonne sa chemise. Un bouton par un bouton. Sans précipitation. Comme si elle épluchait un fruit juteux, dans l'attente d'y planter ses crocs. Un baiser, long, langoureux s'étire. À la cadence des notes de musique, leurs vêtements échouent à leurs pieds, arrachés avec exaltation tels les pétales d'une marguerite. Un peu. Beaucoup. À la folie. Passionnément. Plus de tissu. Nus. Ils se sourient encore, sans gêne, sans timidité. William effleure le téton d'Anna, ferme, gorgé d'excitation. Anna entrevoit, sans poser dessus un œil franc, l'ardeur du membre de William. La terre gronde. Le sol se dérobe. Pour ne pas sombrer trop vite dans l'extase, elle se raccroche à cette branche tendue, robuste. Il la rattrape et la bascule sur le canapé, emportés dans leur délicieux naufrage.

William s'allonge près d'Anna. Leurs lèvres ne se séparent plus. Leur corps se touchent, se frôlent et chaque endroit devient une explosion sensorielle. Anna se métamorphose en cette fleur souhaitée quelques heures plus tôt. Cette plante qu'elle veut sentir convoitée par l'homme à ses côtés. William la cueille. Sa main caresse la pelouse foisonnante. Il est bercé par une brise fraîche comme chatouillé par les épis d'un champ de blé. Il reste ainsi un court instant avant de plaquer volontairement sa paume sur son intimité. Anna gémit. Anna est une fleur de lune, cette gracieuse qui n'écarte ses pétales qu'à la nuit tombée, bien ouverte. William titille le bourgeon dissimulé, plus il est cajolé, plus il se ragaillardit. Il dépose des baisers goulus dans le cou de sa douce, il descend vers la clavicule, il descend plus bas, vers ses seins. Il la goûte toute entière, sans rien délaisser. Ses lèvres dévalent ses courbes élancées pour atteindre cet endroit sacré. La respiration d'Anna est haletante. La langue de son amant arrose son bourgeon. Il prend racine. Il puise sa force dans la chaleur de son corps cambré, il use et abuse de tous les recoins de son être. Un bourgeon devenu jeune pousse, sans tuteur, incontrôlable qui s'éparpille sur cette riche friche. Elle plante ses ongles là où elle peut, sofa, oreiller, épaule. Elle cherche à résister mais à quoi bon ? L'arbuste poursuit son inexorable croissance au rythme effréné de la langue de William, plus puissant, plus destructeur. Sa sève s'écoule des abysses de la racine la plus profonde jusqu'à la cime de la plus haute feuille, source de plaisir, inépuisable. L'apocalypse approche, elle se cache sous l'écorce de chacun de ses pores.

Anna a peur, elle a peur car une boule de feu jaillit une première fois dans le bas de son ventre, elle craint qu'elle n'embrase son être. Avec toujours plus de vigueur, les doigts de William ne cessent de jouer . Il les faufile dans le terrier, à présent inondé par son désir. Il essaie d'éteindre l'incendie, il se sert de sa langue humide pour cela. L'état de sa douce empire. William dévore, suçote, lèche, se délecte. Anna perd tout repère, embrumée par un bruit de succion lointain. Elle est au pied de l'arbre, du chêne séculaire, du baobab. Elle croit atteindre le nirvana, la plénitude mais c'est en réalité l'arbre qui cache la forêt. Elle se relève un peu et aperçoit William en train de rabrouer, labourer de sa langue et de ses doigts. L'arbre est toujours là mais, à ses côtés, une horde d'autres troncs, plus vigoureux les uns que les autres, plonge dans son entre-jambes. Elle jouit. Elle explose. Elle se désagrège. Elle ne contrôle plus rien. Oui. Oui. Oui. Oui. Voilà les seuls mots autorisés à sortir de sa bouche. William n'arrête pas pour autant. Il veut que la plus haute branche atteigne le ciel. Le ciel ? Que dis-je ? La lune, le soleil, l'autre bout de la galaxie. Des milliards d'étoiles filantes scintillent et illuminent l'esprit d'Anna avant de s'éteindre tout aussi brutalement. Le final de cette aurore boréale laisse son corps inerte au milieu du salon.

Dans un ultime effort, elle se redresse, allonge William à sa place. Elle s'empare du fraisier posé sur la table du salon et étale de la chantilly sur le torse musculeux.

Elle commence par ses pectoraux descend sous la ligne du nombril et en étale sur la tige du fruitier. Elle dispose des fraises à des points stratégiques. William se régale de la première lampée, une décharge se déverse sous sa ceinture. Plus elle se rapprochera du fruit défendu et plus il sera difficile de se contenir. Anna gloutonne, avale l'émulsion. Elle veut tout gober. Souvent, une bouchée suffit à faire disparaître le nappage blanc mais par moment, sa bouche est trop petite et la crème trop grande. Elle doit s'y reprendre à deux fois. Alors elle se sert de l'extrémité de sa langue contractée et s'adapte aux sillons de sa musculature. Il ne doit plus rien rester sur ce corps d'Apollon. On liquide tout et on s'en va. Anna atteint le dernier fruit, la banane, grande, vaillante, arquée. Gourmande, elle fait disparaître la moitié dans sa bouche. William laisse s'échapper un râle rocailleux. Il s'empare d'un coussin qu'il plaque sur sa tête pour étouffer ce débordement d'énergie. Elle se retire tout aussitôt. Elle plaque sa main sur son ventre, ses doigts sont tels une plante grimpante, et de l'autre, elle va, elle vient, elle pompe, elle branle. Crinière en arrière, elle récupère de son orgasme, en quête de lucidité, pour offrir à William au moins autant de jouissance qu'elle en a reçue. Son poignet monte, descend, monte, descend dans le plus affriolant des ascenseurs émotionnels, direction le dernier étage, direction le septième ciel. Elle lustre le barreau de bois avec ferveur. Elle astique l'argenterie avec vigueur. Elle soupèse les bourses avec ardeur. Anna prend un malin plaisir à le voir s'extasier. William ne tient plus. Il la repousse, l'attrape et la jette sur le sofa. Il place sa fusée dans la rampe de lancement, la bouche d'Anna. Il en profite pour recommencer à caresser son pubis. Le technicien appuie sur les boutons. Il effectue les derniers réglages pour qu'aucune anomalie n'interfère au décollage. Il contrôle de ses yeux et de sa langue les rouages du tableau de bord de la navette, toujours parée. Il se remet debout et observe avec la plus grande attention le travail d'Anna. Ses lèvres tètent. Sa tête avance et recule, toujours plus affamée. Ça monte, il le sent. Il va bientôt s'envoler pour l'espace. Anna, vorace de cette ivresse, s'empiffre. Anna mastique. Anna grignote, paît, bâfre, se gave, engloutit. William ferme les yeux et retarde son moment de grâce. Il se sent fort, increvable. Le compte à rebours a commencé pour lui. Départ imminent. 5. 4. 3. 2. 1. 0. La fusée s'envole, elle traverse un champ d'étoiles, ce lui-même qui, un peu plus tôt, éclairait un immense tapis feuillu. Il passe à côté des astres, évite un trou noir mais ne résiste pas à la super nova. Il décharge. Son liquide jaillit et arrose les seins d'Anna. Ses épaules retombent, soulagées par la libération. Anna s'oint de la précieuse infusion. Il se couche sur elle. Ils se taisent, se blottissent l'un contre l'autre. Ils laissent la fièvre amoureuse redescendre. Pas besoin de soin pour panser ce mal. Il suffit de s'abandonner.

Et, vu le temps qu'il leur reste, il n'est pas impossible qu'ils recommencent. Une deuxième fois. Encore. Plus fort.

Chapitre 36

Ce chapitre de ma vie, je le nommerais : *Je repense à notre enfance pas toujours aisée, sans trop dramatiser, ce n'était pas toujours rose, c'est peut-être ce qui nous a motivés.*

Pas encore remis de leur deuxième émoi, à contre-cœur, Anna annonce son départ. Elle demande à William si, elle peut se laver. Il accepte et pousse plus loin encore son aide, en allant avec sa douce sous la douche. Ils savonnent le corps de l'autre sans dérapage. Ils n'ont pas le temps pour emprunter l'itinéraire bis, celui passant par une halte charnelle.

Avant de quitter la maison, il lui donne une lettre, en lui expliquant qu'à l'intérieur, elle découvrira la suite de son passé. Celle-ci sera l'avant-dernière, il écrira ce soir ou demain la conclusion qu'il lui remettra le plus rapidement possible. Anna le remercie pour le délicieux repas et les à-côtés. Ce mot incongru a le mérite de faire rire William. Les amants s'envoient leur sourire après quoi, ils referment cette parenthèse volée et magique.

Dans sa voiture, Anna roule la fenêtre ouverte. Elle veut sentir l'air frais se glisser dans ses cheveux, brise de la liberté. Ses pensées sont déstructurées, focalisées sur l'écrivain. William son amant, son amour, son bien-aimé, son âme sœur. Elle en est convaincue. C'est lui.

Toutes les lumières de la maison sont éteintes, amas de béton sombre dans l'obscurité, prison spirituelle, geôle émotionnelle. Elle y pénètre. Sa famille dort. Personne ne l'attend. Elle se sent dans la peau d'une figurante dans un film, à l'écran mais invisible. La lecture de la lettre de William la démange. Trop risqué. Bertrand l'a peut-être entendu rentrer. Elle ne doit pas trop traîner en bas. Elle grimpe vers sa chambre et se faufile sous les draps. Son mari se tourne, grogne, sans se réveiller. Il ronfle. Anna se tient à distance de lui. Elle ne le touche sous aucun prétexte. Elle est souillée et a peur qu'il ne le découvre. Souillée, est-ce bien employé ? Elle était consentante. Après tout, ils n'ont pas fait l'amour, seulement des caresses, des baisers. En y songeant, son bas ventre se réveille.

Anna aurait préféré ne pas rentrer ce soir, être le plus loin possible du lit conjugal, le plus loin possible de sa vie, le plus loin de ses mensonges. Si tout était plus simple, combien de fois a-t-elle pensé cela ? La culpabilité, quel sentiment puant, son odeur s'incruste partout.

Deux heures qu'elle scrute le plafond. Les ronflements de Bertrand croissent. Le sommeil ne la gagnera pas de suite. En catimini, elle sort de la chambre et descend à la cuisine. Elle allume la petite lampe pour ne pas être repérée. De son sac, elle sort la lettre. L'impatience aura eu raison de sa prudence.

Paris, le 24 mai

Ma douce,

Vous intégrez le cercle très restreint des personnes mises dans la confidence de mon passé et de mon identité. Je ne devrais pas vous dévoiler ce qu'il va suivre car cela pourrait mettre en péril ma carrière. Je suis éperdument fou de vous et me moque de ce danger. Je vais commencer par balayer deux mensonges.

Le premier, je me présente véritablement à vous. Jimmy Durand, pour vous servir. Oubliez William James, ce n'est, pour ainsi dire, qu'un nom de scène. Quand Éléonore a repéré mon potentiel d'auteur, elle a jugé bon de me changer de patronyme, Jimmy Durand sonnant trop paysan attardé à son oreille. Il fallait un prénom plus sérieux pour un écrivain, un nom capable de faire frémir la ménagère, d'après ses propos. Pour prénom, j'ai choisi William, pour nom, James.

Mon deuxième mensonge, il a eu lieu lors de notre balade nocturne en forêt, pendant notre portrait chinois. Vous m'aviez demandé si j'avais des frères et sœurs et je vous ai répondu être fils unique.

En réalité, j'ai un frère. Un frère jumeau. Faux jumeau. James, de son prénom.

Je vais vous raconter notre enfance, notre famille, mes blessures.

Ma mère, Justine, était une fêtarde, une marginale. Abonnée à l'école buissonnière, elle était plus présente aux comptoirs des bars que sur les bancs de la classe. Fille unique, elle donnait du fil à retordre à mes grands-parents. À seize ans, elle a fugué. Elle a disparu avec un type dont mes aïeuls ignoraient tout, jusqu'à son prénom et la couleur de ses cheveux. Elle leur téléphonait irrégulièrement, sans donner de date de retour. Son père, mon grand-père, a refusé de prévenir la police, un homme fier avec un honneur plus gros que son orgueil. Elle s'est enfuie durant huit mois et, à son retour, elle était enceinte de sept mois, abandonnée par son compagnon, notre père, avec, comme dernier refuge, son ancienne maison. Mon grand-père ne voulait plus d'elle sous son toit. Ma grand-mère a eu raison de lui. Ma mère nous a mis au monde.

Bienvenue à James et Jimmy, des faux jumeaux. Elle nous a élevés, même si élever n'est pas le bon terme, pendant un an. Sa présence dans la maison était source de conflits avec le patriarche. Des disputes éclataient à longueur de temps. Pour fuir cette tension permanente, elle avait repris ses vieilles habitudes, elle fréquentait à nouveau ses anciennes connaissances, ce qui a eu le don de mettre plus en rogne mon grand-père. Il l'a cognée pour lui remettre les idées à l'endroit. C'est qu'elle avait la tête dure ma mère et ça n'a pas loupé, ce qui devait arriver, arriva.

Elle avait dix-huit ans, un type de passage, probablement rencontré au troquet du coin, lui a fait la cour. Elle a succombé. Elle n'a pas dû résister bien longtemps. Elle a empaqueté ses vêtements dans une valise et elle a mis les voiles avec lui. Pour le sud de la France, d'après les commérages. Elle laissait deux garçons derrière elle et personne, dans les parages, ne l'a jamais revue, pas même ses enfants.

Voyez-vous ma douce, je n'ai jamais entendu la voix de ma mère. Je ne la connais qu'à travers les maigres informations collectées auprès de ma grand-mère et de deux photos qu'elle a sauvées des flammes. Mon grand-père ne voulait plus entendre son nom alors il a brûlé toutes ses affaires pour ramener la naissance de sa fille à l'état de poussière.

Adulte, j'ai bien tenté de la retrouver, sans y parvenir. Elle a peut-être changé de nom ou bien est-elle partie vivre à l'étranger. Qui sait ?Je n'entrerai pas ici dans une longue lamentation sur cet abandon et mon manque affectif. Non pas qu'ils n'existent pas, au contraire, j'en subis les frais chaque jour. Ils n'ont simplement pas leur place ici. Je vous expose juste les faits. Bruts tels qu'ils sont, en gardant dans ma ligne de mire de vous apporter les rai-

sons de mon absence du mardi matin.

James et moi avons donc été élevés par nos grands-parents et plus particulièrement par la figure autoritaire et tortionnaire qu'était mon grand-père. Un homme partisan du blanc et du noir, du Ying et du yang, de la réussite et de l'échec, de la victoire et de la défaite, du tout et du rien. Pas de demi-mesure chez lui, l'important n'était pas de finir la course mais de la gagner. La moyenne à l'école ne suffisait pas, il fallait être le meilleur. Commencer un travail ne servait à rien tant qu'il n'était pas abouti. Un homme comme lui vous forme les futurs grands noms de demain, des soldats, des machines capables de terrasser n'importe quel ennemi, capables d'affronter toute situation, capables de trouver des solutions aux problèmes insolubles. Ayant baigné dans ce terreau, j'aurais dû endossé le costume des hommes de cette trempe là. J'en suis resté éloigné, tout l'inverse de mon frère. Parfois, j'aurais préféré que nous soyons de vrais jumeaux, identiques. Pourquoi ce souhait ? Si à la naissance, une quelconque force supérieure a eu la possibilité de répartir les facteurs chance, réussite, puissance, intelligence entre nous deux, elle ne l'a pas fait équitablement.

Il grandissait vite, moi lentement. Dès l'adolescence, ses épaules ont pris de l'envergure, il lui poussait des muscles comme il aurait pu lui pousser des ailes, pour s'envoler, pour fuir loin de ce vieux fou, retrouver notre mère. Lui athlétique, moi grassouillet. Lui vaillant, moi peureux. Lui à l'aise, moi introverti. Lui aimé, moi ignoré. Pour être remarqué, j'ai dû apprendre par cœur les combinaisons d'un Rubik's Cube pour épater les copains. Mon frère, toujours bienveillant, scandait dans la cours de l'école que j'étais capable de réaliser ce casse-tête en des temps record.

Nous étions des faux jumeaux avec toute la fausseté de pair avec ce lien.

Je ne jalouse pas et n'ai jamais jalousé James. Je lui ai toujours voué une admiration sans faille. Il ne m'a jamais fait ressentir mon infériorité, ni même eu un comportement condescendant à mon égard. Il m'arrivait, bien plus souvent que lui, de mettre un genou à terre. Il ne continuait pas sa course en tête, il s'arrêtait, revenait sur ses pas et m'aidait à me relever. Nous avions une complicité à la réputation légendaire, enviée par beaucoup, aucune tension ne s'immisçait entre nous. Nos camarades nous avaient surnommés « les twix ». Cette solidarité s'est imposée naturellement et elle était nécessaire pour notre survie face à la méchanceté de notre grand-père.

Comme je vous l'ai exposé plus haut, c'était un tyran dont l'unique souhait était de faire de nous des forteresses indestructibles ou alors, il voulait humilier les sales rejetons de sa traînée de fille, les bâtards comme il aimait nous surnommer.

Parfaire notre éducation, améliorer nos aptitudes physiques, lisser notre politesse, sont les seules preuves d'amour dont il a fait preuve. C'était facile pour James, doté de capacité à la hauteur des attentes du vieux. Pour moi, c'était une autre paire de manches.

Tous les matins de la semaine, il nous levait à six heures. Si tu te lèves après le soleil, ta journée est foutue. *Pendant que l'astre terminait son sommeil de l'autre côté de la Terre, au fin fond de la Picardie, deux gamins débutaient les tâches ménagères. Lundi, salon. Mardi, cuisine. Mercredi, salle de bains. Jeudi, chambres. Vendredi, buanderie. La pièce propre, nous avions le droit à un petit déjeuner avant l'école.*

Ma grand-mère a essayé de stopper ces rituels hebdo-

madaires. Le vieux, pour écraser toute forme de rébellion, avait frappé sa femme à coups de manche à balai en lui assénant que c'était pour la soulager que les bâtards faisaient le ménage.

Après la semaine d'école, interdiction de se lever à midi ou de se reposer jusqu'en milieu de matinée le week-end. Dès six heures, il sonnait le clairon, un bol de lait, puis du café quand nous étions plus vieux car d'après lui, c'est le breuvages des hommes, des vrais, *une tartine, accompagnés d'un sermon moralisateur et, les paupières encore à moitié collées par la nuit, direction la piste du stade, pour un footing. Chronométré, s'il vous plaît. Sinon quel intérêt ? En ce temps, je ne tolérais pas cet exercice alors qu'aujourd'hui, je l'applique presque tous les jours. Je détestais cela. Pas besoin de vous mentionner, je suppose, que mon frère me mettait plusieurs tours dans la vue ce qui me valait le droit à des « bouge tes miches feignasse, t'es à la ramasse », « C'est pas possible de voir un mollasson pareil, t'as dû tout hériter de ta mère » ou « James, t'es un champion mon garçon. Jimmy, t'es qu'une lopette ». Oui, il saupoudrait ses brimades, sans parcimonie, de propos homophobes et misogynes.*

Son apprentissage militaire ne se cantonnait pas aux morales et au sport du samedi matin. Le week-end, propice à la détente et l'amusement, se transformait en une plage de quarante-huit heures durant laquelle, mon grand-père, en repos hebdomadaire, avait tout loisir de s'adonner à nous. Nous devions nettoyer la maison de fond en comble. Nous devions être silencieux. Nous devions être calmes. Nous devions récurer. Nous devions épousseter. Nous devions nous laver les mains, cinq, six ou sept fois par jour, pour tuer les microbes. Nous devions finir nos assiettes, ne pas y laisser une miette sans quoi, lui-même portait la fourchette à notre bouche, jusqu'au vomissement. J'ai toujours fait une intolérance aux épinards, il ne l'a jamais cru et quand je le décevais plus que d'habitude, le repas suivant n'était autre que les feuilles vertes engluées dans de la mélasse. Il imposait un vrai culte de la personnalité avec obligation de l'écouter, lui obéir, le respecter, le vénérer.

Faire nos devoirs avec lui, il n'y avait pas pire terreur. Pour vous donner un exemple, je me souviens très bien de l'apprentissage des tables de multiplication. Il demandait de sa voix nasillarde : « six que multiplient sept ? », si nous avions le malheur de répondre un autre résultat que quarante-deux, sa main montait haut dans la pièce et s'abattait avec fracas sur notre joue. « Quatre que multiplient un et un que multiplient quatre, c'est la même chose ou c'est différent ? » D'après vous ma douce ? Oui évidemment que c'était similaire, et nous sommes bien d'accord mais pas pour lui et il avait sa façon à lui de le démontrer. Quatre gifles suivies d'une et une suivie de quatre. CQFD.

Je vous assure que James et moi, nous étions les champions de l'algorithme.

Je pourrais vous énoncer ici toutes les absurdités, les obscénités, les humiliations et autres punitions subies durant ces années mais vous finiriez par vous lasser. Une éducation comme celle-là, vous forge un caractère ou elle vous détruit un enfant.

De par ses facilités, James était le préféré de mon grand-père. À l'inverse, j'étais le préféré de ma grand-mère bien qu'elle ait veillé à ne pas faire de différences notoires. Je pense que ça s'est fait ainsi car étant plus faible, plus chétif, un comportement plus protecteur est né pour moi.

Une femme adorable cette mamie. Ce n'était pas

simple pour elle aussi, elle vivait avec la peur des colères de son mari, sa jalousie, sa possessivité, ses excès. Combien de fois, avec James, avons-nous vu les coups portés par le vieux sur cette femme dont la gentillesse n'avait d'égal que ses silences. Elle fermait les yeux sur son comportement pour des raisons obscures que j'ignorais et ignore encore aujourd'hui. Elle l'aimait, je crois sinon je ne comprends pas. Elle n'a jamais évoqué leur histoire, leur rencontre. Je n'ai pas posé de questions en retour.

Un climat de terreur régnait pour tous les occupants de notre maison, sauf pour mon grand-père, bien évidemment. Mais comme après toute tempête, les nuages se sont éclipsés, le ciel redevenu bleu, sans tache, s'étalait au-dessus de nos têtes.

Le tyran est tombé.

Une leucémie foudroyante. Nous avons tous remercié la foudre en notre for intérieur. J'assume le caractère honteux de ma dernière phrase. Même sur son lit de mort, il avait sur son visage, ce rictus colérique capable de me faire tressaillir. Sa mort, je l'ai vécue comme une délivrance, une deuxième naissance. Nous nous retrouvions à trois, pour notre plus grand bonheur, pour goûter à la liberté. Des perspectives nouvelles s'offraient à nous et nous avions hâte d'en profiter, surtout mon frère et moi.

Nous avons commencé à avoir des vies d'adolescents ordinaires. Nous sortions le week-end avec des copains pour aller jouer au foot, à la piscine, au cinéma et j'en passe. La liberté, vous dis-je et on la savoure d'autant plus après s'être échappé des griffes d'un geôlier. Nous n'avions plus peur. On se disait que plus rien ne pouvait nous arriver.

Mais, de mon adolescence, je retiendrai une leçon, une unique leçon. Si une famille vit dans le malheur alors il ne la quittera jamais. Et même si parfois, on le voit s'éloigner, il reviendra, plus hargneux, plus destructeur.

Je m'arrête ici ma douce, je suis fatigué. La dernière lettre liée à mon passé, celle qui vous donnera toutes les explications sur mon absence de ce fameux mardi matin ne tardera plus. Ce passage me demande de la force, du courage, de l'honnêteté et ces facultés me font défaut ce soir. Pensez à ce bonheur, à cette infinie liberté dans lesquels je me baignais durant la fin de mon adolescence. Moi, plus j'y repense, et plus j'aimerais le revivre.

Avec toute mon affection,

William, ou Jimmy.

Que j'aurais aimé vous rencontrer durant cette extraordinaire période de mon existence.

Chapitre 37

Ce chapitre de ma vie, je le nommerais : *j'vais rallumer la flamme, recommencer le combat, affûter ma lame pour replonger en moi. Un fantôme se pavane dans son anonymat.*

Amis lecteurs, je sens votre regard accusateur après la soirée avec Anna. Je ne suis qu'un homme. Un homme amoureux. Pas de ma femme, c'est vrai mais que voulez-vous ? Ces sentiments là, ça ne se contrôle pas. Ils se subissent. Oui, j'ai fauté, je ne le nie pas. J'ai trompé Éléonore, même sans pénétration. Si c'était à refaire, croyez-moi bien que je recommencerai, sans hésiter et plus si affinité. Je me suis contrôlé pour notre promesse de platonisme. Ah l'amour. Le sexe. L'amour. Le sexe. N'est-ce pas là une belle symphonie ? L'un est beau. L'autre est délicieux. À vous de choisir lequel.

Après le départ d'Anna, je ne me suis pas couché. J'ai commencé par nettoyer la maison et plus particulièrement le canapé du salon. Un super pouvoir me gagnait, j'avais la capacité d'accroître de manière considérable la distance de mon champ de vision, si bien que je pouvais distinguer dans les microfibres du tissu, notre secret encore fiévreux. Il était intolérable que je laisse une pièce dans cet état et, pire encore, je craignais qu'à son retour, Éléonore, grâce à son radar olfactif féminin, puisse détecter l'odeur d'Anna . Je devais faire disparaître les preuves à l'aide de mon arme fétiche. Dans la buanderie, j'ai récupéré des sprays Febreze et Glade, un duo de choc dont aucun parfum criminel ne peut résister. Muni d'un pistolet dans chaque main, j'ai tiré tout azimut au rez-de-chaussée. Je me suis attardé plus longuement sur les réceptacles de nos ébats. Il s'est alors passé une chose étrange, chaque fois que les becs crachaient leur produit, les particules lévitaient et épousaient le souvenir de nos corps nus allongés là quelques minutes plus tôt. Je revivais au travers de ces deux êtres pailletés, l'un des plus beaux instants de mon existence. C'était irréel et magnifique à la fois, j'appuyais de plus en plus fort sur les gâchettes afin de laisser vivre encore un peu ces ombres scintillantes, égarées entre le Tartare et les Champs Élysées. Les bouteilles se vident, le spectacle s'efface, ne reste que mon salon, lavé de tout soupçon.

Encore, gonflé à bloc, c'est le cas de le dire, le sommeil ne me gagnait pas. J'avais assez d'énergie pour déraciner un arbre séculaire, considérez l'emploi de cette répétition comme une métaphore filée. Pour éviter l'inactivité, j'ai écrit la suite de mon passé. Une étape obligée, douloureuse, rédemptrice qui, mélangée à l'émoi de la soirée, me métamorphose. Je suis un glaçon, sorti d'une pétillante limonade, jeté sur le sable chaud, en plein cagnard. Je fonds et, de mon cœur gelé s'échappent, tristesse et passion, dans une volute fumée. Je pose un point final au texte à trois heures du matin, les paupières lourdes. Le cœur léger, la tête lestée, je m'écrase sur mon lit. Je sombre vite, sans transition, sans appel, sans retenue dans les méandres de la nuit.

Quand la lumière du jour me réveille, j'aime dormir volet ouvert en l'absence d'Éléonore, l'horloge m'indique neuf heures. Encore embrumé par cette nuit sans rêve, je vérifie l'heure. Mes yeux ne me trahissent pas. Je ne me souviens pas de la dernière fois où j'ai dormi un demi-tour du cadran sans m'éveiller. Si ce n'est avec l'aide d'un somnifère ou d'une forte dose d'alcool. Je me sens bien, serein, sans inquiétude alors qu'un psychopathe rôde dans les rues aux alentours pour me découper en rondelles. Avec l'amour, on oublie tout. Je prends le temps. M'étire. Baille. Le sourire aux lèvres, je descends me préparer un café et un petit déjeuner copieux pour combler un appétit féroce. Je me surprends à siffler l'air de *c'est une romance, c'est une belle histoire*. Le soleil brille quelque part dans le ciel, sa luminosité inonde jusque dans la cuisine. Sur le plan de travail, il y a une enveloppe. Je m'en saisis machinalement.

Ce n'est pas un bond, ni un saut, ni un triple-saut, ni un triple axel que mon cœur réalise dans ma cage thoracique. C'est Hiroshima. Nagasaki. Explosion atomique pour détruire mon anatomie. La déflagration souffle jusqu'à la stabilité de mes jambes, j'oscille, vacille. Des questions collées à des éclats de Shrapnel pénètrent ma chair.

Comment est-ce possible ?

Comment est-il entré ?

Où sont mes agents de sécurité ?

Est-il encore dans la maison ?

Que contient cette enveloppe ?

Je n'ai aucun doute, hier soir, en allant me coucher, il n'y avait rien sur le plan de travail de la cuisine. Et, ce matin, il y a une lettre de menaces. Tous les systèmes de sécurité étaient activés, je les ai vérifiés moi-même. Une alarme aurait dû hurler lors de l'effraction.

Normalement, je ne devrais pas l'ouvrir, la consigne est d'appeler la police. Comment pourrais-je attendre ? Sur le devant de l'enveloppe, mon prénom est inscrit en lettres découpées d'un roman. Je décachette la missive pour en sortir le message. Deux lignes, deux petites lignes plus virulentes qu'elles ne l'ont jamais été.

Ce soir, vingt-deux heures, dans la maison de tes

grands-parents, tu me remets tes deux romans écrits non publiés. Si tu préviens la police, tu meurs. Et Anna aussi.

Chapitre 38

Ce chapitre de ma vie, je le nommerais : *En cas de pépin, tu me couvres, mais qui sera là ? J'ai quelques doutes.*

J'ai téléphoné à Patrice. Il n'a pas décroché. J'aurais aimé avoir sa protection. La situation aurait été plus facile à surmonter et son dénouement plus joyeux. Il est la première personne avec qui je suis entré en contact, la deuxième étant ma femme. Au téléphone, mon débit de parole est si élevé, qu'elle me hurle de me taire et de prendre mon temps.

— Hein ? Quoi ? répond la voix ensommeillée de ma femme.

— Quelqu'un a pénétré dans la maison Éléonore ? répété-je.

— Comment ça ?

— Cette nuit, pendant que je dormais, quelqu'un est entré dans la maison. Je suis sûr que c'est Christian Tassin.

— Impossible, il y a les agents de sécurité devant la maison.

— Puisque je te dis que c'est vrai. Sinon comment cette lettre de menaces aurait atterri dans la cuisine ?

— Le système de sécurité est bien actif ?

— Oui.

— Alors, l'alarme aurait dû se déclencher. Tu as regardé les enregistrements de vidéo surveillance ?

— Non.

— Qu'est-ce que tu attends ?

Je raccroche et écoute le conseil lucide de ma femme.

Je vais dans son bureau et lance simultanément, en avance rapide, les vidéos de la porte d'entrée et de celle du garage. Je démarre à l'heure de mon coucher. Les images infrarouges se déploient au rythme de la nuit, des promeneurs nocturnes pénètrent brièvement dans le cadre, d'une démarche robotisée. La nuit, une société annexe erre dans la ville. Et là, à quatre heures du matin, un parapluie noir se déplace, en lévitation, comme tenu par un fantôme. Je distingue des chaussures et un pantalon. Pas une goutte de pluie hier soir, c'est forcément lui. Le cercle obscur s'arrête devant ma porte. Il s'abaisse et reste un moment ainsi. Il doit entrer le code. La sirène d'alarme doit se mettre à hurler. La porte s'ouvre, il s'engouffre à l'intérieur. Plus de caméra à présent mais il doit forcer la deuxième porte, elle aussi sécurisée et taper le code à 8 chiffres. À peine deux minutes à l'horloge en bas à gauche de l'écran, le parapluie ressort et disparaît du champ de la caméra. J'appelle le prestataire. Je profère des insultes à une pauvre femme qui ne comprend pas ce qui lui arrive. Elle me certifie que personne n'est entré par effraction. Je lui ordonne d'envoyer quelqu'un le plus vite possible vérifier l'installation si elle ne veut pas un procès au cul.

Je rappelle Éléonore.

— Tu es certain que le système était bien actif William ?

— Putain Éléonore même la plate-forme téléphonique me confirme que c'était le cas.

— Ne me parle pas comme ça. Tu as bien trouvé la lettre sur la table ? Ce n'était pas ailleurs ? Dans la boîte aux lettres ou je ne sais où ?

— Tu te fous de ma gueule avec tes questions à la con ?

— William, je suis à New-York à six mille kilomètres de la maison. Tu sais comme moi que ces jetlags sont éreintants, je cherche à t'aider alors s'il te plaît, ne m'énerve pas. Bon le système d'alarme ne s'est pas déclenché. Admettons qu'il soit défaillant. Les caméras ont enregistré une effraction à quelle heure ?

— À quatre heures, rectifié-je.

— Bien. As-tu demandé aux agents de sécurité ce qu'ils faisaient à ce moment là ? Ils auraient dû le voir entrer.

— Non. Je le fais tout de suite et te recontacte.

J'invite un des deux agents à venir dans le hall d'entrée et à rameuter son collègue. Les deux sont là, par chance leur tour de garde est dans une heure. Je leur explique le problème. Celui en faction face à la porte d'entrée, nie mes propos. J'insiste. Il persévère. Je lui confie alors avoir des caméras de sécurité et que la présence d'un étranger forçant ma propriété a été enregistrée. Le visage du gaillard se déconfit. Tout penaud, gêné, il avoue s'être endormi durant la nuit. Il s'excuse platement en se justifiant par la naissance de son bébé, il y a dix jours, bambin qui ne fait pas encore ses nuits. Je leur ordonne de me foutre le camp.

— C'est quand même un comble, peste Éléonore. On paie des gens pour un service, ils prennent l'argent et sont incapables de respecter leurs engagements. Je suis désolée de ne pas être à tes côtés. J'aimerais rentrer dès ce soir mais je suis coincée ici. Je négocie plusieurs droits dont deux gros coups et je ne peux laisser la main. Tu vas devoir rester seul jusqu'à mardi. Ça va aller ?

— J'ai le choix ?

— Je suis vraiment désolée. Je vais téléphoner à la société de sécurité pour gueuler sur le patron. Je vais faire en sorte que ta sécurité soit renforcée à deux hommes par entrée. As-tu appelé la police ?

— Non.

— Tu comptes le faire ?

— Évidemment.

— Tu ne m'as pas dit ce qu'il y avait d'écrit sur la menace.

— Ce soir, vingt-deux heures, dans la maison de tes grands-parents, tu me remets tes deux romans écrits non publiés. Sinon, tu meurs.

Je ne mentionne pas Anna, vous aurez compris pourquoi. Le moment serait mal choisi pour lui présenter, il me semble.

— C'est quoi l'histoire de ces deux romans ? s'inquiète Éléonore.

— J'en sais rien. Des conneries. Peut-être imagine-t-il que j'ai écrit la suite qu'il désirait de ma trilogie.

— Oui. Étrange. Tu es sûr que ça va aller ?

— J'ai connu mieux.

— William, je suis désolée mais avec le décalage horaire, je dors debout. Je vais me recoucher. Je laisse mon téléphone allumé si tu as besoin, d'accord ?

— Oui.

— Je t'aime William, ça va aller.

— Je t'aime aussi.

Dans mon bureau, je m'allonge sur le canapé et ferme les yeux. Pourtant, bien reposé de la nuit, une migraine me barre le front. Je souffle, inspire, à la recherche d'un réconfort dans l'étendue du plafond. Une sonnerie lointaine, étouffée vient à mon oreille. Je me redresse. Le bruit vient de la cachette du téléphone portable. Un appel d'Anna.

— Allô, dis-je.

— William, c'est moi, commence la voix d'Anna mal assurée, tremblotante, à la limite du sanglot. On est samedi. Par chance, c'est moi qui suis allée au courrier ce matin. Il y avait une autre lettre de menaces, dans ma boîte aux lettres.

— Que dit-elle ?

— Que la prochaine fois, tout sera dévoilé à mon mari.

Sa dernière phrase me fait l'effet d'un coup de massue.

— Aidez-moi William. Je ne veux pas faire de mal à ma famille. Que dois-je faire ?

— Anna, ma douce, ça va aller. Je suis confronté au même problème. Je peux le régler dès ce soir. Je connais ses revendications. Vous êtes libre aujourd'hui ?

— Non mais je peux me libérer.

— Gardez-votre téléphone à portée de main. Je vous rappelle quand je suis au terrain de tennis.

— Pourquoi ?

— Faites-moi confiance.

— Je vous attends.

Je raccroche. Mon pouls bat à deux mille à l'heure. J'obéis à un instinct primaire, incontrôlable. Je dois protéger Anna et sa famille, coûte que coûte. Je l'ai mise dans ce pétrin, je dois l'en sortir même si ma vie est en jeu. Je passe par le bureau de ma femme, y jette un coup d'œil. J'hésite une seconde et me ravise.

Je descends au garage, enfile mon casque et démarre ma moto.

La confrontation finale approche.

Chapitre 39

Ce chapitre de ma vie, je le nommerais : *Bien sûr qu'être seul c'est rude, bien sûr qu'à deux on est plus fort, bien sûr que j'y crois encore, bien sûr que l'amour est plus fort que la mort.*

Arrivé sur le parking devant le complexe de tennis, j'avertis Anna de ma présence. Je l'attends près de notre bac à fleurs, dos à un mur afin de surveiller le périmètre. Cinq minutes plus tard, elle rapplique. Peu de places de stationnement de libres, une compétition doit avoir lieu dans l'enceinte sportive. Malgré la présence de tout ce peuple, Anna n'hésite pas à m'étreindre.

— Que se passe-t-il ? s'inquiète-t-elle. Vous m'aviez dit qu'il ne s'en prendrait pas à ma famille.

— Je sais. Et je le maintiens toujours. Je vais régler le problème ce soir.

Elle se tait et me sonde à la recherche du sens caché de ma dernière phrase.

— Qu'est-ce que ça veut dire ?

— Que ce soir, le problème sera réglé. C'est pour cette raison que je tenais à vous voir maintenant.

— Vous me faites peur. Qu'allez-vous faire ?

— Vous n'êtes pas la seule à avoir reçu une lettre de menaces ce matin. J'ai eu la mienne. Vous souvenez-vous lorsque j'ai mentionné dans une de nos correspondances que j'avais deux romans d'avance déjà écrit ?

— Oui.

— C'est ce que me demande mon garde du corps

dans sa lettre. Je dois lui remettre mes manuscrits ce soir à vingt-deux heures dans la maison de mes grands-parents.

J'omets volontairement de lui parler de mon agresseur sorti de prison pour ne pas l'effrayer plus encore.

— Pourquoi tenir à me voir aujourd'hui alors ?

— Parce que ça pourrait être dangereux.

— Dangereux comment ? insiste-t-elle.

— Vous savez très bien.

— Vous devez prévenir la police.

— Il m'a bien stipulé que, si je le faisais, il me tuerait.

Je lui cache qu'il s'en prendrait aussi à elle. Son visage devient pâle, presque translucide.

— Je vous ai demandé de prendre le risque d'être présente ce matin parce que j'ai deux requêtes à vous partager. Si demain à midi pile, vous ne recevez pas de SMS de ma part, prévenez la police.

L'épouvante apparaît au creux de ses rétines, elle se retient de pleurer.

— Et l'autre, si vous l'acceptez, j'aimerais vous embrasser.

Je termine à peine ma demande qu'elle se rapproche de moi pour me satisfaire. Ce baiser dure deux minutes ou vingt, je ne parviens plus à quantifier le temps. Mes paupières se ferment et je me laisse porter par toutes les émotions que me procure cette femme. Il y a des chances que je ne sois plus de ce monde ce soir et pourtant, je n'en suis pas préoccupé parce que, je suis heureux et amoureux. Oui, c'est bien cela, de l'amour aussi pur, aussi vrai, aussi puissant qu'il puisse l'être. Avec ce sentiment là, je pourrais déplacer des montagnes, décrocher la lune, écarter la mer, marcher sur l'eau, descendre dans les profondeurs de l'enfer, crever les yeux d'Hadès, arracher les ailes de Lucifer, stopper la famine dans le monde et pleins d'autres actes héroïques que seul un homme amoureux peut réaliser. J'en suis convaincu, c'est ça l'amour. C'est admettre que le centre du monde n'est pas un noyau de magma mais Anna. C'est admettre qu'une boussole n'indique pas le nord mais l'emplacement où se situe Anna. C'est admettre que le soleil ne disparaît pas à l'ouest mais là où est Anna pour l'inonder d'explosions de couleurs à son coucher. C'est admettre qu'une étoile ne meurt jamais, Anna est éternelle. C'est admettre que tout ce que je viens de citer juste avant n'est qu'absurdité, que seule la folie de l'amour dérobe le possible à l'impossible. Je dois lui dire, lui murmurer, lui susurrer, lui chanter, lui fredonner, lui crier, lui hurler. Et pas seulement à elle. À vous. À eux. À tout le monde dans le monde et au-delà. C'est la plus belle nouvelle de ce jour, de l'infini même. Répandez-la ! Propagez-la ! Soyez les colporteurs de ce bonheur. Allez-y, entrez chez vos voisins, faites savoir que William est amoureux d'Anna.

Je m'écarte. Plonge mes yeux au plus profond des siens.

— Je vous aime ma douce. Je vous aime comme je n'ai jamais aimé.

Elle me prend la tête entre ses mains douces.

— Je vous aime aussi.

Nous nous embrassons de plus belle. Je ne veux pas rester plus longtemps, de peur de tout gâcher. Anna m'oblige à promettre de faire attention et de lui revenir sain et sauf. J'obtempère pour la rassurer. Elle me tend une lettre et je réalise avoir oublié la mienne.

— Ma douce, je suis désolé, dans la précipitation, j'ai laissé celle que je vous ai écrite sur mon bureau. C'est la fin de mon explication sur mon passé. Je vous la poste ce soir, vous l'aurez la semaine prochaine sur votre lieu de travail.

Je la regarde s'éloigner, peiné par cet au revoir à l'arrière-goût d'adieu. Je ne peux le supposer, hors de ma vue, à l'angle de la rue, son téléphone portable sonne dans son sac à main. Un appel. Un appel qui va changer le cours de notre histoire.

Chapitre 40

Ce chapitre de sa vie, je le nommerais : *D'abord vos corps qui se séparent. T'es seule dans la lumière des phares.*

Brie-Comte-Robert, le 24 mai

Mon amour,

Je vous ai quitté il y a quelques heures après l'un des plus beaux et fantastiques moments de ma vie et, ne trouvant pas le sommeil, je me décide à vous écrire. Mon écriture chuchote car toute la maison dort. Une lampe, à la luminosité assez faible, m'éclaire dans mon labeur.

Je ne cesse de penser à nous, à tout ce qui entoure notre histoire et, j'ai envie de quitter mon domicile pour me consacrer pleinement à cette romance que vous me faites vivre. Cette décision ne serait que pur égoïsme.

À trente-sept ans, j'ai peut-être le droit de l'être un peu. Évidemment, si je pouvais faire en sorte que ce ne soit pas au détriment des enfants, je ne réfléchirais plus mais j'ai beau retourner le problème dans tous les sens, je ne vois pas comment ne pas leur causer du tort. Il est certain que je les préserverai en faisant semblant d'être ce que je suis pendant la prochaine décennie. Ainsi, ils ne sortiront pas de leur zone de confort, mon mari non plus, tout ira bien dans le meilleur des mondes… Sauf pour moi qui finirai par leur en vouloir d'un choix que j'aurai fait pour eux, en n'étant pas tout à fait convaincue que c'était le bon mais plutôt parce qu'il remporterait l'avis général.

Ils grandiraient dans une famille aussi épanouie que possible, avec un papa rassuré et aimant, avec une maman heureuse si on se fie aux apparences et personne ne cherchera plus loin parce que c'est plus facile comme ça. Mais au fond ni les enfants, ni mon mari ne seront réellement dupes et j'ai tendance à penser que la vérité sera d'autant plus difficile à accepter le moment venu où elle éclatera et que ce mensonge aura croupi durant des années.

Pensez-vous à l'heure des premiers amours pour Lucas et Romain que leur montrer la tiédeur et la tendresse (sans leur dévoiler la passion et la magie parce qu'ils comprendraient bien vite que ce n'est pas leur père qui me les inspire) soit la bonne solution ? Si vous aviez eu un enfant, voudriez-vous lui donner cet exemple ? Bien sûr, je veux le meilleur pour eux et comme dit le proverbe « le mieux est l'ennemi du bien ». Je ne sais pas si je veux encore vivre comme ça, en étant à moitié moi, en ne dévoilant pas ma meilleure moitié, en jouant la comédie tous les jours.

Après l'euphorie de notre soirée, j'évalue les risques liés à une séparation. Une telle décision changerait beaucoup de choses, la culpabilité relative à ces changements et à l'état, à priori, mauvais dans lequel cela plongerait mon mari, serait trop lourde à porter pour mes épaules. Je briserai tout, lui, les enfants, ce que l'on a bâti, nos familles, nos amis.

Je vous expose un état d'esprit vers lequel je m'égare parfois, souvent. Mais c'est uniquement lié à mon reflet dans le miroir, quand celui-ci me renvoie à mes mensonges. Je me vois comme une mauvaise mère, une mauvaise épouse et une mauvaise femme. Je ne pense pas l'être mais c'est bien l'image que j'ai de moi. Je mens à tout le monde et à moi-même.

Je ne vous demande rien. Ne quittez jamais votre

femme pour moi. Vous ne l'avez jamais dit, je m'invente certainement une histoire qui n'est pas la nôtre mais si vous le faisiez, moi, j'en serai incapable. Ce n'est pourtant pas l'envie qui manque. Le monde serait plus beau à votre bras.

Que j'aimerais aller acheter des films que vous m'auriez conseillés.

Que j'aimerais lire pendant des heures, blottie dans vos bras, un roman que j'aurais choisi uniquement sur la représentation de la couverture parce qu'elle m'aurait inspiré les sentiments que j'ai pour vous.

Que j'aimerais découvrir davantage ce que vous aimez en cuisine et vous préparer des petits plats autant que de me laisser séduire par ceux que vous mijoteriez pour nous.

Que j'aimerais flâner dans les magasins en vous tenant par la main et trouver des tenues pour vous comme pour moi qui nous plaisent à l'un et à l'autre.

Vous êtes celui avec qui j'aurais aimé partager ma vie... Cette impossibilité me torture. J'espère avoir d'autres moments comme celui de ce soir.

Avec toute mon affection.

Anna

Comme j'aimerais que choisir ne soit pas renoncer.

De ces derniers mot s'échappent un je-ne-sais-quoi indéfinissable, j'ai la sensation d'avoir une dizaine d'Anna autour de moi, toutes plus belles les unes que les autres. Elles dansent, lentement, juste pour moi. Je suis émerveillé, je profite de cette lenteur enivrante. Ceci me paraît si réel.

Je tends la main pour les toucher, pour les accompagner. Mes doigts tombent dans le vide de la pièce. Je contemple sa lettre et la porte à mon visage, proche de mon nez. Du papier s'élèvent les fragrances de son parfum, odeur bénie et immortelle ancrée dans les profondeurs de mon esprit. Elle a aspergé le coin inférieur gauche de cet embrun divin, j'en inspire à grandes bouffées et prolonge le bonheur de notre dernière soirée avant de m'avancer vers le jugement dernier.

Chapitre 41

Ce chapitre de ma vie, je le nommerais : *Que vers lui se tournent tous les regards, pour s'apercevoir que l'espoir émerge du noir.*

Amis lecteurs, je vous ai promis l'honnêteté, je m'y tiens. La lettre d'Anna m'a bouleversé. La vérité : j'ai pensé, plus d'une fois, à quitter Éléonore. J'apprécie ma femme. Je l'aime toujours. De cet amour professionnel. De cet amour maternel. De cet amour protecteur. De cet amour de tous les jours depuis des années. Ce que je ressens pour Anna est bien plus puissant que pour Éléonore. Voilà, c'est écrit.

Pour autant, je ne la quitterai pas. Je ne m'en sens pas capable. Pas après tout ce qu'elle a fait et enduré pour moi. Elle m'a sorti de la boue dans laquelle je pataugeais. Je lui en serai reconnaissant jusqu'à mon dernier souffle. De plus, je ne veux pas briser la famille d'Anna. Lucas et Romain ont besoin de leurs deux parents sous le même toit. J'aurais aimé avoir cette chance avec James. Il m'est interdit de les en priver. Je ne dois plus y penser. Ne pas me laisser distraire. Être parfaitement concentré sur ma soirée.

Je repasse par ma maison. Je reprends la lettre écrite pour Anna et en change la fin. Je la posterai sur le trajet menant au rendez-vous tant redouté. J'écris une deuxième lettre, elle sera destinée à la police. S'il m'arrive malheur et que, pour une raison obscure, Anna ne peut pas les joindre, ils sauront la vérité et, j'en suis certain, ils puniront Christian Tassin, le psychopathe. J'espère ne pas y laisser la vie. J'y tiens tellement, encore plus depuis ma rencontre avec Anna.

J'hésite à téléphoner à Dolorès. Elle m'aiguillerait. Elle m'orienterait. Elle m'aiderait. Si je l'appelle, devant le danger, elle préviendrait la police, secret professionnel ou non et mettrait en péril nos vies. Je n'ai définitivement pas de soutien.

Jusqu'à l'heure du départ, je ne quitte pas mon bureau, sans boire, sans manger. Je reste dans cette pièce, elle qui m'a vu passer par tous les états créatifs, émotionnels, sentimentaux. Combien d'heures suis-je resté cloîtré entre ces murs ? Ils me sont plus familiers que n'importe quel autre endroit. J'observe mes objets fétiches alignés sur les étagères, le réveil Jaz de ma grand-mère, le livre préféré de James, *l'île aux trésors* acheté en cachette de mon grand-père, la seule photo rescapée de ma mère et d'autres encore, alimentant un passé en demi-teinte. Je regarde les pochettes de mes vinyles, une à une, et je repense à l'inspiration procurée par ces chansons pendant l'écriture. Les Beatles, les Stones, les Fugees, Sardou, Aznavour, Supertramp, Michael Jackson, Othis Redding. Je regrette de n'avoir pas été auteur-compositeur. Je m'allonge sur mon canapé, mon ami, mon partenaire lors de mes insomnies, lors de mes longues journées à passer à côté de la vie. J'aime cette pièce. J'aime cette maison. Elle m'a fait m'éloigner de mes origines, là où ma jeunesse fut si difficile. Je déambule le long de ma bibliothèque, je caresse tous ces ouvrages passionnants qui m'ont tant inspiré. J'en ai lu tellement et j'en ai encore tant à lire.

En moyenne, un français lit dix livres par an, si l'on considère qu'il lira de ses vingt ans à ses quatre-vingts ans (âge de sa mort), soit soixante ans, il aura lu six cents ouvrages dans sa vie. Six cents ! Autant ne dire rien du tout quand on connaît la richesse littéraire de ce monde. Choisissez-les bien, lisez, n'ayez pas de regrets. Si vous en avez lu un ou plusieurs des miens, ici même, dans ce roman, de manière solennelle, je vous remercie. Merci de m'avoir fait vivre ce rêve, d'avoir apprécié partager ces aventures avec moi. Vous faites partie de mes plus belles rencontres.

Je dois bientôt m'en aller. Mon attention se reporte sur le réveil Jaz et sur l'événement indiqué par son horaire figé. Mon esprit carbure telles les aiguilles détraquées dans le cadran d'une horloge. Je dois vérifier un point. Je bondis vers ma bibliothèque et sors toutes les lettres d'Anna de leur cachette ainsi que mon roman en cours d'écriture. Habité par un état second, je réécris la lettre à destination de la police, j'y note cette nouvelle découverte.

Il est l'heure de partir. Je passe par le bureau de ma femme. Dans un sac à dos, je mets les deux lettres et les deux manuscrits.

Ma moto démarre. La porte du garage s'ouvre. Lever de rideau sur l'acte final. Dehors la nuit est tombée comme si le monde se préservait de ce qu'il va se passer dans un avenir proche. Avant de quitter Paris, je dépose les deux missives dans une boîte aux lettres. Je m'engage sur le périphérique, à partir de là, il me faut moins d'une heure pour atteindre la maison de mon enfance.

La route est chargée. Les embouteillages s'allongent à perte de vue. Les feux arrière des voitures dessinent un gigantesque serpent rouge rampant jusqu'en enfer. Ou bien est-ce là des feux follets me guidant vers les limbes ou je ne sais quel autre lieu dangereux. Je file à allure raisonnable. Je roule sur l'interfile. Plus les kilomètres passent et plus la peur croît. Je ne peux lutter contre elle et n'essaie pas. Cette terreur me fait me sentir vivant.

La maison de mes grands-parents, quelle surprise qu'il ait choisi cet endroit. Choix intelligent, une habitation reculée de la ville, esseulée, au calme pour les affaires les plus sordides. La symbolique me surprend. Terminer là où tout a commencé pour moi. À la mort de ma grand-mère, je n'ai pu me résoudre à vendre ce bien. J'aime cette propriété, elle me rappelle mon enfance mais je la déteste encore plus parce que justement, elle me rappelle mon enfance. Si mon grand-père n'avait jamais existé, elle serait idéale, vieille demeure d'une autre époque, aux grosses pierres murales, aux pièces biscornues, à l'odeur d'antan, au jardin aux mille secrets. Sans le vieux, n'importe quel enfant s'y épanouirait. Je n'avais pu la vendre. Par chance, j'ai vite gagné beaucoup d'argent, la garder en ma possession ne me posait pas de problème. Je paie une fois par trimestre une société pour le nettoyage de fond en comble. Les factures d'électricité sont à jour. Les impôts aussi. N'importe qui pourrait vivre dedans. Aucun squatteur n'y a élu domicile.

Je me gare au pied de mon éventuelle dernière résidence. Rien n'a changé. Même dans le noir, la masse compacte de la bâtisse m'est familière. Je laisse mon casque sur la moto, sors la clé de ma poche et m'avance. La porte s'ouvre sans rébellion. J'appuie sur l'interrupteur. Le couloir s'éclaire. Mon cœur, d'une chamade infernale, perturbe le silence solennel de la maison. Je referme dernière moi avec l'étrange conviction de poser un piège sur la proie que je suis. J'allume le salon. Tout est à sa place, comme ma grand-mère l'avait laissé à son décès. Par-dessus l'odeur de renfermé, des odeurs de mon enfance s'élèvent. À l'extrémité de la pièce, je tourne la poignée d'une porte-fenêtre et déverrouille le volet pour laisser l'air s'y engouffrer. Je sors.

La terrasse s'étire vers l'obscurité. Une brise fraîche me saisit d'un frisson. Des branches d'arbres produisent une complainte sifflante. Non loin, une chouette hulule. Le ciel nuageux assombrit cette ambiance déjà lugubre. Je fais un pas en avant vers le jardin, pour m'éloigner de la maison qui m'apeure plus que la noirceur de la forêt avoisinante. D'un passé lointain, j'entends le moteur de la tondeuse vrombir lorsque, chaque week-end, mon grand-père la passait pour conserver une pelouse impeccable. Deux heures pour recouvrir tout le terrain, nos deux heures de tranquillité. J'aimais tellement le voir chahuté sur son appareil car…

Je n'ai pas le temps de me plonger plus longtemps dans mes souvenirs. Une voix dans mon dos m'interpelle. Je sursaute.

— Les mains en l'air. Bien en évidence, ordonne-t-elle.

J'obéis. Mon cœur ne bat plus. La chouette ne chante plus. Les feuilles ne sifflent plus.

— Tourne-toi.

Je m'exécute. Dans l'embrasure de la porte-fenêtre, lumière de la maison dans le dos, je ne discerne pas son visage. Il n'est qu'une forme humaine noire, une ombre chinoise. Mes yeux s'habituent à la luminosité et, enfin, les traits de son portrait se dessinent. Je suis un verre en cristal. Ce faciès provoque chez moi, un choc et, aussi petit ou grand qu'il puisse être, je vole en éclats. Je me disloque. Mes millions de morceaux rebondissent sur le sol. Plus de certitude. Plus de matière. Juste un amas de débris. Brisé. Anéanti.

Ses traits sont tendus, fermés, prêts à en découdre. Je m'attendais à trouver un visage familier, Patrice, Dolorès ou même, je dois le reconnaître, Anna. Je n'ai pas écarté cette possibilité. Après tout, elle savait à chaque fois où je me rendais, elle lisait nos échanges, elle était la seule, avec Patrice, à avoir connaissance de mes deux romans écrits d'avance. Mais non, aucun de ceux là ne pointe un pistolet dans ma direction. J'ai pourtant confiance en lui. Une confiance aveugle. Si j'avais su, j'aurais totalement revu mes plans.

— Entre dans la maison et vas t'asseoir sur le canapé, m'ordonne Valentin avec une détermination plus enragée encore que lors de nos matchs de tennis.

Chapitre 42

Ce chapitre de ma vie, je le nommerais : *Peut-être comprendront-ils le sens du sacrifice, la différence entre les valeurs et puis l'artifice.*

Je m'assois. Valentin reste debout. Son comportement me laisse penser qu'il est bien décidé à aller au bout de sa démarche et ce, peu importe le terminus. En y regardant de plus près, le pistolet dans sa main tremble quelque peu, à peine perceptible, de quoi me dévoiler ses propres limites. Il garde ma poitrine comme cible.

— Je m'installe si tu veux bien, annonce-t-il avant de s'enfoncer dans le fauteuil de mon grand-père.

C'est dérangeant de le voir prendre cette place. Ce trône de cuir était une exclusivité du patriarche. Si un postérieur autre que le sien avait le malheur de l'effleurer, il recevait une rouste de la main calleuse et vigoureuse du vieux. Ni ma grand-mère, ni James, ni moi n'osions nous y relaxer après sa mort, comme si son fantôme s'y accrochait encore. Y voir Valentin me renvoie une image blasphématoire susceptible d'une punition. Bien engoncé, il est ancré dans la pièce. Il a posé ses bras sur les accoudoirs. Son arme ne tremble plus. Le canon, prêt à cracher son projectile, zieute dans ma direction.

— J'ai souvent imaginé cette scène. Je m'y suis préparé et maintenant qu'on y est et bien tu vois, c'est plus compliqué à gérer que ce qu'il n'y paraît. Tu veux un truc drôle ? se pose-t-il comme question à lui-même. J'ai répété devant mon miroir. Tu sais comme De Niro dans *Taxi driver* ou Cassel dans *La haine*. C'est à moi qu'tu parles, hein ? C'est à moi que tu parles ?

Son imitation est des plus pathétiques. Il explose de rire. Son inhabituelle volubilité traduit un manque de confiance en lui. Valentin constate que je ne participe pas à sa franche rigolade et s'arrête net.

— Tu as ramené les deux manuscrits ? dit-il.

— Oui.

— Ils sont dans ton sac ?

— Oui.

— Sors-les.

Le bruit de la fermeture Eclair paraît irréel. Je dépose les deux romans sur la table basse à côté d'une feuille blanche et de quoi écrire, à l'endroit précis où ma grand-mère posait sa tasse de thé pendant ses moments de détente devant la télé. Le stylo est celui de la marque Figre avec mes initiales sur le côté, le même qu'il m'avait apporté à la maison avant d'en lancer la fabrication.

— Très bien. Je ne te cache pas que tu m'enlèves une belle épine du pied en me facilitant la tâche de la sorte. Je préférais que l'on ait tes deux textes avant que tu ne disparaisses. On a retourné toute la maison de Paris et celle-ci aussi, sans réussir à mettre la main dessus. On aurait bien fini par trouver mais comme tu le sais, la patience ne fait pas partie de mes qualités. Tu as dû sacrément bien les planquer. Ils étaient où ? Peu importe, l'important c'est qu'on les ait.

Je l'observe, mon esprit n'arrive pas à croire les informations reçues, les données sont forcément erronées.

— Ferme la bouche William. On va te prendre pour un fou avec une tête pareille, déjà que ça ne va bien là-haut chez toi, dit-il en pointant le haut de mon crâne avec son pistolet. Qu'est-ce qui se passe ? C'est cette maison ? T'as l'impression de voir des esprits ?

J'ai envie de rétorquer mais mes cordes vocales sont paralysées. Valentin se penche sur le côté, enfouit sa main libre dans la poche arrière de son jeans pour en extirper une page pliée en quatre. Il la secoue vigoureusement pour qu'elle se déplie d'elle-même.

— Prends le stylo devant toi et prépare-toi à écrire ce que je vais te dicter, m'ordonne-t-il.

Je reste pantois, incapable d'un mouvement. Il tend son bras armé dans ma direction en geste de menace.

— Prends ce putain de stylo et note, articule-t-il, mâchoires crispées.

Je m'assois au bord du canapé et obéis à sa requête.

— Note. *Depuis bien trop longtemps virgule je vis prisonnier de mon passé et de mes névroses point chaque jour virgule je mène un combat personnel contre moi-même et virgule contre mon gré virgule ce sont mes proches qui en subissent les conséquences point j'ai cherché le bonheur là où il pouvait se nicher sans jamais le trouver point tu n'en es pas responsable Éléonore virgule je suis le seul coupable de la situation point à la ligne je me suis battu toute ma vie virgule j'ai voulu me guérir mais je ne vois qu'une solution pour m'en sortir point à la ligne je veux rejoindre James point je n'ai jamais réussi à me remettre de sa disparition point je laisse ici deux romans virgule ultime trace de mon passage sur Terre point adieu point final.* Que penses-tu de ta lettre de suicide ? me demande-t-il en me souriant.

Aucun son ne parvient à sortir de ma bouche desséchée. Je l'humecte et avale ma salive.

— Je ne l'aurais pas écrite comme ça.

La phrase, sortie d'instinct, sonne incongrue.

— Moi non plus mais Éléonore a tenu à ce qu'elle soit ainsi.

Il laisse un blanc.

— Tu verrais le vide dans tes yeux, on dirait un demeuré. Ne me dis pas que tu n'es pas au courant ?

Nouveau blanc.

— Éléonore ne veut pas que je te parle, elle veut que j'en finisse de suite mais je tiens à ce que tu apprennes la vérité avant de mourir. Elle avait raison, tu ne te doutes de rien. Comment est-ce possible ? J'ai l'impression que la terre entière est au courant excepté toi. Il se dit que tu es le plus gros cocu de tout Paris.

Un autre silence, il me jauge.

— Tu te doutais bien que ça arriverait un jour ? Tout ça je veux dire, cette situation, tu t'en doutais, non ?

Il attend une réponse qui ne viendra pas.

— À ton air hébété, j'ai bien l'impression que non. Je vais t'éclairer un peu. Tu as déjà dû remarquer à quel point ça m'ennuyait de passer du temps avec toi ? Tu le ressentais que nos parties de tennis me faisaient chier ?

Soit sa question n'est pas parvenue jusqu'à moi, soit un filtre l'a empêchée de m'atteindre. Je fixe le canon de son arme.

— Je reconnais que j'aimais t'humilier sur le terrain, c'était mon petit plaisir. Si j'appréciais tant passer du temps chez toi, c'était pour être près d'Éléonore.

Il ponctue son monologue de pauses. Je n'arrive pas à accepter ces propos. Éléonore ne peut pas être mêlée à cette infamie.

— Nous sommes ensemble, non officiellement, depuis mon arrivée dans la maison d'édition. Oui, tu peux calculer, ça va faire six ans. Dès notre première rencontre, ça a été une révélation pour nous deux. Il n'a pas fallu une semaine pour que l'on succombe. Ça a été facile de profiter secrètement de notre histoire avec ton comportement d'attardé. Tu restais enfermé chez vous. On se voyait chaque fois que possible, au bureau, à l'hôtel, lors de nos déplacements dans des salons. Cette femme me rend fou. Ce qui me rend encore plus fou, c'est que son exclusivité ne me revient pas, à cause de toi. Alors, oui, elle m'a affirmé ne plus t'aimer, qu'elle ne restait avec toi que pour l'argent et conserver sa place d'éditrice au sein de la maison d'édition. Ça ne me suffisait pas. J'en voulais plus. Je voulais vivre avec elle, me coucher et me lever à ses côtés. Je voulais votre divorce. Elle a toujours été catégorique là-dessus, elle ne se séparerait jamais de sa poule aux œufs d'or, jamais. Et tu ne peux imaginer jusqu'où elle était prête à aller pour te garder sous sa coupe. Lecture de tes échanges avec tes fans. Mouchard électronique sur ta moto. Parfois, à force de voir ta psy, tu finissais par prendre quelques libertés, tu essayais de sortir alors elle faisait le job pour te cloîtrer à la maison. Par exemple, c'est elle, qui interdisait aux femmes de ménage de venir travailler, elle rinçait la société de nettoyage pour que tu gobes qu'il n'y avait pas de solution. Tu n'y voyais que du feu. Et hop, tu repartais pour une thérapie. Même en étant vigilant, tu as fini par t'émanciper quand tu as commencé à entretenir la relation épistolaire avec ta lectrice. Quand je pense que cette idée de mettre un ticket dans le livre vient de moi. Grâce à elle, je vais enfin avoir Éléonore rien qu'à moi. Si j'avais su, je l'aurais proposée plutôt.

Il se tait et soupire.

— Dès le lendemain où tu es rentré de votre dîner au restaurant, Éléonore est venue me mettre en garde. Elle t'a surpris à écrire à trois heures, en pleine nuit dès ton retour du restaurant. Qu'elle n'a pas été son étonnement de lire, le matin, la lettre destinée à ta bourgeoise. Éléonore voulait que l'on surveille ton comportement. Elle m'a missionné pour que, chaque jour, j'aille à la Poste avant Patrice, pour vérifier si Anna avait répondu et si oui, d'en faire une copie. Avec la lecture de vos échanges, on a compris que tu écrivais un nouveau roman. Éléonore n'avait pas de problème avec ta démarche. En revanche, elle ne pouvait tolérer les sentiments naissants pour Anna. Comme j'ai tenté de la raisonner, il n'y avait rien de surprenant à cela. Tu n'as connu qu'Éléonore, tu ne sors jamais, il était normal que tu tombes amoureux de la première venue. Ça aurait pu arriver avec n'importe qui, n'importe quoi, même une chèvre. Avec ton manque d'expérience, tu t'en serais forcément entiché. Éléonore a pris peur. Elle connaissait le risque de te voir partir. Avec un divorce, elle perdrait plus gros que toi. Je ne parle pas que du plan financier. Son poste d'éditrice ne tient plus qu'à ton succès et elle veut le conserver. Nous devions nous-mêmes orchestrer ton départ.

Valentin sourit, il a retrouvé son aplomb habituel, celui qui lui permet de jouer avec sa belle gueule.

— Éléonore est une femme intelligente, elle en a cherché des solutions pour t'empêcher de quitter le nid. Au commencement de ta relation avec Anna, on n'avait pas trop de pression mais tu as accéléré le rythme rapidement. Tu quittais la maison, sans Patrice, pour aller voir ta copine ou lui déposer des lettres. Entre parenthèses, je ne te remercie pas d'avoir caché ton courrier dans ce pot de fleurs, avec tes conneries, je m'en suis tapé du kilomètre. Bref, dans une lettre anodine, au détour d'une phrase, tu balances l'info à dix millions d'euros. Tu as écrit deux romans lus de personne, pas même par Éléonore. Il nous les fallait. On a profité d'un samedi de dédicace, celui où

Éléonore t'a accompagné pour que je retourne la maison, y compris ton bureau, échec total. Ne fais pas cette tête d'éberlué, tu pensais vraiment qu'Éléonore t'avait suivi pour le plaisir d'être avec toi ? Elle voulait surtout que tu ne la soupçonnes pas et aussi, elle avait connaissance de ton rendez-vous avec ta copine le matin dans la librairie. On a bien rigolé quand elle m'a rapporté ta gêne et ton stress. Quoi qu'il en soit, en parallèle, tu batifolais à l'extérieur. Vous avez même planifié votre un premier baiser. Si c'est pas mignon ça, de vrais ados. L'amour t'a donné des ailes, lance-t-il en ricanant. On devait te les couper. Éléonore a utilisé son joker, la femme de ménage n'est pas venue et, prévisible comme tu l'es, avec tes tocs d'attardé, tu es resté nettoyer la maison. Nous ne faisions que repousser l'échéance. Il fallait que l'on se débarrasse de toi avant que tu ne foutes le camp avec ta maîtresse. On cherchait la meilleure façon d'y parvenir. On devait récupérer tes romans avant de te tuer. Non seulement, tu disparaîtrais mais on allait pouvoir être ensemble. Ton décès exploserait la vente de tes bouquins dont les bénéfices reviendraient exclusivement à Éléonore. C'est là qu'elle a eu son idée géniale. Elle a pensé à Christian Tassin. Elle s'est rencardée et là, aubaine, il n'était plus en prison, en liberté, prêt à nous servir du meilleur alibi qu'il soit. Une vraie chance, une putain de vraie chance. On n'avait plus qu'à t'envoyer des lettres de menaces semblables aux siennes, pour t'effrayer. Sauf que Patrice était là. Ce con les interceptait toutes. Il a enquêté de son côté et lui aussi, a appris que Christian n'était plus en prison. Il a partagé sa découverte à Éléonore, sans savoir qu'elle était de mèche. Patrice était un frein pour nous. Il cachait les lettres pour te préserver. Heureusement, ta paranoïa l'a foutu dehors. Tu nous as bien aidés. Tu as enfin reçu mes lettres, sans juger bon de les prendre au sérieux, en croyant qu'elle provenait de Patrice. J'ai été obligé de t'apeurer. D'abord en te laissant m'apercevoir après tes galipettes avec ta bourgeoise. Tu m'as surpris à me poursuivre. Te voir rentrer avec une chaussure manquante jusqu'à ta moto m'a beaucoup fait rire. Après cette soirée et la lettre de menaces, tu t'es enfin rendu à la police et là, alléluia, tu as su que Christian Tassin n'était plus en prison. Tous les feux étaient au vert pour organiser cette soirée. Il ne manquait plus que le bon moment. La date de rêve se révéla enfin. Éléonore partait en déplacement, absolument rien ne l'incriminerait. Tu étais seul, Patrice ne te rappelait pas, nous pouvions t'obliger à venir ici et, par la même occasion, nous remettre tes romans. Tout se goupillait à la perfection. Tu te demandes certainement comment je vais te tuer sans que l'on pense à un meurtre ? Facile, tu as écrit une lettre de suicide et tu vas te mettre une balle dans la tête.

Il ponctue sa conclusion de son sourire carnassier.

— Ce dénouement n'a qu'un point noir. Anna. C'est embêtant que tu l'aies mêlée à tout ça et surtout que tu lui aies tout dévoilé. Potentiellement, si elle parle à la police, il y a un risque que l'on remonte jusqu'à nous. Ne t'inquiète pas, on la fera taire.

Sonné depuis le commencement de son monologue, plus abattu à chaque nouvelle, cette dernière phrase me réveille. Il n'a pas le droit de toucher à Anna.

— Tu ne lui feras pas de mal, osé-je.

— Tu ne seras plus là pour le voir, répond-il du tac au tac. Assez bavassé, je dois faire ce que je dois faire. Après, j'irai m'occuper de ta bourgeoise.

— Ne touche pas à Anna, crié-je en me levant.

Valentin imite mon déplacement et pointe son pistolet entre mes yeux.

— Rassois-toi tout de suite.

— Tu ne peux pas lui faire de mal.

— Je vais me gêner, rétorque-t-il. Je tenais à ce que tu le saches avant de mourir.

J'inspire un coup.

— Il y a quelque chose que j'aimerais te partager, lancé-je en dernier recours.

— Oui ?

— Je ne t'ai pas ramené mes deux romans mais deux pris au hasard sur la pile des nouveaux romanciers dans le bureau d'Éléonore.

— Quoi ? Qu'est-ce que tu dis ? répète-t-il alors que la panique traverse son regard.

La hargne obtempère un effet vase communiquant, Valentin perd en aplomb, je m'en empare.

— Vous avez sous-estimé l'effet de mes névroses. J'ai pris conscience d'une chose, avant de venir ici ce soir, alors que je déambulais dans mon bureau, une chose infime mais importante. Personne n'a le droit d'entrer dans mon bureau. Personne. Éléonore le sait bien, elle me connaît mieux que quiconque. Sur une de mes étagères repose un vieux réveil, un Jaz qui appartenait à ma grand-mère. Dans son cadran, l'heure y est figée à onze heures vingt-deux minutes très exactement. Il n'a jamais été remonté depuis. Mais, les aiguilles ont bougé. Sur le coup, j'ai cru à une défaillance à cause du mécanisme ancien. Et, quand j'y ai repensé peu de temps avant de te rejoindre ici, je me suis souvenu que, ce jour-là, Éléonore et Patrice étaient avec moi tout le samedi entre Brie-Comte-Robert et Claye-Souilly. L'un d'eux ne pouvait donc pas pénétrer dans mon bureau. Puis, en réfléchissant plus encore, je me suis demandé comment une lettre de menaces a pu atteindre le plan de travail de la cuisine ce matin alors que les codes de sécurité ont été changés après le départ de Patrice. Évidemment, ce n'est pas moi qui les ai donnés à quelqu'un alors qui ? Seule Éléonore les avait aussi. Mon raisonnement s'est étayé. J'ai pensé à cette autre lettre de menaces, envoyée soi-disant par Christian Tassin dans laquelle il demandait mes deux romans, ça devenait complètement dingue. Alors j'ai relu mon roman en cours d'écriture. J'ai croisé les dates avec ma correspondance. Mon bureau a été fouillé le jour de ma séance de dédicaces et, deux semaines auparavant, j'ai annoncé dans un courrier avoir deux romans d'avance. La personne qui a déréglé le réveil Jaz cherchait ces deux manuscrits. J'ai alors compris que tout était manigancé en ce sens et, pire encore, la tête pensante était Éléonore. Sauf qu'elle était avec moi à Claye-Souilly. Elle avait donc un complice. Je ne t'aurais jamais soupçonné. Maintenant que je connaissais ce que convoitait celui qui en voulait à ma vie, j'avais un moyen de pression en ne lui remettant pas.

Les traits rigides du visage de Valentin fondent à vue d'œil.

— Tu n'as pas fait ça ? bafouille-t-il.

— Vérifie par toi-même. Ouvre-les.

— Tu penses que ça va nous empêcher de les trouver.

— Vu l'endroit où je les ai mis, vous pouvez toujours chercher.

Valentin saute du fauteuil et pointe son arme dans ma direction.

— Tu vas me dire tout de suite où ils sont.

— Jamais.

— Je tuerai Anna.

— Tu n'auras pas ces manuscrits, affirmé-je sans ciller.

— On finira par les trouver je te le promets.

Je lis la colère sur son visage, il contourne la table basse et vient poser son pistolet sur ma tempe. Le contact de l'acier avec ma peau envoie une décharge d'adrénaline. Mes muscles se raidissent. Je tétanise.

— Je vais te tuer si tu ne me dis pas tout de suite où sont tes romans.

Ma crispation m'empêche de répondre. J'emploie toute ma concentration pour desserrer les dents et utiliser mon reste de lucidité.

— Je ne te dirai rien.

Un coup de feu retentit.

Chapitre 43

Ce chapitre de ma vie, je le nommerais : *Et quand je ne délire pas, j'en arrive à me dire qu'il est plus humiliant d'être suivi que suivant.*

Mes paupières s'écartent une première fois, la lumière m'éblouit. Suis-je mort ? Elles s'entrouvrent pour la deuxième fois, le décor se floute. Dans le noir à nouveau, le bruit sourd du revolver bourdonne à mes oreilles. Quelqu'un court à côté de moi. Je les ouvre complètement et la clarté s'offre à moi. Mon sauveur m'apparaît, Patrice. Il se précipite vers Valentin dont une tâche rouge croît sur sa chemise blanche au niveau de l'épaule.

Mon garde du corps plonge dessus, repousse son arme et lui passe une paire de menottes. Valentin gémit, il parle mais je ne l'entends pas. Un genou dans son dos, Patrice tourne la tête vers moi. Il me questionne, les sons ne me parviennent pas.

Le bourdonnement continue à secouer mes tympans. Ma respiration reste coupée. Je réalise lentement mon état. Je me sens dans la peau du monstre de Frankenstein. J'ai envie de hurler *it's alive.*

Le temps, alors très lent, amorce une accélération vertigineuse. Patrice plonge ses yeux dans les miens et ne bouge plus, il cherche à me rassurer, à m'offrir une lanterne dans ce brouillard. Avec calme, il m'explique ne jamais avoir cessé d'assurer ma sécurité. Il œuvrait à découvrir la personne cachée derrière ces lettres de menaces. Depuis plusieurs semaines déjà, elles ont commencé mais il les a interceptées et me les a cachées pour ne pas créer d'élan de panique chez moi. Il constatait l'amélioration de mon état psychologique grâce à ma relation avec Anna et il ne voulait pas gâcher ces efforts. Patrice est parti enquêter en Bretagne, voir Christian Tassin libéré. Après plusieurs jours, il en a conclu que les lettres de menaces ne venaient pas de lui. Il était passé à autre chose, totalement inoffensif. Quelqu'un l'imitait afin de m'effrayer. Pour ma sécurité, il devait démasquer la personne derrière ce complot. N'ayant aucune piste, il s'est contenté de me surveiller. Sous le coup de l'émotion, j'écoute avec attention ses explications, sans pour autant les enregistrer. Il a veillé à ma sécurité tout ce temps.

— Je suis désolé de t'avoir parlé ainsi Patrice, je n'aurais jamais dû remettre en doute ta fidélité.

— Ne t'en fais pas. Je n'ai rien fait non plus pour te prouver mon innocence.

— Tu te rends compte pour Éléonore ?

— Oui elle a…

Un téléphone sonne. La sonnerie retentit longtemps. Le son provient de ma poche. Anna. Je décroche et entends ses sanglots.

— William, c'est moi, crache-t-elle entre deux respirations.

Sa voix se meurt, elle pleure, impossible pour elle de parler.

— Anna ? Que se passe-t-il ?

Le silence se poursuit, entrecoupé par des larmes.

— Calmez-vous. Parlez-moi, tenté-je de la rassurer maladroitement.

— C'est mon mari. Il a trouvé vos lettres cachées dans ma table de chevet. Il est au courant pour nous.

Ses spasmes repartent de plus belle. Tout un tas de

scénarios se dessine dans mon esprit.

— Que vous a-t-il fait ? Où êtes-vous ?

— Il m'a insultée. Il a hurlé et ça a réveillé les garçons. Il est monté les voir pour les rendormir. J'en ai profité pour partir, j'avais besoin de vous parler, de vous entendre. Que dois-je faire ? Il n'arrête pas de m'appeler sur mon téléphone portable.

— Ne lui répondez pas. Je vous rejoins dans moins de quarante-cinq minutes au terrain de tennis.

J'expose la situation à Patrice, il écoute mes mots sans ciller. Il attend que mon débit infernal se calme.

— Tu ne peux pas y aller maintenant William.

— Pourquoi ? m'estomaqué-je.

— Nous devons avant tout prévenir à la police, qu'elle vienne arrêter Valentin et prendre nos dépositions. Ils doivent avoir ta version du coup de feu.

Face à son pragmatisme, je reste sans voix. Je recouvre mes esprits et balbutie une longue et interminable plainte, plus proche de la jérémiade d'un enfant se défendant d'une bêtise tout fraîche. Il refuse ma requête, me rappelant l'importance de ma présence à l'arrivée des forces de l'ordre. J'insiste sur la nécessité de rassurer Anna et, face à mon désarroi, il accepte que je fasse l'aller-retour. Nous contacterons la police à mon retour, en attendant, il gardera l'œil sur notre prisonnier. Il me supplie de me dépêcher.

Sans plus attendre, je fonce vers ma moto.

Chapitre 44

Ce chapitre de sa vie, je le nommerais : *Comment ne pas crier... comment ne pas pleurer... Je suis fatigué...*

Anna attend.

La tôle de sa voiture la protège contre la tempête qui, là dehors, emporte sa vie. Entretenir une relation extra-conjugale pouvait l'entraîner vers cette situation compromettante mais tant qu'elle ne se faisait pas prendre, elle ne pouvait soupçonner la puissance de la déferlante.

Son téléphone portable sonne sans arrêt – appels, messages vocaux, SMS. Elle l'ignore. Elle ne s'autorise aucun geste avant d'avoir parlé avec William. Il doit avoir une solution.

Quarante minutes après l'appel passé à son amant, les pétarades d'une moto résonnent à ses oreilles. Anna éteint son téléphone portable et le jette dans son sac posé sur le siège passager. William saute de son engin et, sans prêter attention à la présence ou non d'un observateur, la serre dans ses bras. Ils s'embrassent. Les larmes salées d'Anna fondent sur ses lèvres. Se croyant enfin en sécurité, elle se libère et donne libre cours à ses pleurs. Quand le calme revient, William prend la parole :

— Que s'est-il passé ?

Anna raconte. Ce matin, pour aller à leur rendez-vous volé, elle avait prétexté une course rapide au supermarché pour les repas du week-end. Bertrand avait tenu à l'accompagner. Elle avait refusé, lui expliquant qu'elle en avait pour cinq minutes. Elle était partie précipitamment pour qu'il ne puisse pas la rattraper. À peine quittait-elle

William que son mari lui avait téléphoné pour savoir où elle se trouvait. Sereinement, elle avait répondu le nom du supermarché proche de chez eux. Il lui avait révélé être stationné sur le parking et de ne pas y voir sa voiture. Il avait reposé sa question. Prise de panique, Anna s'était tue avant de se remémorer, en un flash, les bouteilles en verre vides présentes dans son coffre depuis plusieurs jours. En bafouillant, elle avait mentionné un détour pour les jeter. Mais Bertrand ne l'avait pas crue. Il avait crié plusieurs fois « menteuse ». Il avait osé demander si Anna voyait quelqu'un d'autre. Elle avait nié. Bertrand avait utilisé le mot amant, soulignant son changement de comportement depuis plusieurs semaines, l'espace grandissant entre chacune de leurs relations sexuelles, son absence de plus en plus fréquente, le rejet de sa compagnie pour sortir. Sous toutes ces incriminations, Anna avait réalisé que la niaiserie de Bertrand n'était peut-être pas si évidente. Sans preuve de son adultère, elle avait persévéré dans le déni.

Ils s'étaient retrouvés devant le magasin et avaient poursuivi cette conversation lourde d'accusations. Jusqu'à quinze heures, Anna avait fait profil bas. Puis elle avait emmené ses garçons à la fête d'anniversaire d'un de leurs camarades de classe, organisée à quelques kilomètres dans un escape game. Pendant que Lucas et Romain s'amusaient, Anna n'avait pas vraiment pris part aux échanges entre parents. Elle en avait profité pour réfléchir à un plan. Son objectif était de prouver son innocence et son amour à Bertrand. Elle comptait lui préparer un bel apéritif, suivi de son plat préféré, des fajitas et, le soir, elle ressortirait une vieille tenue affriolante pour un jeu de rôle coquin dont il raffole.

Sur le chemin du retour, soulagée grâce à son excellente idée, elle s'était promis d'être plus prudente à l'avenir, surtout avec les suspicions de son mari. La porte de la maison s'était ouverte, les garçons étaient entrés en courant, Anna leur avait emboîté le pas. Elle s'était rendue dans le salon pour parler à Bertrand qui, l'espérait-elle, se serait calmé.

Son projet s'était effondré quand elle l'avait trouvé, assis sur le bord du canapé, à lire sa correspondance avec William. Il avait imprimé ses derniers relevés téléphoniques et les comparait avec la date des courriers. Quand il avait levé les yeux des feuilles, son regard était noir. Anna avait envoyé les garçons dans leur chambre pour ne pas les mêler à leur dispute. Les explications, les cris, les pleurs et les insultes d'Anna et Bertrand avaient duré plusieurs heures jusqu'à ce que Romain vienne se plaindre, lui aussi en larmes, des hurlements de ses parents, les suppliant de ne pas divorcer. Bertrand avait raccompagné son fils à l'étage, et Anna en avait profité pour se sauver.

William écoute attentivement la fin de l'histoire. Il prend une profonde inspiration.

— Nous savions que cela pouvait arriver, même si j'espérais que ce ne serait jamais le cas. Je suis tellement désolé pour vous. Je voulais absolument vous voir, être là pour vous, mais je ne peux pas rester très longtemps, il se passe des choses graves de mon côté et je dois repartir. Anna, je suis en train de tout perdre ou, du moins, de perdre ma femme. Ça, c'est une certitude. Il serait trop long de tout vous expliquer maintenant mais, sans entrer dans les détails, c'est elle qui était derrière les lettres de menaces pour récupérer mes deux manuscrits cachés. Elle… elle a cherché à me tuer. Je suis perdu. Il est prématuré de parler des conséquences de tout cela, mais je vous aime et je vous veux. Pour autant, vous avez une famille et les prochaines heures vont s'avérer compliquées pour nous deux. Je ne vous oblige à rien. Vous pouvez me rejoindre tout comme mettre un terme à notre relation. Ma pensée est très égoïste car j'aimerais vous avoir rien qu'à moi. La raison me rappelle à l'ordre car vous avez des enfants et ils ont besoin de leur papa. Continuer à nous voir, même en cachette, finira tôt ou tard par nuire davantage à votre famille. Rentrez chez vous, parlez avec votre mari. Réfléchissez à savoir si vous voulez ou non me garder dans votre vie. Vous êtes la seule décisionnaire de notre avenir. Je vous demanderai seulement de ne pas me faire trop attendre pour connaître votre choix.

— Je vais vous écouter, parler avec Bertrand et réfléchir car je n'arrive plus à gérer. Je vous promets de vous donner une réponse lundi matin quand j'aurai quitté ma maison et déposé les enfants à l'école.

— Merci. Je dois vraiment partir. Bon courage, Anna. Je vous aime.

— Je vous aime aussi, William.

Anna, s'en ajouter un mot, regarde la moto s'éloigner, avec la déchirante impression de ne jamais plus revoir William.

Chapitre 45

Ce chapitre de ma vie, je le nommerais : *Bien sûr les étoiles se meurent quand le ciel s'éteint, c'est notre amour qui n'aura jamais de lendemain.*

Deux jours plus tard.

Je n'ai pas fermé l'œil depuis la soirée de samedi. De dimanche à lundi, les événements se sont enchaînés sans répit : déposition de plainte au commissariat, extradition d'Éléonore par la police américaine, perquisition chez moi, présence de nombreux journalistes au pied de ma maison, attente de la décision d'Anna. J'ignore si j'aurai l'opportunité d'une discussion avec ma future ex-femme. Mon avocat m'affirme qu'elle et Valentin iront en prison pour tentative de meurtre. Sorti de garde à vue, Patrice a pris ses quartiers chez moi pour m'épauler dans cette épreuve.

Ce lundi matin, j'observe mon visage fatigué et les cernes qui dégoulinent sous mes yeux. J'ai pris vingt ans, si ce n'est plus, je ressemble à mon grand-père. Mon attention se focalise sur le téléphone portable posé sur mon bureau. Je veux qu'il sonne. Je veux entendre le son de la voix d'Anna pour qu'elle me confirme que tout va bien pour elle. Je veux connaître son choix. Je veux être son choix. Juste avant neuf heures, la sonnerie tant attendue survient.

— Bonjour William, c'est moi.

— Bonjour, Anna, dis-je la voix frêle. J'attendais votre appel.

— Je vais faire vite car c'est… assez difficile. Mon

mari et moi avons beaucoup parlé. Il s'est adouci. Il a cherché à comprendre pourquoi j'avais entretenu cette relation avec vous. Je lui ai expliqué que, à votre contact, je vivais, j'existais. Je n'étais plus simplement la mère de nos enfants, plus simplement la maîtresse de maison, plus simplement l'épouse mais j'étais femme, j'étais moi-même. Je l'ai mis face à toutes ces années où, doucement, il m'a délaissée, où il ne prenait plus la peine de me regarder. Combien de fois n'avait-il pas remarqué mon passage chez le coiffeur ? Je suis devenue invisible à ses yeux et il a su le reconnaître. Il a admis que son garage l'obnubilait plus que tout et qu'il me négligeait quand il était à la maison. Le fait qu'il ait reconnu ses torts a été un véritable soulagement pour moi. Il a beaucoup pleuré. Il m'a répété qu'il m'aimait et qu'il ne voulait pas me perdre. Il m'a promis de faire des efforts, de faire attention à moi, de prendre plus de temps pour nous, sans les garçons. Il le fera car c'est un homme bon et droit. Je l'aime encore. Je ne l'aime pas autant que vous, c'est vrai. Je suis certaine que vous êtes l'amour de ma vie, le prince charmant dont je rêvais étant petite. Vous me procurez les frissons et la passion qu'il n'a jamais réussi et n'arrivera jamais à faire naître en moi. Mais je ne peux pas le quitter. Prendre cette décision m'est trop difficile, parce que j'ai peur, parce que je suis lâche et parce que, comme vous l'avez si bien dit, mes enfants ont besoin de leurs deux parents. Et pour eux, je me dois de laisser une seconde chance à mon mari. Vous comprenez ?

Je n'arrive pas à lui répondre. Elle laisse le silence s'étirer.

— Vous m'en voulez ?

Je puise dans ce qu'il me reste de force pour ne pas pleurer, je me dois d'être fort. Je l'ai mise dans cette infortune et dois l'en sortir.

— J'espérais une autre décision mais je respecte votre choix.

J'inspire pour me donner du courage.

— Je ne m'immiscerai plus dans votre vie Anna. Je vais disparaître. Vous n'entendrez plus parler de moi. Je vous le promets.

— William, ce n'est…, s'alarme-t-elle.

— Non, la coupé-je. Laissez-moi finir.

La conclusion me revient pour empêcher toute échappatoire.

— Je vous avais dit dans nos premiers échanges que je prendrais ce que vous aviez à me donner et que je partirais quand vous l'auriez décidé. Nous y sommes. Je vais disparaître. Je vais partir loin. J'ai besoin de réfléchir. Je vous demanderai en retour, de n'entrer en relation avec moi sous aucun prétexte. Je vous remercie encore pour ce que vous m'avez fait vivre. Merci pour cette bouffée de vie que vous m'avez apportée depuis ce dîner. Je n'ai jamais été amoureux comme je l'ai été avec vous. Je ne suis pas certain que cela se reproduise. Je n'oublierai jamais notre premier regard au restaurant. Le plus sincèrement du monde, je vous souhaite le plus parfait des bonheurs. Faites tout votre possible pour sauver votre couple et rendre heureuse votre famille. Je vous aime. Adieu.

Je raccroche et balance le téléphone de toutes mes forces sur le mur opposé de mon bureau. L'appareil explose en morceaux. Le dernier lien qui me reliait à Anna se brise. Ma mâchoire se paralyse, mes yeux s'embrument, les larmes me plongent dans l'obscurité.

Notre histoire se termine là.

Chapitre 46

Ce chapitre de ma vie, je le nommerais : *Il traînait, écartelé par la croissance du corps, son rôle, sa vérité, le malaise d'un épanouissement normal sous les couches de mensonges.*

Le dernier mot de William est brutal. Anna tente de le rappeler. Elle tombe directement sur sa messagerie. Il a dû éteindre son téléphone. Elle est convaincue de ne plus être en mesure le joindre, ni maintenant ni plus tard.

Adieu, ce mot résonne dans sa tête. En fond, elle entend le vide qu'il provoque – ce vide de sens, ce vide de vie, ce vide d'amour.

Anna sort de sa voiture et avance machinalement vers son bureau. Lundi, début de semaine, fin d'un cycle, début d'un autre. Ses collègues la saluent et, en voyant sa mine abattue et son état de fatigue, s'inquiètent. Elle les rassure avec un sourire circonstancier, incapable de prononcer un mot. Marie-Odile, sa collègue, cherche à lui tirer des informations, mais ses tracas demeurent muets.

Anna lit ses mails, prépare les rendez-vous de la journée et sort de ses noires pensées quand le facteur dépose le courrier sur son bureau. Ses yeux tombent sur la dernière lettre envoyée samedi par William. Un élan d'espoir s'empare de sa tristesse. Elle se précipite aux toilettes pour lire.

Paris, le 24 mai

Ma douce,

La voici, la dernière, à la fin de votre lecture, vous comprendrez enfin pourquoi je vous ai fait faux bond mardi midi.

J'appréhende déjà de l'écrire.

Avec les trois lettres précédentes, j'introduisais celle-ci, sans y insérer de passage douloureux. Même si, je vous l'accorde, mon enfance aux côtés de mon grand-père n'a pas été de toute tendresse.

Après sa mort, ma grand-mère, James et moi avons vécu des années de félicité. Avant de revenir sur cette période enchantée, il faut que j'aborde une anecdote qui, en réalité, n'en est pas une. Son importance est même capitale car d'un geste anodin de rébellion envers notre tyran, naîtra les prémices de ma carrière d'auteur. Dans le plus discret des secrets, ma grand-mère œuvrait pour nous offrir un quotidien plus acceptable, plus supportable. Elle se battait avec ses propres armes, elle était David, il était Goliath.

Nous avions dix ans, James et moi. C'était un mercredi après-midi sans école comme un autre. Le vieux travaillait. Ma grand-mère nous gardait. Je me souviens encore de sa voix pleine de mystère quand elle nous a proposé une sortie. James et moi enquêtions sur notre destination et elle répondait : « C'est une surprise, vous verrez bien. »

Nous avons marché jusqu'au centre-ville. Dans une rue, nous nous sommes arrêtés devant un immense bâtiment de ciment et d'acier. Immense du haut de mes dix ans, il n'excède pas en réalité la hauteur d'un immeuble de trois étages. Nous sommes entrés dans la bibliothèque municipale.

Un lieu calme, sans bruit, sans cri. Un refuge. Une évasion. Aujourd'hui encore, ces endroits réservés aux bibliophiles et autres amateurs de supports culturels font partie de mes madeleines de Proust. Nous nous sommes baladés à l'intérieur. Ma grand-mère nous a montré le coin destiné à nos âges, périmètre délimité par une frontière invisible au-delà de laquelle nous avions l'interdiction formelle de mettre les pieds. Dans les zones dédiées aux adultes, certains livres à l'épaisseur impressionnante me paraissaient impossible à lire en une vie. Elle nous a indiqué où se situaient les contes, les romans, les encyclopédies et les bandes dessinées. D'instinct, James s'est rué vers les bandes dessinées pendant que j'avançais à pas feutrés vers les contes moralisateurs. Installés sur des coussins, nous avons lu chacun de notre côté, ma grand-mère s'étant éclipsée pour nous laisser apprivoiser cette caverne aux merveilles. Nous y sommes restés une heure, ou deux, ou peut-être trois – peu importe, car c'était bien trop peu à notre goût. Avant de partir, elle nous a tendu à chacun une carte, bleue, avec sur le recto une fleur de lys blanche et, sur le verso, le nom de la ville, de la bibliothèque et le nôtre. Notre propriété, notre pass d'un an pour de multiples voyages au pays imaginaire. Elle nous a expliqué qu'avec ce « pouvoir », nous avions le droit d'emprunter un livre par semaine, six au maximum mais dans notre cas, un seul. Un unique prêt pour ne pas exposer notre secret à notre grand-père. Pas le droit au plaisir avec lui, juste au travail pour devenir un homme. Nous avons accepté le marché. Pour notre premier emprunt, James a pris La Planète des singes*, moi, j'ai choisi* Le journal d'Adèle*. En rentrant à la maison, nous avions* *caché nos précieux magots sous nos oreillers, plus vieille et sûre cachette du monde.*

Les mercredis allaient devenir une grande aventure.

Avec James, nous adorions nous rendre à la bibliothèque, nous pouvions enfin prendre du bon temps sans penser aux corvées, aux travaux physiques, aux devoirs ou aux punitions. À nos débuts, pour ne pas que l'on s'égare, notre grand-mère nous guidait à travers les rayonnages labyrinthiques, puis elle a coupé le fil d'Ariane, nous laissant nous perdre dans ces univers variés. Après la bande dessinée, James s'est dirigé vers la littérature de l'imaginaire. Il adorait les mythes, les batailles, la chevalerie, la piraterie, les pérégrinations épiques. Pour ma part, après être tombé sous le charme des livres Sa majesté des mouches *et* Pierre et Jean, *conseillés à l'école, je me suis tourné vers la littérature plus classique. J'appréciais les mots, les tournures, les métaphores, parfois incompréhensibles mais poétiques. Et plus encore, je savourais le caractère des personnages, héroïques pour certains, lâches pour d'autres, surprenants parfois face à des situations impensables. La bibliothécaire avait dit, en voyant mon choix de livres, « c'est bien la première fois que je vois un garçon de ton âge lire de grands auteurs de son propre chef. C'est impressionnant. » J'ai ressenti une fierté incommensurable. C'était un compliment brut, sincère, sortant de la bouche d'une autre personne que ma grand-mère. Les lectures de James n'avaient pas eu tant de considération. Pour une fois, je recevais les éloges et pas lui.*

Les semaines, les mois passaient, j'avançais à l'aveugle entre tous ces auteurs plus talentueux les uns que les autres. Cette même bibliothécaire, madame Tulpin, a fini par prendre l'initiative de me conseiller. Grâce à ses connaissances, ma lecture est passée de brouillonne à structurée et progressive. Je voguais d'un romancier à un dramaturge, d'une époque à une civilisation sans en ressentir de difficulté. Pour m'aider à comprendre ce que je découvrais, madame Tulpin me donnait des renseignements complémentaires, la biographie de l'écrivain, le contexte historique, géographique et alors, les zones d'ombre des romans s'éclairaient. Stupéfait de constater l'importance que pouvait jouer le quotidien sur l'inspiration d'un auteur, j'apprenais. Je me gavais, au sens littéral du terme, plus glouton encore que Gargantua avait pu l'être. Ma faim était sans fond, mon abreuvoir intarissable.

Je n'ai pas assez remercié ma grand-mère de m'avoir donné la becquée littéraire, nourriture de l'esprit.

Cette sortie hebdomadaire clandestine nous suggérait un avant-goût d'indépendance que nous ne connaîtrions définitivement qu'à la mort du vieux tyran, se référer à cette citation hautement philosophique : Le lion est mort ce soir et les hommes tranquilles s'endorment.

De mon point de vue, un des changements les plus marquants d'après son décès est que nous n'empruntions plus un livre à la bibliothèque mais le maximum possible. Ces années ont été les plus merveilleuses de ma vie.

James et moi avions trouvé le sourire qui nous faisait tant défaut sous la menace perpétuelle d'une sanction. Nous avons encore plus lu, et nous avons également commencé à sortir avec des copains, à aller au cinéma, à la piscine, à exister simplement.

Nous nous sommes pris à un petit jeu avec mon frère, créer nos propres histoires. Rien de bien sérieux, un amusement en dilettante auquel on s'adonnait après avoir terminé un même livre. L'objectif était de prendre un passage marquant du roman, de le modifier et d'imaginer la suite.

La passion de la littérature nous liait plus encore que notre lien fraternel. Ce n'était pas du sang qui coulait dans nos veines mais de l'encre qui voulait s'échapper pour recouvrir des feuilles blanches. À force de jouer à cet exercice, à l'heure du coucher, lumière éteinte, livre refermé, on a fini par inventer nos propres aventures. Le lendemain matin, dans un cahier, je notais nos idées de la veille pour ne pas les oublier. James ignorait mon œuvre.

Avec mon frère, même après la disparition de mon grand-père, nous avons continué à réaliser les tâches ménagères. Ma grand-mère refusait de nous voir encore avec un balai à la main mais elle abdiquait face à deux garçons têtus comme nous. On voulait la ménager, qu'elle pense enfin à elle sans craindre de recevoir un coup de pied ou une gifle. On ne rechignait pas, au contraire, on a même pris parti d'entretenir le jardin, partie de la maison dont mon grand-père s'octroyait l'entretien. Oui, la verdure étant à l'extérieur, il fallait qu'il se montre en homme exemplaire lors du passage impromptu d'un voisin. Pas un jour encore sans que l'on frotte, lave ou nettoie et, aussi bizarre que cela puisse paraître, réaliser ces travaux sans obligation externe n'apparaissait plus comme une corvée mais comme un service rendu à notre grand-mère.

La vie aurait pu se passer ainsi durant des années, pour toujours. Mais les familles sous l'emprise du malheur n'arrivent jamais à s'en défaire. La nôtre allait en payer les frais.

Dix-sept ans, c'est l'âge auquel James a commencé à se plaindre d'être essoufflé à chaque effort. Il est allé voir des médecins qui l'ont envoyé vers des confrères qui l'ont renvoyé vers l'hôpital le plus proche, Senlis, pour une batterie d'examens. Pas facile de se déplacer quand on n'a plus de conducteur dans la famille, ma grand-mère n'ayant jamais passé le permis. On a été brinquebalé durant plusieurs semaines, entre prises de rendez-vous et résultats. Le verdict a fini par tomber. Maladie incurable. Huit semaines à vivre.

La foudre ne tombe jamais deux fois au même endroit. Notre maison est l'exception qui confirme la règle.

Mon frère, affaibli, ne quitta plus son lit d'hôpital. On y allait tous les jours avec ma grand-mère, je loupais les cours. Devant lui, nous faisions comme si de rien n'était, comme si tout allait bien, que les miracles existaient et qu'il rentrerait bientôt avec nous. Après nos visites, à peine le seuil de la porte la maison franchie, les larmes coulaient à n'en plus finir sur mon visage.

Durant son hospitalisation, je me levais tous les matins à cinq heures pour faire le ménage. Le bruit produit par mon agitation matinale sortait ma grand-mère de son sommeil. Elle me sommait d'arrêter et de me recoucher. Je ne tenais pas à ce qu'elle s'en occupe après nos visites éreintantes moralement. Le nettoyage était fait chaque jour et ça devait continuer, l'absence de James ne justifiait pas de vivre salement.

Pour le soustraire à la solitude, je lui ai ramené les carnets dans lesquels dormaient toutes nos histoires. Quand il a vu ce modeste présent, j'ai ressenti une immense gratitude dans son regard. Nous avons retravaillé, du début jusqu'au dénouement final, rebondissements inclus, les idées notées. Certaines nous ont donné plus de fil à retordre que d'autres. Nous ne restions jamais bloqués indéfiniment car, ma grand-mère, discrète dans un coin de la chambre, venait à notre rescousse quand nous stagnions trop longtemps. Elle lâchait une simple suggestion que nous transformions en passage épique. Et mieux encore, elle s'est investie entièrement dans l'une de nos histoires, notre trilogie. Elle s'inspire de la vie de sa mère et de la sienne pendant la Seconde Guerre mondiale jusqu'à nos jours, grâce à un secret qu'elle nous a livré. Nous exploitions notre matière grise à des fins créatives pour notre bien-être, et aussi pour ne pas penser à cette maladie qui grignotait James. Chaque lendemain, nous retrouvions mon frère avec des réflexions enrichies pour agrémenter les trames en cours.

Six semaines plus tard, nous avions dix scénarios.

En cette journée où nous mettions un point final, on pouvait lire de la fierté sur le visage émoussé de James. Il parlait sans cesse de nos dix ouvrages, des retournements spectaculaires, des scènes d'aventures, d'amour, d'amitié, de fraternité. En milieu d'après-midi, ma grand-mère était descendue à la cafétéria de l'hôpital se désaltérer. James en a profité pour me parler. Je garderai pour toujours ces paroles chargées de tristesse, l'émotion au bord de ses lèvres, les larmes au fond de ses yeux.

« Jimmy, j'aurais vraiment aimé plus que tout au monde écrire ces romans avec toi. Ils auraient été géniaux, de grands livres. Nous aurions été des romanciers reconnus, un duo fraternel incontournable de la littérature. Je ne serai plus là pour découvrir l'accueil des lecteurs. Je suis pourtant certain qu'ils feront d'excellents succès. Écris nos histoires. Tu as plus de talent que moi à l'écrit, c'est finalement mieux que ce soit toi qui restes. Tu y arriveras. Je veux que tu me fasses une promesse, Jimmy. Promets-moi de terminer ce que l'on a commencé. Promets-moi de publier ces romans, peu en importe le prix. Promets-le-moi, Jimmy. »

J'ai promis.

Dans cette promesse, j'ai mis mes tripes, mon âme. Je n'aurais de repos tant que son souhait ne serait pas réali-

sé. Avant de fermer sa porte de chambre, ce soir-là, il m'a lancé cette phrase : « N'oublie pas ta promesse. »

Cette même nuit, je n'arrivais pas à trouver le sommeil et, pris par une frénésie productrice, je commençai notre premier roman. Les pages noircies s'empilaient, le sablier égrainait les heures. À quatre heures du matin, épuisé, je sentis un désir plus vorace encore que l'envie de dormir s'emparer de moi.

Je voulais courir. Courir vite, courir loin, courir jusqu'à l'hôpital, courir au chevet de James pour qu'il lise le début, courir par rejet pour cet exercice, courir en sens inverse de la rotation terrestre pour revenir au temps où mon frère avait la santé. Mais le marchand de sable se décida à passer et je ne fis rien de tel. Je me couchai.

À cinq heures, le réveil vint me tirer de mes songes. Impossible de me lever si tôt, si peu reposé, pour nettoyer la maison. Je me rendormis. À huit heures et demie, je me réveillai naturellement, sans alarme, sans aide.

Ma douce, c'est con mais, savez-vous à quoi j'ai pensé à cet instant ? Pas à mon frère mourant, non. Mon esprit se focalisait uniquement sur le ménage que je n'avais pas fait. Aussi loin que remontent mes souvenirs, mon grand-père nous levait tôt pour faire nos lits, notre toilette et ranger la maison, même les jours d'école. Et pour la première fois, je ne m'occupais pas des corvées par fainéantise. Cette devise du tyran m'est revenue : « Si tu te lèves après le soleil, ta journée est foutue. » Dans la cuisine, mon petit déjeuner m'attendait, ma grand-mère aussi. Je m'excusai platement d'avoir dormi aussi tard et de ne pas avoir mis d'ordre dans la maison. Mon aïeule me souriait tendrement, sans me tenir rigueur de cet écart exceptionnel. Je n'en démordais pas, j'avais tellement honte. « Va faire ta toilette plutôt que de te torturer les méninges, on va rater notre bus », me dit-elle.

C'était un mercredi, je m'en souviens très bien car, le mercredi, sur le calendrier de nettoyage c'est le jour de la salle de bains. Je me suis dépêché d'aller sous la douche, je scrutais dans les coins et recoins qu'aucune tâche, trace ou crasse ne polluent la pièce. Le jet d'eau m'éclaboussait quand le téléphone a sonné. Je ne l'ai pas entendu. Je m'empressais de me préparer, je ne voulais pas perdre une seconde, James devait avoir les premières pages entre les mains le plus rapidement possible. Je retournai dans la cuisine, les cheveux encore mouillés. Ma grand-mère était assise, son visage dans les mains. Elle pleurait. Ses bras s'écartèrent, elle n'arrivait pas à soutenir mon regard. Elle hocha la tête. À gauche. À droite. Signe que c'était fini pour James.

Il était mort au petit matin.

Ma douce, je vous épargne le deuil, les obsèques, le manque, la peine, le vide, tous les fardeaux de la perte d'un être cher.

Si, jusqu'à maintenant, je vous ai raconté tout ceci, c'est pour vous partager l'analyse de ma psychologue, Dolorès. Elle n'aura de sens pour vous qu'à la lumière de mes lettres.

Je suis un homme qui s'est construit sur l'abandon d'une mère, sur le manque d'amour de ses parents, sur la destruction psychique infligé par mon grand-père. Pour elle, et j'insiste bien sur les mots « pour elle », il est normal que je vive avec des manies, des obsessions, des tocs ou tout autre nom caractérisant des névroses. Par exemple, je me lave les mains quatre fois consécutivement, parce que pour mon grand-père, deux, ce n'était pas assez et, en vieillissant, j'ai entendu dire que les chiffres impairs portent malheur, alors j'ai banni les trois lavages. Je ne mets jamais le son de la télé ou de la sono sur ces-mêmes nombres impairs, sauf le sept, mon chiffre porte-bonheur. Je me tiens toujours à gauche dans un groupe. Les objets doivent toujours être à leur place, classés par ordre alphabétique. On n'intervertit pas le gel douche et le shampoing... Et j'en ai encore en réserve. Le pire d'entre eux étant qu'une maison doit être propre en toutes circonstances.

La mort de James a figé dans mon esprit l'idée que, si je ne fais pas le ménage, ne serait-ce qu'une seule journée, cela causera une action funeste. Vous pensez, en lisant ces lignes, « cet homme est détraqué ». Vous avez raison. Moi-même, quand je pense à cette connerie de propreté, je me prends pour un taré. Mais comment se convaincre que le mur est blanc quand l'esprit le voit noir ? Ses croyances débiles ne se défont pas facilement.

Dès le début de notre relation, Éléonore m'a pris rendez-vous chez Dolorès, l'une des psychologues les plus réputées de Paris. Elle m'a poussé à embaucher une équipe de nettoyage à domicile, présente sept jours sur sept, trois cent soixante-cinq jours par an, pour que je n'ai plus à le faire. Dolorès m'a beaucoup aidé à calmer mes névroses. Quand les femmes de ménage ont commencé à venir, je participais à leur effort journalier. À force de persévérance, les bienfaits de la thérapie se sont fait ressentir. Je me suis défait du ménage, le laissant aux professionnels embauchés. Mes angoisses se sont atténuées sans disparaître en totalité.

Une belle éclaircie dans mon ciel de vie, un bleu limpide apparaissait de-ci de-là entre des nuages cotonneux qui rapetissaient au fil des séances. On dit qu'après la pluie vient le beau temps. Je peux dire aussi : après une accalmie, un ouragan. Le tonnerre a grondé. La foudre a déchiré les cieux.

Cette foudre même qui pourchasse ma famille pour la détruire.

J'avais vingt-six ans quand le cancer a frappé à la porte de ma grand-mère. Généralisé, l'ont-ils nommé. Je n'aimais pas son nom. Généralisé, ça rime avec métastasé, tué, annihilé. L'avancée de la maladie rendait les chimiothérapies inutiles. Les médecins ont estimé qu'elle ne vivrait pas plus d'un mois. Ils ne se sont pas trompés d'une journée. Diagnostiqué le 21 mars, Généralisé l'a emportée le 21 avril, au matin du printemps.

Son départ aurait pu se passer sereinement, sans laisser une trace indélébile dans mon esprit déjà bien amoché. C'était sans compter sur l'effroyable dessein du destin, bien décidé à faire de moi un écrivain maudit.

Le 21 avril, aux alentours de sept heures, le téléphone a sonné. La maison de repos, ou devrais-je dire le mouroir, m'informait que l'état de ma grand-mère s'était aggravé dans la nuit. Elle ne verrait peut-être pas les douze coups de midi, il fallait que je me dépêche de rappliquer si je voulais lui dire au revoir. Et là, le souvenir de James a refait surface. J'allais quitter ma maison sans qu'elle ne soit propre. À mon dernier manquement, un drame était survenu. Éléonore a tout fait pour me convaincre de me rendre à son chevet. Je m'y suis refusé. Ses arguments étaient les bons, à peine deux heures plus tard, la femme de ménage arriverait. Je pouvais partir la conscience tranquille. Je ne parvenais pourtant pas à franchir le pas de la porte. La saleté me hantait. J'étais certain que, si je partais sans nettoyer, un malheur se produirait. Ma femme, dans son immense soutien, a téléphoné à Dolorès, dont les rendez-vous ne commenceraient qu'en milieu de matinée. Vu le contexte, elle a accepté de me parler. Je l'ai prise en ligne. Elle a beaucoup insisté sur la notion de regret. Après une heure d'arguments acharnés, elle m'a convaincu.

Dans le hall de la maison de repos, les visiteurs, les patients et les membres du personnel s'amassaient devant les ascenseurs. J'ai grimpé au quatrième étage par l'escalier, emprunté le couloir jusqu'à sa chambre, le souffle coupé. J'entends encore très distinctement les faibles sons produits par mon poing contre la porte. Ma crainte de la déranger ou de la réveiller me stressait à chaque visite. En entrant, l'odeur propre à ces lieux est montée à mes narines.

Ma grand-mère dormait. Je me suis assis à côté d'elle et je lui ai pris la main. À ce simple contact, j'ai su qu'elle ne dormait pas. Sur l'instant, je n'ai eu aucune réaction. J'ai simplement contemplé son réveil Jaz sur sa table de nuit. Le rythme métronomique de son mécanisme berçait mes pensées. Tic-tac.

Une infirmière m'a sorti de ma torpeur. J'ai quémandé de rester encore un peu avec le dernier membre de ma famille. La femme est sortie sans rien dire.

Le Jaz était devenu mon obsession, chaque mouvement d'aiguille me renvoyait à un visage, à une scène de mon enfance. Mon grand-père. Ma grand-mère. James. Madame Tulpin. La course à pied. Le ménage. La bibliothèque. À onze heures et douze minutes, le temps s'est arrêté. Les aiguilles ont cessé leur course folle. J'ai déposé un baiser sur son front, je suis sorti, le réveil sous le bras.

Là non plus, ma douce, je n'aborde pas la douleur de cette disparition.

Ce décès a marqué d'une pierre blanche tout espoir

d'échapper à mes névroses. J'y ai replongé, persuadé que, si j'avais fait le ménage ce matin de printemps, j'aurais pu dire une dernière fois à ma grand-mère tout l'amour que je lui portais. Ne pas avoir nettoyé m'a privé de cet adieu.

À cet instant, j'étais fragile, à la merci de l'autodestruction. Une statue de verre au milieu d'un troupeau d'éléphants en pleine charge. Et comme un malheur n'arrive jamais seul, la foudre a pourfendu pour la quatrième fois le ciel de mon existence.

Deux ans après la mort de ma grand-mère, un nouveau drame ébranla mon état psychologique.

Je vous ai parlé de la tentative d'assassinat sur ma personne. Christian Tassin, mon agresseur, a anéanti mes efforts dans la quête d'une vie normale. Je me suis refermé sur moi-même telle une huître sur sa perle, arrimée avec fermeté dans la crevasse d'un rocher, là où aucune main ne peut la déloger. Cloîtré dans ma maison, à présent ultra-sécurisée, je ne laissais personne m'approcher à part Éléonore, Patrice et Dolorès. De longues heures ont été nécessaires à cette dernière pour me sortir la tête de l'eau et me faire mettre un pied à l'extérieur. Et encore, j'ai pris ce risque en partie pour moi mais surtout pour ma femme qui tenait à me voir reprendre le chemin des séances de dédicaces.

Dolorès a réussi, plus ou moins bien, à m'aider après ce drame. Certain de ne pouvoir guérir en totalité, je me suis résigné. J'ai accepté mon sort. C'était peut-être ce que j'avais de mieux à faire, vivre reclus dans ma maison, loin du monde, du danger, de la maladie jusqu'à ce qu'un jour, la foudre achève son entreprise.

L'écriture pour exutoire, je me consacrais à la promesse faite des années plus tôt à James. J'ai écrit nos dix histoires, huit seulement ont été publiées. Éléonore ayant trouvé les deux dernières mauvaises au niveau scénaristique, elle a refusé catégoriquement de les publier un jour. Mais, contre ses conseils, j'ai terminé mon œuvre et j'ai caché les deux romans mentionnés dans nos premiers échanges. Le dixième titre paru en date est celui qui vous a fait gagner le jeu concours.

L'idée d'insérer un ticket gagnant ne vient pas de moi mais de Valentin, le chargé de communication des éditions Paroxysme. Je n'étais pas très emballé par l'idée mais, face à sa détermination et à l'insistance de ma femme pour accélérer et augmenter mes ventes, j'ai cédé.

J'ai profité de cette opportunité imposée pour travailler sur un onzième roman, celui qui relaterait la correspondance avec le gagnant de ce fameux concours. Une fiction-réalité. J'ai trouvé le concept génial, Patrice aussi, et Dolorès encore plus car cela me permettrait de me reconnecter au monde.

J'ai décidé de réaliser ce projet, assez sournois pour le lecteur lésé, parce que j'étais incapable d'inventer un scénario seul. Croyez-moi, j'ai tout tenté pour y parvenir, j'ai lu, j'ai vu, j'ai écouté, je me suis inspiré, j'ai inventé, j'ai repris des notes mais je ne réussissais pas à sortir une bonne romance, pas même une nouvelle. Panne d'inspiration sèche. Cette page blanche m'était légitimement destinée. Mon frère avait eu les meilleures idées, ma grand-mère nous débloquait, moi, je retranscrivais sur papier le talent de mes proches. Il m'est facile d'écrire, d'agrémenter, de rendre les personnages réels et paradoxalement, je suis dépourvu de créativité, incapable d'inventer. Je me sentais dans la peau d'un usurpateur, venu sur le devant de la scène en volant la vedette à des êtres chers à son cœur. Si je voulais écrire « mon » roman, je devais extraire la trame de la réalité.

Vous êtes alors apparue au centre de ce projet, la dernière pièce du puzzle pour mettre mon grain de sel à cet édifice titanesque initié par mon frère, bâti sur plusieurs années. J'allais pouvoir refermer la parenthèse ouverte avec cette promesse.

Sauf que je ne pouvais deviner jusqu'où m'entraînerait cet échange épistolaire. Et, pour cette part de mystère, je dois vous faire mes plus sincères remerciements.

Grâce à vous, ce livre verra le jour, il rendra la gloire posthume à mon frère et ma grand-mère.

Grâce à vous, j'ai rencontré la vie avec un grand V et l'amour avec un grand A et, que ce soit avec vous, ça me VA.

Grâce à vous, je suis passé au-dessus de certaines de mes névroses et pour vous, je vais les combattre.

Grâce à vous, j'ai appris à sourire, de notre sourire.

Grâce à vous, j'ai foi en l'avenir.

Ce soir, je dois remettre mes romans dans la maison de mes grands-parents. La foudre s'abattra peut-être pour la dernière fois. Ce n'est rien, je l'accepte. Avec votre rencontre, j'ai réalisé un rêve, mon rêve, des rêves. Le seul objectif pour moi est qu'il ne vous arrive rien et surtout, que votre famille sorte indemne de cette future confrontation.

Au sujet du manuscrit relatant notre histoire, celui que vous avez eu dans les mains il y a plusieurs jours, sachez que tout ce que j'ai écrit depuis notre première rencontre partira à la police et chez un notaire. Je ne tiens pas à ce que, en plus de mes deux ébauches demandées en otage, notre histoire tombe entre de mauvaises mains. Soyez ras-

surée, j'ai changé votre prénom pour ne pas que votre famille soit impactée par notre romance. Je vous ai surnommée Anna, Anna Durand. Vous portez mon véritable nom de famille, comme si nous étions mariés. J'espère que ce prénom vous plaira.

C'est ici que je vais mettre un point final à cette lettre, certainement la dernière de notre correspondance, si la foudre le décide.

Merci encore ma douce, merci de m'avoir redonné goût à la vie, à l'ivresse, à l'excès, à l'amour. Je vous aime de tout mon être. Mon cœur vous sera toujours acquis, dans ce monde ou dans un autre. Cet amour n'aura pas de fin, il sera scellé par mon dernier souffle. Merci.

Je vous souhaite la plus succulente vie imaginable. Tous les jours ne seront pas roses, le vent tournera parfois à la maussaderie et, si tel est le cas, dans ces moments de doute et d'ombre, ressortez cette lettre, isolez-vous et imprégnez-vous du paragraphe qui va suivre.

Nous y voilà, notre dernière bouffée d'amour, une bouffée d'oxygène, vitale, incompressible. Quand je vous l'écrirai, ma douce, inspirez le plus d'air possible et lisez d'une seule traite.

Êtes-vous prête ?

Inspirez. Longuement. C'est maintenant.

L'air s'engouffre dans vos poumons il s'insinue au plus profond de vous et je suis là à vos côtés une main sur votre épaule mon souffle dans votre cou vous basculez dans notre faille spatio-temporelle nous sommes assis le premier soir dans ce restaurant quand ce rare regard nous enveloppe nous marchons cachés à l'orée d'une forêt nous sommes assis sur un banc dans un parc nous nous embrassons dans votre voiture nous nous abandonnons dans mon salon notre sourire en guise de bise dans cette bulle d'air il n'y a que nous notre langage nos corps notre passion cet oxygène va vous quitter mais avant il vous rend intrépide envoûtante merveilleuse indomptable.

Expirez ma douce, expirez doucement. Vous le sentez ? Il est là, notre amour. Chaque fois que vous en aurez besoin, cette bouffée d'amour sera là.

Abusez-en.

Je vous aime.

Jimmy.

Anna pleure. Ses larmes sont lourdes. Elles pèsent le poids d'un amour perdu. Elle sèche ses yeux pour ne rien dévoiler à Marie-Odile. Elle plie la lettre pour la ranger dans sa poche.

Leur histoire se termine là.

Mise en garde

Amis lecteurs, cette dernière lettre à destination d'Anna termine mon roman réalité-fictif épistolaire.

Plusieurs de vos questions restent sans réponse, j'en ai bien conscience. Malheureusement, la suite de ma vie n'a plus de lien avec l'entreprise initiale de ce récit. Cette histoire débute par la découverte du ticket gagnant et se clôt avec notre rupture. L'ultime appel téléphonique pour moi. La dernière lettre pour Anna. Nous nous sommes promis de ne plus nous contacter, dès lors, ajouter des pages à ce livre ne serait qu'étayage.

La vérité est rétablie. Le monde littéraire découvre mon rôle de co-auteur de mon œuvre avec James, mon frère, et ma grand-mère. Je suis soulagé par cet aboutissement et heureux que les membres de ma famille retrouvent leurs lettres de noblesse. Je suis fier de poser ma pierre à l'édifice avec cette dernière histoire tenue entre vos mains. Je ne suis pas qu'un nègre mais un écrivain à part entière.

Pour ne pas vous laisser dans la plus obscure des ignorances, je vais vous raconter mon ultime contact avec Éléonore avant son jugement. J'ai tenu à la voir et elle a accepté sans compromis. La rencontrer derrière un parloir ne m'a pas choqué, ce lieu est à son image – froid, impersonnel, baigné de mensonges. Dès le début de notre conversation, elle s'est emparé de la parole, pour ne pas déroger à son caractère.

Je ne t'ai jamais aimé. Notre couple reposait sur l'argent que tu pouvais me rapporter. Tu ne t'es même pas rendu compte que notre mariage ne tenait qu'à ma détermination à conserver ma place d'éditrice que j'allais perdre à cause de mes deux échecs successifs. Tu es un homme faible et lâche qui pleurniche depuis notre rencontre. J'entretenais tes angoisses, tu t'effondrais, je t'aidais à te relever et tu me considérais comme indispensable à ton équilibre. Tu ne voyais rien de mes agissements.

Et je vous en passe des vertes et des pas mûres. Aucun de ces propos ne m'a atteint. Comme tout animal venimeux, son venin s'est tari et j'ai pu à mon tour m'exprimer.

Ce n'est rien Éléonore, mon existence, ma carrière, mon mariage n'ont été qu'un vulgaire mensonge mais grâce à toi, j'ai rencontré le véritable amour.

Explosion littérale de rire de sa part.

Que c'est mièvre, mon pauvre William. Tu es pathétique avec ta petite bourgeoise écervelée de classe moyenne. Vous n'êtes que deux pigeons, prêts...

La race, d'une rareté crasse, d'Éléonore a la faculté de reproduire du poison plus rapidement que n'importe quelle autre espèce terrestre. J'attendais la fin de son expectoration.

Ce n'est pas pour entendre ta rancune que je te rends cette dernière visite. Il m'importait d'éclaircir un point. Je tiens à te révéler la cachette de mes deux manuscrits inédits.

Je me tais pour avoir toute son attention.

Dès le début de notre relation éditeur-auteur, je t'ai fait part des trames des dix romans, dont la trilogie que j'avais en ma possession. Je t'avais cité les grandes lignes de chaque scénario et tu avais été emballée. Détail que tu as dû oublier ou évincer. Après avoir terminé un livre, avant d'en commencer un autre, je te rappelais le synopsis du suivant pour que tu le valides. Deux fois, tu as dénigré mes histoires en affirmant qu'elles ne tenaient pas debout, qu'elles étaient merdiques, impubliables. Tu n'as pas pris la peine d'y réfléchir car tu ne voulais pas perdre ta place. C'était ton métier. Tu avais une réputation dans le milieu, je ne pouvais décemment pas aller contre ton jugement. Mais il m'était impensable qu'une ou deux pièces de l'œuvre inventée par mon frère, ma grand-mère et moi soient mauvaises. Dans ton dos, je t'ai désobéi. C'est d'ailleurs à cause de leur écriture que j'ai mis plus de temps à publier mon cinquième et mon huitième roman. Je devais respecter l'ordre chronologique défini par ma famille. Je les ai écrits, relus, corrigés, cachés. Je les trouvais bons, peut-être même meilleurs que les autres. Avec ta position arrêtée sur ces ouvrages, je ne me sentais pas de te les proposer à lire. Et, il y a deux ans de cela, j'ai eu une idée. Je voulais que tu découvres ces histoires comme celles de n'importe quel auteur encore inconnu, que tu les juges sur leur ensemble et non sur des résumés peut-être mal rapportés. Je les ai mis en dessous de la pile des nouveaux manuscrits posés sur ton bureau. Tous les matins, je passais discrètement vérifier si tu avais ouvert les miens, mais tu ne les atteignais jamais. Je maudissais intérieurement ta lenteur. J'aurais pu forcer le destin et les mettre sur le dessus. Ma conscience me l'interdisait. J'avais la chance d'être un écrivain célèbre, vivant de sa plume. Je n'avais pas le droit d'empêcher un jeune auteur d'éclore à cause de mon égoïsme et de mon impatience. Chaque matin, je remettais mes manuscrits en dernière position. Cette idée, aussi stupide soit-elle, m'a sauvé la vie. Grâce à ta cupidité, tu n'as pas jugé bon de me tuer sans avoir ces romans en ta possession. Le plus drôle, c'est qu'ils étaient sous tes yeux tout ce temps là. Si seulement tu avais travaillé plus vite plutôt que d'aller au sport ou de batifoler avec Valentin. J'imagine que tu auras tout le temps d'y repenser en prison. Adieu Éléonore.

Avant de me lever, j'ai mémorisé son expression sidérée. Elle s'est ressaisie, m'a hurlé de revenir.

Je suis sorti sans me retourner.

La vengeance n'a rien de bon mais son aspect jubilatoire est indéniable.

Éléonore et Valentin croupiront en prison, respectivement dix et douze ans. Vous auriez aimé une fin différente, Anna et moi réunis pour le meilleur et pour le pire, malheureusement, ce dénouement ne serait que mensonge. Je vous ai promis la vérité, juste la vérité. Désolé de vous décevoir.

J'en arrive à cette mise en garde mentionnée plus haut.

Si, Amis lecteurs, vous êtes cartésiens, curieux et légitimistes, ayant lu cet ouvrage dans l'unique but d'apprendre les dessous cachés de la tentative d'assassinat retentissante sur ma personne, arrêtez-vous ici. L'épilogue ne vous plaira pas. Restez sur une bonne note. Le moment est venu de vous dire au revoir. Je vous remercie d'avoir pris le temps de me lire.

Soyez heureux.

Ne perdez jamais espoir.

Si, à l'inverse, votre caractère se rapproche du mien – tendre, rêveur, candide, romantique… Tournez cette page et lisez le dernier chapitre.

Avant de l'entamer, sachez que la première partie de l'épilogue poursuivra les chemins de la véracité, quant à l'autre… vous verrez bien.

Épilogue

Le procès terminé, la sentence tombée, Éléonore et Valentin condamnés, j'ai vagabondé, non sans prendre mes précautions. J'ai missionné Patrice pour s'occuper de mes affaires et d'envoyer à mes lecteurs une lettre type relatant mon absence prolongée. J'ai stipulé à mon avocat de me joindre qu'en cas d'urgence.

Le PDG de la maison d'édition Paroxysme a feint un vague soulagement devant l'échec du plan d'Éléonore et Valentin. Son altruisme n'a pas duré, il a négocié les droits de mes deux romans tant convoités. Il perd vite le nord mais pas le sens des affaires. J'ai accepté avec mes conditions – pas de promotion médiatique et aucune dédicace. Tout refus était inenvisageable de sa part, puisque mon procès faisait la une des journaux. Il était assuré d'en vendre plus qu'à l'accoutumée.

Après tout ce battage, j'ai disparu. Je n'ai pas fui pour me tenir loin des commérages, de la foule ou de la presse mais pour m'éloigner d'Anna, dont le seul moyen de m'atteindre était Patrice. Il avait pour consigne de ne révéler à personne mes pays de villégiature. Je n'ai pas entrepris ce long voyage pour qu'elle ne puisse pas me contacter si elle changeait d'avis sur l'avenir de notre relation. Mais je me devais de la laisser reconstruire son couple.

Assis sur le plus haut toit du monde ou en spéléologie dans la grotte la plus profonde, je maintiens que sa famille est plus importante que notre idylle. Certains d'entre vous me contrediront. Anna ferait mieux de penser à elle, à sa vie, à son avenir, plutôt que d'exister par procuration. Ma mère était de ceux-là, de ceux qui abandonnent, tournent la page, sans considérer la souffrance d'autrui. Peut-être vit-elle bien ainsi, sans remords.

Qui sait quel est le bon choix ?

Là où il n'y a pas de réponse, se cache la question.

J'ai marché, foulé, pédalé, nagé, piloté, escaladé, pagayé, roulé, surfé sur toute la surface de la Terre. Trop longtemps resté enfermé entre les murs de ma maison, je voulais voir le monde et que le monde me voie. Ainsi, j'ai cru de tout mon être qu'occuper mes pensées, aux quatre coins du globe, m'empêcherait de garder Anna dans la peau. « Loin des yeux, loin du cœur. » Je vous promets avoir essayé de ma volonté la plus pugnace.

Seulement, elle me suivait partout. Lorsque je croisais une femme, de dos, en survêtement gris, cheveux attachés, couleur châtain foncé avec des mèches auburn, je me téléportais sur ce sentier à l'orée de la forêt. Lorsqu'une personne lisait un livre sur un banc, j'imaginais quel roman pouvait lire Anna à cet instant. Lorsque je passais près un terrain de tennis, j'espérais qu'elle m'attende sur le parking. Lorsque je voyais un bac à fleurs, je bougeais les pétales pour vérifier qu'Anna n'y avait pas laissé un message à mon attention. Lorsque je m'asseyais dans un parc, Anna me rejoignait et son parfum réveillait mes sens. Lorsque je croquais dans un fruit juteux, je me demandais s'il serait au goût d'Anna. Lorsque j'entendais une chanson jouée par un orchestre sauvage le long d'une jetée, la main d'Anna m'invitait à danser. Lorsque la lune, pleine, brillait haut dans le ciel noir, j'imaginais Anna la contempler au même moment et ainsi, nous étions réunis.

Les scientifiques ont décrété que l'univers se constitue essentiellement de vide, que ce soit dans la galaxie ou dans les atomes. Anna se balade dans sa robe blanche, portée lors d'une nuit d'amour, dans l'espace infini de ce néant.

On ne brise pas un lien du cœur. Je l'ai compris avec mon long périple.

De retour à Paris, j'ai déposé mon manuscrit, celui que vous lisez en ce moment, sur le bureau du PDG de la maison d'édition Paroxysme. Le lendemain, à cinq heures du matin, il m'a téléphoné. Le son de sa voix, en débit accéléré, résonnait strident à mes oreilles. Son avis était dithyrambique :

William, ce que tu nous as écrit là est le best-seller de l'année. De l'année ? Que dis-je ? De la décennie ! Je t'attends le plus vite possible au bureau, que l'on parle, toi et moi. Quoi ? Tu es prêt à partir là ? J'y suis dans trente minutes, à tout de suite.

Viens, on le fait..., c'est le nom de mon onzième roman, celui qui clôt l'œuvre débutée en famille.

Bientôt, mon dernier roman sera en librairie, les médias relaieront l'information sur tous les supports imaginables. « *Le dénouement de l'affaire éditoriale la plus surprenante de l'histoire* », scanderont les gros titres. Anna ne ratera pas cette sortie, tirée à un million d'exemplaires, un record.

Avec cette parution, je décide de me laisser guider par l'égoïsme, de casser les codes, d'oublier toute déontologie, de détruire les idéaux dans lesquels j'avais foi.

Je vais offrir à Anna le dilemme de sa vie.

À partir d'ici, amis lecteurs, ce qui va suivre n'est que pure fiction. J'invente tout, le ressenti d'Anna, sa vie sans moi, ses réactions, tout est faux.

Voici, l'espoir, mon espoir.

***

Ces deux longues années durant lesquelles j'ai été injoignable, peut-être était-elle épanouie. Peut-être est-elle parvenue à reconstruire son couple. Peut-être aime-t-elle son mari plus qu'avant notre rencontre. Peut-être ses mains la font-elles plus frissonner que les miennes. Peut-être a-t-il réussi à prendre soin d'elle.

Je me refuse de croire à ces « peut-être ». Elle se sent forcément perdue sans moi, hagarde, âme errante. Elle a tenté de m'oublier. Comment a-t-elle pu subodorer qu'on pouvait étouffer un amour aussi puissant que le nôtre ?

Anna faisait bonne figure auprès de Bertrand, Lucas et Romain, elle essayait de vraiment s'investir. Elle a saisi, à presque quarante ans, que le corps et l'esprit se dissocient plus encore que le yin et le yang. Son être déambulait parmi les siens pendant que son esprit ne me quittait pas.

Son mari a tenté de recoller les morceaux de leur mariage. Anna a mis toute sa détermination dans la balance pour qu'elle penche en leur faveur. Les premiers jours après le départ de William, Bertrand s'appliquait à respecter ses engagements. Il rentrait du travail avec des fleurs. Les voisins gardaient les garçons pour organiser un cinéma ou un restaurant en tête-à-tête. Il l'a emmenée au théâtre, à l'opéra, visiter des musées.

Les jours, les semaines, les mois ont passé.

Les sorties en couple se sont espacées jusqu'à disparaître totalement. Bertrand retournait à son garage. Anna prévenait son mari de cette sortie de route prochaine, ils se dirigeaient à nouveau vers leur routine. « J'ai eu une journée harassante ma chérie, je ne me sens pas de sortir ce soir » s'est transformé en leitmotiv pour son mari. Telle une mouche convoitant la dernière part de tarte sur la table de la cuisine et repoussée d'un revers de main, Anna n'abdiquait pas et revenait à la charge. Mais la mouche finit toujours par se lasser de recevoir des coups. Anna s'est résignée à ne plus attendre de changement de la part de Bertrand.

La douceur et le ton mielleux de son mari blessé par l'adultère de sa femme ont laissé place à un homme avachi dans son canapé devant des matchs de foot, ne portant d'intérêt à sa compagne que par un hochement de tête. Elle a bien senti qu'elle empruntait un retour vers la case départ, celle menant dans les bras d'un autre homme. Elle en était convaincue : si son mari avait pris soin de leur mariage, s'il avait su entretenir leur amour, s'il s'était davantage consacré à elle plutôt qu'à son entreprise, Anna n'aurait pas succombé aux avances de l'écrivain. En jetant un œil dans le rétroviseur de sa vie, elle peut se voir, elle-même, alors petite fille, debout sur le trottoir, faisant un signe de la main à la voiture s'éloignant, un signe d'adieu à ses rêves d'amour de princesse.

Si elle avait su que son quotidien ressemblerait à celui-ci, aurait-elle lâché ce « oui » éternel à Bertrand devant l'autel d'une église ? Elle en doute. Son mari ne lui apportera jamais l'attention de William. Son désir est pour lui. Son amour est pour lui. Elle veut que les mains du poète se posent encore sur son corps nu, qu'elles la fassent vibrer jusqu'à l'orgasme.

Face à des situations banales, William aurait les réactions qu'elle attend, pas comme Bertrand dont le comportement est excessif ou inexistant, sans juste milieu. Pour autant, elle avait fait son choix – son mari et surtout ses enfants. Des milliers, des millions, des milliards de personnes font semblant chaque jour, alors pourquoi pas elle ?

Plus d'un an après leur dernier contact, Anna avait

cédé. Une lettre destinée à son ancien amant était partie. Cette missive n'était pas une bouteille à la mer, voguant sur les océans en quête d'un sauvetage de leur histoire ; ce n'était qu'un message, celui d'une femme encore amoureuse, dont la nostalgie se diffusait encore en intraveineuse. La réponse ne se fit pas attendre, le facteur lui déposa un courrier type expliquant que William n'était plus en mesure d'assurer ses échanges épistolaires pour une durée indéterminée. Sa déception fut telle qu'elle pleura deux soirs consécutifs, seule dans son lit, pendant que Bertrand somnolait devant la télévision.

Son amour était perdu à tout jamais.

En cachette, elle mettait sur son écran d'ordinateur des photos de William dénichées sur Internet. Au bureau, elle relisait ses romans. Pendant ses pauses méridiennes, elle marchait le long des cours de tennis ou s'asseyait dans leur parc, se demandant où il pouvait bien être.

Puis, le jour est arrivé où il a refait surface. L'actualité annonçait la sortie prochaine de son onzième roman. Les médias ne parlaient plus que de ce nouvel ouvrage au tirage record. William racontait que ce livre serait le dernier de sa carrière. Les journalistes l'assénaient de questions au sujet de la tentative d'assassinat orchestrée par sa femme éditrice et son amant. L'écrivain éludait en les renvoyant vers la lecture de son livre.

Il fut mis en vente un jeudi.

Le matin même, Anna poussa la porte de la librairie du centre-ville. Sur un fond légèrement flouté, on distinguait une lettre manuscrite et un stylo plume. Ce dessin avait été choisi en hommage à leur échange épistolaire et pour rappeler la puissance de l'adage, *les paroles s'envolent, les écrits restent*.

En guise de titre, *Viens, on le fait...* traversait la première de couverture.

Anna ressortit de la boutique, le livre dans son sac. Elle ne vit pas William en train de l'observer à la terrasse du café d'en face. Depuis sa chaise, il la contemplait lire le premier chapitre dans sa voiture, ce véhicule imprégné de quelques-uns de leurs secrets. William voulut la rejoindre. Il se retint, Anna devait tout lire.

Durant sa pause, elle perdit patience, coupa court à toute discussion avec Marie-Odile et poursuivit sa lecture. Un déjà-vu incontestable s'était emparé d'elle. Elle relut son aventure avec William depuis la mise en place de ce ticket dans son huitième roman. Elle dévora les mots, avala les pages d'une lecture frénétique en diagonale. Même si son amant prit soin de changer son nom et son prénom pour ne pas lui causer de préjudices familiaux, elle ressentit une immense fierté en songeant à son rôle dans cette romance. « Anna », elle aimait ce prénom. « Durand », c'est de ce nom qu'elle aurait aimé signer son livret de famille, ses contrats, ses lettres, sa vie. Anna s'admirait à travers les descriptions de l'écrivain. Les métaphores la magnifiaient, elle ne s'était jamais trouvée si belle. Son repas terminé, elle retourna à sa besogne, non sans frustration à l'idée de ne reprendre sa lecture que dans son lit, loin de son mari.

Le soir, elle s'occupe des enfants et, quand tout est fini, elle embrasse brièvement Bertrand avant de monter à l'étage. L'atmosphère de sa chambre est paisible, propice à se plonger dans la plus belle histoire d'amour de la littérature, de son point de vue. Elle écarte les rideaux de sa fenêtre, scrute le ciel nuageux. Un croissant de lune lui sourit. Elle se glisse sous ses draps avec son livre. Anna apprend à connaître Patrice et Éléonore. Elle vomit sur cette femme hideuse.

Redécouvrir les moments forts de leur passion, son absence ce fameux mardi midi, leur baiser, leur nuit endiablée, leur rupture lui procure de la mélancolie. Cette citation de Victor Hugo, notée sur une lettre, lui revient : « La mélancolie, c'est le bonheur d'être triste ». Ses larmes coulent encore devant la dernière lettre qu'elle connaît par cœur, celle où William narre la mort de son frère et de sa grand-mère avant de conclure sur l'amour qu'il lui porte. Enfin, ses yeux caressent la mise en garde et le véritable épilogue, l'unique passage fictif de ce roman, le seul chapitre que William a su inventer sans son frère.

Ça y est, elle lit ces lignes, sa lecture se fait en temps réel.

Bonsoir ma douce, c'est William.

Je l'ai évoqué plus haut dans l'épilogue, je viens ce soir vous mettre face à un dilemme. Je vais être égoïste et ne penser qu'à moi.

Il y a de cela plusieurs mois, vous avez pris la décision de mettre fin à notre histoire en choisissant de préserver votre famille. Je m'étais engagé à disparaître de votre vie. Je brise aujourd'hui cette promesse.

Je vous offre une seconde chance de revenir sur cette décision.

Levez-vous maintenant, sortez de votre lit. Allez à votre fenêtre. En bas, dans la rue, sur le trottoir en face de votre maison, je vous guette. Vous êtes ma Juliette, moi votre Roméo. Cette référence dessinera notre sourire sur votre visage. À partir du moment où nos regards se croiseront, je vous laisserai quelques minutes pour réfléchir : désirez-vous partir avec moi ou souhaitez-vous me voir vous abandonner pour toujours ?

Soit nous partirons ensemble, soit vous enterrerez notre amour pour l'éternité.

Si vous choisissez la deuxième option, je m'extasierai de vous avoir contemplée une dernière fois.

Je me plais à imaginer que vous allez descendre avec le livre, sans quitter ces paragraphes des yeux. Vous ferez une halte par le salon, regarderez votre mari avec bienveillance. Vous reviendrez sur vos pas pour vous arrêter derrière la porte d'entrée de votre maison.

Je me trouve derrière. Arrivez-vous à sentir ma présence ?

Vos idées fourmillent. « Que faire ? Que choisir ? »

Le froid de la poignée sur laquelle votre main se pose vous ancre dans la réalité. Une planche de bois s'oppose à notre bonheur.

Moi, de l'autre côté, j'attends. Mon cœur bat vite. Mon cœur bat fort.

Allez-y ma douce, choisissez. Moi, c'est déjà fait.

J'aimerais que votre regard apparaisse dans la nuit et que notre sourire l'illumine.

J'aimerais que vous sombriez dans une audacieuse folie, de celle capable de tout vous faire oser.

J'aimerais qu'il n'y ait plus de barrières, plus de vous, juste un nous.

J'aimerais vous voir apparaître, là tout de suite, que vous fassiez de moi le roi de la plus grande des reines.

J'aimerais que vous soyez ma lionne, indomptable, majestueuse, féline, bondissante de votre perron vers de grands espaces, vers notre liberté dans laquelle nous aurions pour seule limite, les terres inconnues de la passion.

J'aimerais que vous deveniez ma Cléopâtre et moi, je serai votre Marc Antoine et, ensemble, nous soumettrons le temps pour des jours fastueux jusqu'à ce que l'amour nous emporte dans la bataille d'Actium.

J'aimerais que… Arrêtons là le conditionnel, passons au présent, pensons au futur.

Ma douce, fuyons, partons, vivons, dansons, chantons, aimons, soyons fous, merde, c'est maintenant, c'est la vie ou jamais.

Viens, on le fait...

Remerciements

Chers Amis lecteurs,

Ce roman, tenu entre vos mains, a vu le jour grâce à quelques personnes exceptionnelles.

Sandrine Gaci, je tiens à te remercier pour ton magnifique travail sur les deux couvertures de *Viens, on le fait...* Merci pour ta patience et ta disponibilité.

Je remercie Christine Meurou pour sa disponibilité, sa gentillesse et son travail chirurgical.

Merci à Romain et Émilie de m'avoir aiguillé et réconforté pendant ce long périple.

Jennifer, Thalie et Néot, votre soutien est un perpétuel bonheur.

Et merci aussi à mes proches pour leurs encouragements au quotidien.

Célia, sans ton ordinateur, je ne m'en serais pas sorti.

Je suis reconnaissant aux libraires résistants de continuer à partager mes livres.

Et enfin, je vous remercie Amis lecteurs, d'être encore présents à mes côtés pour ce cinquième roman, ce rêve d'enfant continue d'exister grâce à vous. À très vite pour une autre histoire.

Remerciements artistiques

Chaque chapitre de ce roman a été influencé par une citation, extraite d'un texte ou d'une chanson, je remercie ces artistes pour leur inspiration au quotidien, les voici par ordre d'apparition :

Karen Blixen, Disiz La Peste, Lara Fabian, Stromaé, Maxime Le Forestier, Orelsan (Casseurs Flowters), Serge Gainsbourg, Georgio, Bourvil, Marion Cotillard (dans le film *Les jolies choses*), Nekfeu, Damien Saez, Zazie, Oxmo Puccino, Columbine, Jean-Jacques Goldman, Cœur de Pirate, Youssoupha, X-men, Céline Dion, Nuttea, Factor X, Zouk Machine, Linda Lemay, Nilse, Edith Piaf, Louise Attaque, Keny Arkana, Nakk Mendosa, ATK, Pascal Obispo, Les Têtes Raides, Fauve, Fonky Family, Johnny Hallyday, Neg' Marrons, Gaël Faye, Hugo TSR, Anis, Francis Cabrel, Iam, Mc Solaar, Jacques Brel, Louis Bertignac, Les dix commandements, Jean Cocteau.

Du même auteur :

Une éternité plus tard
Elle était si jolie...
Se souvenir des beaux lendemains
Quand ta lettre est arrivée